KB262501

진격 新무협 판타지 소설

흡정마공
吸精魔功

FANTASTIC ORIENTAL HEROES

흡정마공 2

진격 新무협 판타지 소설

초판 1쇄 찍은 날 § 2007년 2월 10일
초판 1쇄 펴낸 날 § 2007년 2월 16일

지은이 § 진격
펴낸이 § 서경석

편집장 § 문혜영
편집책임 § 이재권
편집 § 유경화

펴낸곳 § 도서출판 청어람
등록번호 § 제1081-1-89호
등록일자 § 1999. 5. 31
어람번호 § 제2-1127호

주소 § 경기도 부천시 원미구 심곡1동 350-1 남성B/D 3F (우) 420-011
전화 § 032-656-4452 팩스 § 032-656-4453
http://www.chungeoram.com
E-mail § eoram99@chollian.net

ⓒ 진격, 2007

ISBN 978-89-251-0547-5 04810
ISBN 978-89-251-0545-1 (세트)

2

흡정마공

[흡정마공의 등장]

吸精魔功

진격 新무협 판타지 소설

FANTASTIC ORIENTAL HEROES

도서출판
청어람

흡정마공

목차

1. 먹느냐? 아니면 먹히느냐? | 7
2. 진(陣)보다 더 든든한 자 | 45
3. 천하를 향한 새로운 이름 | 75
4. 스스로 미끼가 되다 | 103
5. 찜찜한 조력자들 | 131
6. 새로운 추적자, 항운산장! | 159
7. 탈출을 위한 마지막 관문 | 195
8. 사천무림 정복을 위한 제일보! | 237
9. 까다로운 친구 | 275
10. 백호칠수에게 사로잡힌 현무이수 | 309

第一章

먹느냐? 아니면 먹히느냐?

‘저것이 흡정마공! 저것이… 저것이 바로 혼돈의 무학이라 불리는 흡정마공이 봉인되었다는 그것?’

고경천은 잘 움직이지 않는 몸을 일으켜 천천히 흡정마공에 다가갔다.

추일학은 그런 고경천을 보며 잠시 가만히 있었다.

떨리는 고경천의 손이 부적에 감싸인 흑옥마면상을 집어 올렸다.

‘이것만 있으면, 나의 이 저주받은 금제를 풀 수 있단 말이지. 이 지긋지긋한 금제에서 벗어날 수 있단 말이지. 그럼, 떳떳하게 무림을 활보할 수 있단 말이지.’

고경천은 내심 차오르는 감동을 참지 못해 결국 미친 듯 대소를 터뜨렸다.

"으하하하! 으하하하!"

하지만 추일학은 고경천의 그런 모습에 오히려 얼굴을 무겁게 가라앉혔다.

'정녕 두렵구나. 내 스스로 뛰어나다 자부했건만, 결국 하늘의 안배 앞에서는 모든 것이 무너지는구나. 진정 운명이란 인간의 능력으로 어쩔 수 없는 것이란 말인가?

추일학은 고통에 눈을 감았다.

원래 그에겐 동생들에게도 고경천에게도 말하지 않은 한 가지 비밀이 있었다. 바로 임종 직전에 모든 것을 말해주며 한 가지 부탁을 남겼던 사부의 유언.

바로 삼음교의 부활과 흡정마공의 파괴였다.

삼음교의 부활이야 교가 망하며 사라진 현음진결을 찾으면 이룰 수 있는 것이었고, 흡정마공의 파괴는 삼양궁에 빼앗긴 비도를 회수하면 완수할 수 있었다.

그런데 천하를 뒤져도 현음진결의 행방은 알 수 없어, 일단 비도를 회수하고자 선하령의 일을 꾸몄던 것이다. 그런 것이 한 이인의 말대로 현음진결을 익힌 고경천을 만나게 되었다. 이젠 삼양궁에서 비도만 가져오면 되는 것이었다. 그리고 그 비도를 이용해 고경천을 삼음교주의 자리에 묶어두면 삼음교를 재건할 수 있었다.

고경천에게도 말한 바 있지만, 비도는 그들의 힘만으로는 절대 풀 수 없고, 설사 찾지 못하더라도 추일학의 뜻대로 모든 것을 끌고 나갈 수 있었다.

그런데 하늘은 그 앞에 흑옥마면상을 내려 보냈다. 과연 이게 무얼 뜻하는 것인가?

'설마 하늘은 삼음교의 부활을 바라지 않는 것인가?'

추일학은 생각이 여기까지 이르자 더 이상 아무 생각도 들지 않았다.

그런데 아이처럼 기쁨을 감추지 못하는 고경천은 다시 한 번 그에게 질문을 던져 왔다.

"서생, 다시 한 번 말해주겠소? 이것이 진정 흡정마공을 담고 있는 물건이 맞소?"

추일학은 고경천의 그런 모습에 잠시 무슨 말을 할까 고민했다. 그러나 그는 곧 결정을 내리고 단호한 음성을 토해냈다.

"예, 맞습니다."

"맞다고? 맞다고? 하하하."

"하지만 익히시면 안 됩니다."

"에?"

고경천은 일순 찬물을 뒤집어쓴 기분을 맛보았다.

"죄송합니다. 전에 제가 제대로 말하지 않은 것이 있습니다. 실상 흡정마공은 익혀서는 안 되는 무공입니다. 그걸 익힌 자는 본의 아니게 무림인들과 등을 질 수밖에 없습니다. 무엇이든 빨아들여 궁극의 균형 아래 둔다. 좋게 말하면 무학의 경계를 허무는 것이지, 자칫 마성에 빠져 남의 내공이나 갈취하는 악마가 될 수도 있습니다. 그래서 초유의 파괴자란 또 다른 의미가 붙은 것입니다."

'무림을 등질 수밖에 없는 운명… 마성에 빠져 내공이나 갈취하는 악마… 초유의 파괴자……'

고경천은 그 말의 의미를 되뇌어보았다. 그리고 손에 들린 흑옥마면상을 뚫어져라 바라보았다.

"교주님의 금제는 제가 무슨 수를 써서라도 풀어드리겠습니다. 천하는 넓고, 아직 무림엔 밝혀지지 않은 비밀이 파다합니다. 분명 방법이 있을 것입니다."

"……."

그러나 침묵에 빠진 고경천은 흑옥마면상만 노려보았다.

"교주님……."

"그만! 나의 결심은 이미 확고해졌소. 나의 앞길에 어떤 험로가 기다린다 해도 나는 흡정마공을 익히겠소!"

고경천의 기세가 너무나 강하기에 일순 추일학이 할 말을 잊을 정도였다. 그러나 그는 쉽게 물러나려 하지 않았다.

"교주님! 하지만……."

"분명히 말하겠소. 나는 해보지도 않고 미리 겁먹고 도망치는 것이 제일 싫소. 그런 짓은 내 평생 한 번이면 족하오.

그리고 나는 출도 후 백안의 점쟁이 노인을 만나며 그런 생각
이 더욱 굳어졌소.”
　‘백안의 점쟁이? 혹시…….’
　추일학의 눈이 커졌다.
　“그 노인은 나에게 한 가지 점괘를 내려줬소. ‘피하지 않으
면 천운이 빛으로 이끄나, 피하려 한다면 어둠에 빠지리라’.
그러니 더 이상 나를 설득할 생각 마시오!”
　“아…….”
　하지만 추일학은 고경천의 말이 들리지 않았다. 이 순간 그
의 머리 속에도 하나의 점괘가 떠오르고 있었다.

　“구하고자 하는 것은 애쓰지 않아도 자연히 얻게 될 것이다. 그
러나 곁에 두려 하면, 흐름 속에 몸을 맡겨 거스르지 말아야 할지
어다.”

　추일학은 결국 입을 다물었다. 고경천이 강조한 마지막 말
도 있었지만, 왠지 고경천이 말한 백안의 점쟁이가 그가 우연
히 만났던 그 이인이란 생각이 들었다.
　“알겠습니다. 그럼 교주님 뜻대로 하십시오. 저는 이만 물
러가겠습니다.”
　추일학은 맥이 빠진 음성으로 자리에서 일어나 문 쪽으로
다가갔다.

한데 그가 문을 열기 전 등 뒤에서 고경천의 음성이 들렸다.

"서생, 이해해 주어서 고맙소. 그래서 보답이라면, 뭐랄까? 아니, 이 순간만은 운명이라 해도 좋소. 내 무사히 금제에서 벗어날 수 있다면, 그땐 교주든 뭐든 당신이 원하는 대로 해 주겠소. 대신, 만일 내가 흡정마공의 마성에 빠진다면, 나를 죽여주시오. 나는 마기 따위에 마음을 빼앗기느니 차라리 깨끗하게 죽겠소."

고경천의 쑥스러워하는 마음이 추일학에게도 그대로 전해졌다.

'마성이란 유혹에 모든 걸 맡기는 나약한 정신력에서 오는 것입니다. 부처가 보리수 아래서 대오를 이룰 때, 얼마나 많은 나찰귀들의 유혹이 있었는지 아십니까?'

추일학은 이 말을 하려다 말았다. 대신 짧은 한마디로 모든 말을 대체했다.

"만일 마성에 빠지는 인간이라면, 바짓가랑이를 잡고 시켜 달래도 저희의 교주를 시킬 생각이 없습니다. 그러니 큰소리 친 만큼 확실히 이뤄내십시오. 그렇지 않으면, 자기 스스로 사기꾼이 되는 것입니다."

"하하하. 내 진짜 사기꾼에게 그 소리를 듣기 싫어서라도 꼭 해내겠소."

"그럼."

추일학은 문을 닫고 나서며 참았던 미소를 지었다.

"대형."

기다렸다는 듯 나머지 현무칠수들이 달려나왔다. 간간이 터진 고성에 걱정이 되었으나 전해진 명이 있어 이제야 달려든 것이다.

하나 추일학은 다른 말은 하지 않고, 굳은 표정으로 명을 내렸다.

"지금 이 시간부로 셋째는 진으로 이 초가를 지키고, 나머지는 극상의 마음으로 교주님의 처소를 지킨다. 그리고… 이 문을 열고 나타나는 자가 교주님이라면 상관없으나, 만일 아니라면… 우리는 무슨 일이 있어도 그자의 숨통을 끊는다!"

"예?"

오염달이 혼이 날아갈 듯한 표정을 보였다.

"일단 이 대형을 믿어라. 내 너희의 궁금증은 모든 일이 끝난 후 풀어주마. 일단은 교주님의 연공을 지키는 것이 중요하다."

연공이란 한마디 때문인가? 모든 이들은 더 이상 의문을 나타내지 않았다. 진가도는 소기를 들고 비가 쏟아지는 밖으로 향했고, 나머지 인물들은 각자의 병기를 들고 그 뒤를 따랐다.

추일학은 고경천이 있는 방향을 바라보며 아랫입술을 깨물었다.

　'성효명, 역시 대단한 인간이다. 아무리 삼음교와 삼양궁의 뿌리가 같다 하지만, 어찌 삼음의 도움없이 삼양의 힘으로만 비도의 비밀을 풀 수 있단 말인가? 만일 그 오랜 시간 동안의 침묵이 오직 비도의 비밀을 풀기 위해서였더라면… 그는 무슨 일이 있어도 흡정마공을 되찾고자 할 것이다. 그러니 그가 그 사실을 알기 전에 한시라도 빨리 강서성을 벗어나야 한다! 그전에 일단 교주님의 연공부터 지킨다!'
　추일학은 굳은 표정으로 의자를 가져와 문 앞을 단단히 지켰다.

　한편, 고경천은 혼자 흑옥마면상과 싸움을 하는 중이었다.
　'큰소리를 치긴 쳤는데. 음……'
　고경천은 흑옥상을 바라보며 턱을 매만졌다. 골몰히 생각해도 그저 딱딱한 흑옥 덩어리 이상으론 보이지 않았다. 해서 부적을 떼어내고 이곳저곳을 살폈지만, 별다른 특이성 없이 단지 흡(吸)이란 글자를 찾은 게 전부였다.
　'이거 다시 불러야 되는 거 아니야?'
　고경천은 시선이 문 쪽에 다다랐지만 고개를 흔들었다.
　'그만두자. 남자가 내뱉은 말이 있지.'
　그리고 스스로 방법을 찾아갔다. 어차피 십 년 수련도 그 혼자 이뤄낸 일, 이것도 못할 이유가 없었다.
　'무공이란 시간과 반복, 깨달음의 산물이다. 하지만 그건 배울 것이 있을 때의 이야기다. 그럼 속성법인가?

고경천이 아는 속성법은 영물복용법과 타인의 무공을 전수받는 개정대법(開頂大法)뿐이었다.

하지만 이건 순수하게 내공을 키우는 것이지 초식이니 발경이니 하는 것과는 관계가 없다. 그렇다면 도식이나 주해가 없는 흑옥마면상은 위 두 가지와 관련이 있는 것일까?

그렇다 해도 흑옥마면상이 살아서 고경천에게 무공을 전수해 줄 일 없으니 일단 방법은…….

'설마 먹는 건 아니겠지?'

고경천은 의심스런 눈초리로 봤지만, 그건 너무 터무니없는 생각이었다. 아무리 봐도 이건 돌덩이로밖에 보이지 않았다.

"역시 걸리는 것은 바닥에 적힌 흡 자뿐이군."

흡(吸).

말 그대로 빨아들이라는 건데 도대체 무엇을 어떻게 빨아들이란 말인가?

"잠깐! 이런 경우… 어디서 해본 것 같은데……."

그리고 그 순간 고경천의 뇌리에 한 가지 일이 떠올랐다.

"맞다. 화양의원."

그때는 뜨거운 것과 차가운 것이었지만, 결국 이는 극과 극을 뜻하는 것이 아닌가?

'그래. 그때도 극과 극은 잡아당긴다는 성질을 이용하지

않았는가? 그럼 흡정마공은 마공이니 마공에 상극인 기운을
이용하면……?

마공에 상극인 대표적인 기운이라 하면, 불가의 금광법력(金
光法力)과 도가의 태청진기(太靑眞氣)였다.

"젠장!"

고경천의 얼굴이 일그러졌다.

과거 무당 제자 당시 가장 기초무공인 태극심법(太極心法)
을 익혔지만, 그땐 진기라 부를 정도도 아니라 현음빙기를 익
히자 사라졌다. 그렇다고 이제 와서 기억을 뒤져 다시 익힐
수는 없고.

'잠깐 내가 익힌 것도 마공은 아니잖아.'

절망에 빠졌던 그에게 하나의 가능성이 떠올랐다.

예전 무공 수련 당시 종종 무당 무공처럼 도가무학이 아닌
가 의심하면서 혼자서 수련하지 않았던가?

'좋다! 밀져야 본전이다.'

고경천은 눈을 감고 침상에서 결가부좌를 틀었다. 어차피
고민하고 시간 끌어봐야 답도 안 나왔다. 해보고 아니면 다른
방법을 찾아보는 것이 상책이었다. 해서 운기의 보편적인 자
세인 좌공을 한 채 흩어진 진기를 빠르게 모았다. 고경천은
곧 혈맥에서 방해하는 천년화리의 기운을 느꼈지만, 이젠 고
통 속에서도 운기를 하는 데 숙달되어 내공을 단전으로 빠르
게 모을 수 있었다. 그리고 내공이 다시 단전에 가득 차는 느

낌이 들자,

"자, 그럼 한번 붙어볼까!"

고경천은 기합성과 함께 흑옥마면상의 하단에 장심을 대고 현음빙기를 주입했다. 곧 얼굴이 고통에 흉악하게 일그러지며, 그의 혈맥을 통해 현음빙기가 거침없이 흑옥상으로 쏟아져 들어갔다. 그런데.

'어?

기대하던 것과 다른 반응이 흑옥마면상에서 나타났다.

그리고 그 순간 잠잠하던 천둥이 다시 지상을 때렸다.

콰르르릉! 쾅쾅!

*   *   *

번쩍!

요란한 천둥소리 뒤에 검은 하늘을 가르는 한 줄기 뇌룡의 그림자가 나타났다 사라졌다.

우루룽! 쾅!

계속해서 천공을 울려대던 뇌성은 여러 개의 섬광을 만들며 천지에 진한 빗줄기만 뿌려댔다.

그리고 그 빗줄기 아래 한 청년이 서 있었다. 그는 상요 초입에 서서 긴 장발이 젖는 것도 모르고, 아이들의 낙서 같은 그것에서 시선을 떼지 않았다.

그렇게 얼마나 흘렀을까?

그의 뒤로 빠르게 다가오는 자들이 있었다. 빗줄기 속에서도 표정의 흐트러짐이 없는 자들은 가슴에 천양 문양과 뇌양 문양을 자랑했다.

"대주님, 확인하고 왔습니다. 마을 곳곳에 여기 있는 문양과 비슷한 것이 그려져 있었습니다. 몇몇 곳은 급히 지운 흔적이 남았지만, 아직 몇 곳은 그대로라 아이들의 장난이 아닌 것이 드러났습니다."

"수고했다."

소일성은 그제야 담벼락에서 시선을 거두고, 유일하게 홀로 천양 문양을 달고 있는 무인을 바라보았다.

"수상한 자를 봤다고 했는가?"

"예. 그래서 뒤를 밟아 확인했지만, 특별히 이상한 점을 못 느꼈습니다. 그저 기억에 남는 것이 굴지서와 비슷한 체구에 손이 굉장히 투박했다는 정도입니다."

"그 위치가 어딘가?"

천양 문양의 무인은 한 손을 들어 어둠 속을 가리켰다.

소일성은 그의 손가락과 담벼락에 그려진 그림을 확인해 보았다. 분명 원을 가로지르는 선 중 한쪽 끝이 그가 가리킨 방향과 일치했다. 그걸 확인하자 소일성의 입가에는 미소가 그려졌다.

'결국 낙서는 추측대로 현무를 나타낸 것인가?

소일성의 두 눈에서 뇌전이 꿈틀거렸다. 마을을 들어서다 우연히 본 낙서. 혹시나 하는 마음에 수하들을 시켜 마을 내부도 확인하게 했다. 그 결과 선하령에서 놓친 현무칠수의 단서를 잡을 수 있었다.

현재 웬만해선 떨어지지 않는다는 삼양궁의 세 기재는 세 갈래로 나눠진 상태였다.

성철현은 막교립, 염희강은 범산호, 마지막으로 남은 소일성은 현무칠수의 흔적을 쫓아 이곳까지 다다랐다.

하늘로 날아가 버렸다지만, 결국 새가 아니기에 이렇게 땅에 내려왔다. 그리고 그들의 꼬리를 이곳에서 잡을 수 있었다.

"지금부터 영물 사냥을 시작한다. 제법 단단한 껍질을 자랑하니 뇌양검대와 천양검대는 신명을 다하도록."

"예!"

천양검대와 뇌양검대의 한 인물이 품에서 작은 대롱을 꺼내 불었다.

삐익!

삑삑!

각기 다른 소리를 내는 음향이 퍼지자 곳곳에서 검은 그림자를 드러내며 달려오는 자들이 생겼다. 그들은 횟불이 없어도 사물을 볼 수 있는 밝은 안광으로 앞서 가는 천양 문양의 무인을 쫓아 모두 몸을 날렸다.

소일성은 한발 뒤에서 그들을 쫓으며 머리 속에 계획을 세워갔다.

'분명 추일학과 적발 청년은 심한 부상을 입었다. 거기다 멸악 사태와 대형, 막교립, 범산호를 상대한 홍해구도 정상은 아닐 터. 그러면 홍아연과 오염달 정도가 싸울 수 있는 상태. 최악의 수를 두더라도 상대해야 할 자는 셋! 하지만 우리는……'

그는 주변을 살폈다.

연락을 받고 달려오는 뇌양검대와 천양검대 말고도 그들과 거리를 두고 따라오는 자들의 기척도 느껴졌다. 한밤중에 퍼진 기다란 피리 소리가 잠든 상요를 깨운 것이다.

소일성은 그들이 어떤 자들인지 잘 알고 있었다.

흡정마공의 소문을 쫓아다니는 무리들.

그러기에 굳이 그들을 제지하지 않았다. 비록 선하령에서는 수적 우위가 무너졌지만, 이곳은 그렇게 되지 않을 것이다. 이곳은 그곳처럼 하늘로 도망갈 수도 없었다.

'어디 이번에도 하늘로 솟아날 재주가 있는지 지켜봐 주지. 그렇지 않으면… 여 매가 토해낸 피! 그 이상의 값을 받아주마!'

소일성의 두 눈에서 진한 벽광이 뿜어졌다. 그리고 소일성은 다시 한 번 수하들에게 엄명을 내렸다.

"삼양궁의 제자는 필사의 각오로 궁을 기만한 악도들을 쳐단한다!"

"존명!"

대답과 동시에 삼양검대는 빗줄기를 태워 버릴 강한 기세로 빠르게 목표 지점으로 달렸다.

*　　　*　　　*

'자… 잠깐. 이건 밑져야 본전이 아니라 밑천까지 날리는 일이잖아!'

고경천은 예상과 다른 사태에 진기를 거두려 했다.

무슨 일인지 갑자기 밑 빠진 독에 물을 붓는 것처럼 그의 단전을 가득 채운 진기가 아무런 저항 없이 흑옥상으로 빨려 들어갔다.

'그만! 그마안!'

고경천은 어떻게든 이 사태를 돌리려 했지만 빨리는 힘이 점점 강해졌고, 강해질수록 온몸에 엄청난 고통을 불러왔다. 혈맥은 혈맥대로, 급격히 비어가는 단전은 단전대로 고경천을 점점 미치게 만들었다. 결국 흉악하게 일그러진 얼굴 위로 핏줄들이 제멋대로 꿈틀거렸다.

'이… 이런 망할! 이건 사기야. 내공이… 내공이!'

마음속으로 애타게 소리쳤지만, 한번 빠져나가는 내공은 절대 돌아올 생각이 없었다. 고경천의 두 눈이 점점 크게 찢어지며 눈가로 한줄기 핏줄기가 흘러내렸다.

십 년 동안 이를 악물고, 화양의원에서 목숨을 걸고 얻은 내공이 안개처럼 사라져 갔다.

"컥! 쿨럭!"

단전이 밑바닥을 보이자 생명을 유지하는 선천지기까지 충격이 전해졌다. 그 충격으로 진기를 잡으려던 고경천의 마지막 의지도 끊어졌다. 그리고 그 순간 고경천의 눈이 튀어나올 것 같은 일이 생겼다.

"……?!"

흑옥마면상을 잡고 있는 그의 손을 통해 무언가가 살아 있는 것처럼 꿈틀거리며 파고들었다.

손등에 검은 선으로 그물망을 그리며 계속해서 팔뚝을 타고 기어 올라왔다. 현음빙기로도 만족하지 못했는지 혈맥에 퍼져 있는 천년화리의 기운을 잡아먹으며 점점 고경천의 내부 깊숙한 곳까지 파고들어 왔다.

"으아아악!"

지금까지 잘 참아오던 고경천의 입에서 비명이 터져 나왔다.

우둑. 두두둑.

뼈마디가 탈골되는 소리마저 만들며 고경천의 몸 이곳저곳을 먹물로 줄을 그어놓은 듯한 모습으로 만들어갔다.

'도대체… 도대체가?'

점점 몽롱해지는 정신은 고경천의 두 눈에 점점 흰자를 드러내게 만들었다. 거기다 시간이 지날수록 고경천의 온 전신에서도 마기가 치솟으며 그의 붉은 모발도 허공에 날리며 그의 모습을 흑옥마면상의 모습과 비슷하게 만들었다.

그러나 더 저주스러운 것은 어떻게 된 것이 이런 지옥 같은 순간에서도 한줄기 정신이 남는다는 것이다. 경험이란 무서운 것이라고 천년화리를 무리하게 받아들였던 일, 그 뒤 원치 않는 금제에 빠지고도 억지로 고통을 참으며 무공을 사용해왔던 일 모두가 고경천에게 저항력을 키워주었다.

'으… 차라리 기절하고 하고 싶다. 아니, 이대로 그냥 숨이 끊어지고 싶다.'

어렵게 모아놓은 진기들이 거짓말처럼 검은 기운에 먹혀 버렸다. 거기다 이제는 혈맥과 피부, 심지어 모발에 남은 것까지 먹어치운다고 난리를 부렸다. 그동안 도대체 무얼 위해 참아오고 견뎌왔는지 허망하기만 했다.

'차라리… 날 죽여줘.'

고경천의 눈에서 피눈물이 계속해서 흘러내렸다.

그런데도 검은 기운은 잔인했다. 그 기운은 머리끝까지 파고들어 붉은 장발을 점점 검은색으로 만들어갔다. 또한, 그 와중에 뇌까지 자극을 주었는지 잊고 있던 옛 기억을 환영처럼 보여주었다.

"어이, 이보게. 저 아이가 무허(無虛) 사숙의 제자라며?"

"그래. 기부 입문으로 무허 사숙의 제자가 되었다더군."

"쯧쯧. 아무리 기부 입문이라지만, 왜 무당파에서 저런 아이를 받아들였지? 듣자 하니 아버지가 도굴꾼이라 하던데."

"그러니까 무허 사숙의 제자가 되었지. 그 아버지란 자가 일주야 동안 무릎 꿇고 간청을 드렸다잖아. 우리가 돈으로 제자를 받진 않지만, 그 아버지의 그런 노력까지 무시해 버리면 누가 우리를 존경하겠는가? 거기다 삼 년 전 그 일로 인해 우리 재정 상태도 어렵잖아. 게다가 마염성과 삼양궁은 점점 세력을 회복해 가고, 그렇다고 시주가 느는 것도 아니니. 더욱이 속가제자들도 그 일로 형편이 어려워져 본산으로 지원금을 보내는 것도 힘들고. 휴우… 그래서 무당육자(武當六子) 어르신들도 고민에 고민을 하다 결정을 내렸다는군."

"무량수불. 그러나 아무리 그렇다 해도 무허 사숙의 제자라니… 조금 그렇군."

"뭘 그런 걸 신경 쓰나. 지금이야 무당육자지만, 삼 년 전만 해도 무허 사숙을 포함해 무당칠자 아니었나? 그 일만 아니었으면……."

"쉿. 그 일은 금기 사항이네."

입문하고 우연히 듣게 된 두 도사의 대화. 그 뒤는 그들이 말을 멈추어 듣지 못했다. 더욱이 그 당시 고경천은 일곱 살이라 그 말을 잘 이해하지 못해 금방 잊어버렸었다.

'그러고 보니 나는 이미 알고 있었구나.'

그는 이날까지 무당을 뛰쳐나온 이유가 한 사람 때문이라 여겼다. 한 사람을 떠올리자 환영은 입문 때가 아닌 칠 년 후로 바뀌어갔다.

'광한……'

조용히 그 이름을 뇌까려 보았다.

그러자 자연스레 나타나는 하나의 얼굴. 기껏해야 십오륙 세 정도로 보이는 소년이었다. 수려하지만, 차가운 표정. 두 눈에 아무런 감정이 그려지지 않은 얼굴이 고경천을 무심하게 바라보았다. 아무런 말도 없이 지켜보던 소년의 입꼬리가 조용히 올라갔다. 그리고 조금 벌어진 입술 사이로 흐르는 한 줄기 웃음소리.

"훗!"

그 순간 환영에 사로잡혔던 고경천의 정신에 찬물이 끼얹 어졌다. 그와 더불어 환청과 환영도 사라졌다. 대신 잊고자 했던 현실의 고통이 다시금 찾아들었지만…….

으드득.

고통에 대한 괴로움보다 분노가 전신을 채웠다.

'이런 바보! 순간이나마 포기하려 했다니… 무엇을 위해

지난날을 악착같이 견뎌냈는가?!'

점점 정신이 또렷하게 돌아오며 고통을 극복해 얻어낸 고도의 집중력이 고개를 쳐들었다.

'살아야 한다. 거기다 이렇게 당하고는 억울해서 못 산다. 이렇게 된 거 먹히느니 차라리 먹어버리겠다! 그러려면……'

고경천의 시선이 손에 잡혀 있는 흑옥마면상에 머물렀다.

'들어올 때는 네 마음대로 들어왔지만, 나가는 것은 네 마음대로 되지 않을 것이다.'

그 순간부터 고경천은 모든 신경을 그 손에 집중시켰다. 지금에 와서 근육과 관절들이 바로 들어줄 리 만무하지만, 어디까지나 그 주인은 고경천이었다.

움찔. 움찔.

조금씩 움직이던 고경천의 손가락이 쫙 벌어졌다.

툭.

그리고 손에 잡혀 있던 흑옥마면상이 바닥으로 떨어졌다.

'좋아. 네놈이나 나나 물러설 수 없다. 이제부터 네놈이 날 먹나? 내가 널 먹나? 둘 중에 이기는 놈이 이 몸뚱이의 주인이다!'

고경천은 고통 속에서도 운기행공의 요결을 떠올리며 온 정신을 그곳에 몰아갔다.

그리고 그 후부터 고통으로 고경천을 무너뜨려 잠식하려는 흡정마공과 그 고통 속에서도 흡정마공을 달래려는 고경천의 싸움이 시작되었다.

추일학이 감고 있던 눈을 뜨며 뒤쪽을 돌아보았다.

"잘못 들은 게 아니다."

지금까지 천둥소리에 묻혀 잘못 들었나 했는데, 결코 잘못 들은 것이 아니었다. 무언가 좋지 않은 일이 고경천이 있는 방 쪽에서 벌어지고 있는 것이다. 추일학은 불안한 얼굴이 되어 앉아 있던 의자에서 몸을 일으켜 문에 귀를 대고 동정을 살폈다.

"으으. 크윽!"

참고 절제하는 듯했지만, 분명히 고통이 섞인 비명 소리였다.

"교……!"

추일학은 놀라 손잡이를 열고 들어가려던 행동을 멈췄다. 연공 중에는 조그만 충격도 주화입마와 직결될 수 있었다. 무인이라면 그것이 얼마나 위험한지 알기에 추일학의 얼굴에 갈등의 빛이 빠르게 돌았다.

'그때 무슨 수를 써서라도 말렸어야 했는가?

그 당시 이인의 점괘에 마음이 흔들리는 것이 아니었다. 삼음교의 부활을 떠나서도 왠지 고경천이 잘못되는 것을 견딜 수 없었다. 해서 몇 번이고 손을 들어 문고리를 잡으려던 그의 행동이 다른 일로 막혔다.

[대형!]

진가도의 무거운 전음이 추일학의 귀를 자극했다.

[무슨 일이냐?]

[불청객들입니다.]

[불청객?]

[예. 넷째의 말로는 지면을 통해 전해져 오는 느낌이 여럿이라 합니다. 이 늦은 시각에 궂은 날씨, 이럴 때 이곳으로 다가오는 자들이라면 좋게 볼 수 없습니다. 더군다나 이곳을 정확히 알고 다가오는 자들이라면, 그 의도는 뻔합니다.]

추일학의 미간이 조금씩 좁혀졌다. 실로 예상 밖의 변수였다. 적이 아무리 빨라도 상요는 벗어나야 그들이 뒤를 쫓을 줄 알았다. 하지만 일단 중요한 것은 나타난 적을 상대하는 것이었다.

[숫자는?]

[확인해 보겠습니다.]

진가도가 오염달을 통해 숫자를 확인하는지 짧은 정적의 시간이 흘렀다.

[대략 느껴지는 것만 해도 오십이 넘고, 그 외 미약하게 지면을 박차는 무리까지 치면 그 숫자도 훨씬 상회할 것 같다고 합니다.]

"음……."

결국 추일학의 입을 통해 신음이 흘러나왔다.

"크윽. 으윽!"

안에서는 고경천의 비명이 계속해서 전해져 왔다. 그런데 설상가상 격으로 밖에서는 그들의 목숨을 빼앗으려는 적들이 다가들고 있었다.

그러나 그나마 다행인 것은 고경천의 연공을 지키려고 설치한 진이 일차 방어선은 될 거라는 점이다.

[일단은 현재 위치를 사수한다. 특히 넷째에게 단단히 주의를 주어 경거망동 못하게 하거라. 그리고 너나 여섯째의 존재는 아직 알려지지 않았을 테니, 최대한 정체를 드러내지 마라. 적이 많은 숫자로 이곳을 노린다 해도 진의 도움을 받는다면, 쉽게 접근하기는 힘들 것이다. 어디까지나 지금 제일 중요한 것은 교주님의 연공을 무사히 지켜내는 것이다.]

[예!]

진가도의 믿음직한 대답이 터졌다.

추일학은 전음을 마치고 마음의 결정을 내렸다. 그는 문을 뚫어져라 보고는 신형을 돌렸다.

'믿기로 한 이상 믿는다. 수하로서 주군을 못 믿는다면, 과연 누구를 믿는단 말인가?'

추일학은 정문으로 향하며 조금씩 굳어진 몸을 풀어주었다. 옆구리에서 바로 고통을 호소해 왔지만, 무시해 버렸다.

'도대체 어떤 능력이 있어 우리의 위치를 찾아냈는지 모르지만, 그 뛰어난 능력에 맞추어 대접을 해주지. 왜 무림인들

이 나를 무림이현으로 부르는지…….'

추일학은 미소와 함께 문을 열고 밖으로 나섰다. 그리고 추일학은 어둠 저편을 바라보며 눈을 빛냈다.

그리고 또 한 사람.

어둠 속에서 가옥을 바라보며 눈을 빛내고 있는 사람이 있었다. 그는 빗속에서도 별다른 표정 없이 이곳을 바라보다 눈에서 강한 뇌전을 피워 올렸다.

파직.

일순 어둠이 갈라지는 착각이 듦과 동시에 그의 눈을 가리고 있는 어둠이 물러갔다.

'예상대로군. 진인가?'

소일성은 비에 젖은 장발을 쓸어 올리며 두 눈에 더욱 강한 기운을 불어넣었다.

치직.

자그마한 불꽃이 일어나며 그의 눈에서 시퍼런 전광이 솟구쳤다. 오직 벽뢰진기를 익힌 자만이 갖는다는 벽뢰안이 모든 삿된 것을 날려 버렸다. 그리고 장애가 걷히자 소일성의 눈에 이쪽을 바라보는 추일학의 넉넉한 덩치가 보였다.

'대지서생 추일학… 오늘 이후론 무림이현의 한 자리는 내가 차지하겠다.'

소일성의 입가에 진한 미소가 맺혔다. 한데, 찬찬히 추일학의 모습을 살피던 소일성의 입가에서 미소가 사라졌다.

'그래, 웃을 수 있을 때 웃어두는 게 좋을 거다. 오늘이 지나면 웃고 싶어도 영영 웃지 못할 테니까.'

소일성은 곧 벽뢰안을 거둬들였다.

"지금 즉시 인솔자에게 전해라. 명이 떨어짐과 동시에 달려들되 군웅이 먼저 잠입하게 유도하라."

"예."

곁에 있던 뇌양검대원이 어둠 속에서 신호를 보냈다. 그리고 곳곳에 머물고 있는 인솔자들의 답변을 기다리다 모든 것이 끝났는지 곁에 와서 복명을 했다.

"준비가 끝났습니다."

"그럼 지금 즉시 반도들을 처단한다. 공격하라!"

"공격하라!"

복명이 터짐과 동시에,

"와와!"

대기하던 삼양검대원들이 호통을 터뜨리며 그대로 가옥을 향해 쇄도해 들어갔다.

그러자 눈치를 보던 군웅이 그들보다 뒤질세라 각자의 병기를 꼬나 들고 그대로 쏘아졌다. 그들은 가옥 주변에 진이 설치되었다는 것도 모르는지 그대로 성난 파도가 되어 덮쳐 들었다.

소일성은 그들의 맨 뒤에서 천천히 걸음을 옮기며 가옥으로 다가갔다.

"온다!"

진의 휴문(休門)에 몸을 숨긴 진가도가 빠르게 가옥으로 다가오는 자들을 보며 현무칠수의 나머지들에게 소리쳤다.

그 소리에 오염달, 홍해구, 최염, 홍아연이 화답하듯 눈에 살기를 일으켰다.

특히 오염달은 으르렁거리는 한마디를 아끼지 않았다.

"감히 겁도 없이 이곳에 쳐들어오다니, 오늘이 바로 네놈들의 제사, 아니, 흙냄새 맡는 날이다!"

각자 공격 자세를 잡고 전신에 기를 채워갔다.

하지만 밖에서는 그들의 모습을 볼 수 없었다. 이 진은 강한 힘을 발휘하는 것과 달리 그저 그 안에 있는 사람의 모습을 감춰준다. 그리고 이 진은 또 하나의 묘용이 있었다.

"어?"

기세 좋게 진으로 들어오던 한 사내는 무기를 곧추세운 채 허둥거렸다. 마치 갑자기 장님이라도 된 것처럼 더듬거리며 한 발짝도 조심스레 옮겼다. 그리고 그것도 모자라 술에 취한 사람처럼 이리저리 왔다 갔다 했다. 그러다 어느 순간 각각의 휴문에 자리를 잡고 있는 현무칠수의 사정권에 들어서면 소리없는 공격이 날아갔다.

쉬익.

"컥!"

철컥.

검이 검집을 빠져나왔다 다시 들어가는 것과 동시에 진에 빠졌던 사내는 쓰러졌다.

그리고 그 곁에는 최염이 눈을 빛내며 다음 사람을 기다렸다. 그런 행동은 다른 자들도 다르지 않았다. 모두 최대한 비명 소리가 적게 퍼지게 살수를 펼쳤다.

아직 기합성과 함께 달려오는 자들은 끝이 없었고, 그들은 진에 빠지지 않고는 그 안에서 무슨 일이 벌어지는지 몰랐다. 짙은 어둠과 굵은 장대비처럼 쏟아져 내리는 비. 이 모든 것이 수적 불리함에 빠진 현무칠수에게 도움을 주고 있었다.

그러나 끊임없이 달려드는 군웅은 가옥을 지키는 현무칠수를 집어삼키려 무섭게 달려들었다.

으드득!

그리고 고경천도 그들처럼 먹히지 않으려 이를 악물었다. 먹히면 그야말로 그 순간 끝장이었다. 어쩌면 검은 기운처럼 이지를 잃고, 본능에만 매달리는 괴물이 될지도 몰랐다.

얼마 전 보았던 환영. 그건 시발점에 불과했다. 계속해 등장했다 사라지는 인간들은 그에게 듣기 싫은 말만 쏟아냈다.

"죽었다 깨어나도 네놈은 무당의 제자가 될 수 없다."

"강해지는 것은 죄악이다. 너는 절대 강해져서는 안 된다."

"아비가 이렇게 죽은 것은 삼류이기 때문이다. 네놈도 나처럼 살면 결국 이 꼴이 될 것이다."

"악적! 네놈은 아니라지만, 결국 네놈은 여인의 미색이나 탐하는 색마일 뿐이다."

"당신은 교주가 되어 우리 대신 삼양궁과 싸워야 해!"

과거에 보았던 무당파 도사의 얼굴도 있고, 마음 한편으로 증오와 존경을 갖고 있는 사부 무허의 얼굴. 더욱이 바보처럼 죽은 아버지마저 피를 흘리며 나타나 끊임없이 괴롭혀 댔다. 어떨 때는 툭하면 검을 들고 난리를 치던 성월여마저 나찰귀의 얼굴로 그에게 달려들었다. 마지막에는 늘 그의 편이 되어 주었던 현무칠수들마저 그의 팔다리를 물고 늘어졌다.

'이런 젠장. 나 좀 내버려 둬!'

으드득!

지금 고경천은 먹히지 않으려 부서져라 이를 악물었다. 끊임없이 달라붙는 그들을 물리치며 혼신을 다해 싸워 나갔다. 그들이 보여주는 모습은 그가 알던 것과 다르기에 고경천은 더욱 처절히 물리쳤다.

하지만 계속해서 반복되는 것들은 무엇이 진실인지 알 수 없게 만들었다. 점점 그 모든 것들이 진짜처럼 느껴져 가슴에 미친 듯 분노와 살의가 일어나게 했다.

‘이대로 무너지면 그저 광기에 물든 마인이 될 뿐이다. 그리고 그건 내 뜻이 아니다!’

검게 물든 고경천의 얼굴에서는 점점 굵은 땀방울이 흘러내렸다.

지금에서야 깨달았지만, 처음에 고경천을 괴롭히던 육신의 고통은 이에 비하면 아이들 장난 같았다. 그것은 그저 이를 악물고 견디면 이겨낼 수 있었다. 지금처럼 인이 배긴 마당에는 그 고통 속에서도 운기를 위해 정신을 집중할 수 있었다.

하지만 이런 환상들은 정신력을 조금씩 갉아먹었다. 그러기에 무너져 가는 틈을 파고든 또 하나의 목소리를 들을 수 있었다.

‘내 뜻? 결국 또, 자기만 아는 소리를 하고 있구나. 그러기에 흡정마공이 세상에 나오지 말아야 할 희대의 마공이란 것을 알면서도 억지로 익히려 드는 것이 아니냐?’

‘아니야!’

‘아니긴, 출도하고 한 네놈의 모든 행동을 돌아보거라. 애꿎은 하늘과 운명을 팔아가면서 결국 네 실속만 차렸다. 더욱이 네놈은 남이 너의 운명을 쥐고 흔드는 것을 싫다고 하지만, 과거처럼 이용당하다 버려질까 두려워하는 것이 아니냐?’

‘웃기지 마. 나는… 나는…….’

‘후후. 웃기는 것은 네놈이다. 아버지의 소원? 무당에 대한 복수? 그딴 것이 이유가 된다고 보느냐? 결국 네놈도 다른 인간들처럼 강해져 이름을 날리고 싶은 것이 다가 아니냐?’

‘그건……’

‘왜, 내가 너무 정곡을 찔렀나? 솔직해져라. 인간은 솔직해질 때가 그나마 가장 순수하다. 그러니 바보처럼 억지 부리지 말고, 나를 너라고 받아들여라. 나를 너라고 받아들이는 순간, 너는 무적이 된다. 세상 모든 무학의 절대 포식자에 위치한 최고가 되는 거다.’

‘다… 닥쳐! 나는 누가 나를 쥐고 흔드는 것이 싫다. 어디까지나 이 몸뚱이는 내 것이다!’

‘내 것? 지금 내 것이 무엇이 있나? 이것저것 영약으로 불려놓은 내공은 이미 내가 먹어버렸다. 거기다 네놈의 마지막 의지도 조금씩 나에게 먹히고 있지 않으냐? 이렇게 된 거 나와 함께하는 거다. 이제 너는 먹히는 존재가 아닌 먹어치우는 존재가 되는 거다. 그렇게 먹어치우고 또 먹어치워서 천상천하유아독존인 존재가 되는 것이다!’

‘천상천하유아독존……?’

‘그래. 그러면 된다. 거부할 필요 없다. 네가 거부하기에 이런 고통도 생겼고, 네가 나를 마(魔)라 여겼기에 나는 그때부터 마가 된 것이다. 그러나 나는 마도 뭐도 아니다. 그저 혼돈. 나누려 들지 마라. 그러면 모든 것이 편해질 것이다.’

슈우우우.

기의 폭풍이 몰아쳤다.

찌이이익.

그리고 기운을 못 이긴 의복마저 갈기갈기 조각이 되어 사방으로 날렸다. 대신 거기에 남겨진 것은 거미줄같이 이곳저곳 몸에 그려진 검은 선들이었다.

그리고 두 눈.

비록 고집스럽고 억척스러웠지만, 정기가 서려 있던 그곳에 이제 마도 아니고 정도 아닌 묘한 기운이 맴돌았다.

"후아……."

길게 내쉬는 숨에 모든 것이 마무리되었다. 실내를 맴돌던 기의 폭풍도 그 한숨에 사라졌다. 고경천은 그렇게 잠시 주변을 둘러보다 천천히 그가 머물던 침상에서 내려왔다.

툭.

그의 발에 기다란 물체가 하나 걸렸다. 얼마 전까지 몸서리쳐지는 마기를 내뿜던 그것은 이제 모든 걸 잃어 흑옥이 아닌 백옥조각상이 되어버렸다. 고경천은 그것을 들어올려 요리조리 살폈다. 그리고.

파삭.

손가락에 힘을 주자 모래로 만들어진 물건처럼 그대로 부스러졌다. 고경천은 손을 들어 이리저리 살펴보았다. 순수한

살색이 아닌 이리저리 검은 줄이 그려진 상태지만, 오히려 그 모습이 더욱 강렬하게 다가왔다. 거기다 평상시보다 여유로운 기분. 하나, 움직이면 무엇이든 그 발아래 둘 수 있는 자신감이 느껴졌다.

'어때? 맘에 드나?'

환각 속에 들려왔던 그 목소리가 다시 전해졌다.

"나쁘지 않군."

'후후. 끝까지 솔직하지 못하군.'

"닥쳐!"

고경천의 미간이 꿈틀거렸다.

하지만 환청은 더 이상 이죽거리는 것이 아닌 다른 말을 전해왔다.

'혼돈의 진정한 의미는 없다. 질서니 파괴니 하는 것들은 갖다 붙이기 마련. 음과 양이 공존해 엉망이 되었던 너의 몸도 혼돈이란 이름 아래 평정을 찾았다. 과연 그럼, 이것이 파괴냐? 아님 질서냐?'

"……."

고경천은 그 말에 대답할 수 없다.

'혼돈은 오직 하나면 충분하다. 마와 선, 음과 양, 정과 사, 광과 암, 다 부질없다. 혼돈의 이름 아래 모든 것은 하나다. 하나, 그 모든 것은 하나가 아니기도 하다.'

왠지 마지막 말은 처음과 역설적이었다.

하지만 고경천은 그것에 대한 의문은 나타내지 않았다. 대신 다른 것이 더 궁금했다.

"한데 네놈은 누구냐?"

'나?'

"그래. 너!"

'나는 아무것도 아니다. 너일 수도 있고, 아닐 수도 있다. 또 네가 알고 있는 태초의 혼돈지기일 수도 있고, 아닐 수도 있다. 그렇기에 내가 무엇인지는 중요하지 않다. 단, 중요한 것은 흡정지공과 함께 봉인된 하나의 기억이다.'

"기억."

'그래. 기억. 그 기억이 말하고 있다. 혼돈이 나타났을 때는 반드시 허무(虛無)가 나타난다고.'

"허무?"

'나도 그 이상은 모른다. 여하튼 흡정지공을 완벽히 네 것으로 만들어라. 네놈은 흡정지공의 무한한 효능을 모르고 있다. 그러니 노력을 게을리 하지 말아라. 그리고 떠나기 전 너에게 한 가지 선물을 주마. 네가 아는 것처럼 네 본래의 진기는 사라지지 않았다. 혼돈은 그 안에 모든 걸 담고 있다. 그러기에 사라진 것이 아니다. 하지만 허무는 다르다. 그러니 허무를 잊지 마라……'

마지막 말은 아련하게 들려와 끝의 소리는 그저 작게 메아리칠 뿐이었다.

"이봐! 이봐!"

고경천은 계속해서 그 목소리를 불렀지만, 다시는 그 목소리가 들리지 않았다. 무슨 일인지 목소리가 사라지자 두통마저 깨끗하게 사라졌다. 그래서 환청이 두통으로 인한 건지 진짜 마음속에서 들려온 것인지 알 수 없게 되었다.

하나, 대신 다른 소리가 고경천의 귀에 들려왔다.

"크윽!"

"헉!"

"으음."

문과 벽 너머에서 들려오는 여러 가지 소음들. 생각보다 많은 수의 인물들이 가옥 주변에 넘쳐났다. 그들의 거친 숨소리와 끔찍한 비명 소리가 실내까지 전해졌다.

고경천은 그 소리에 이끌려 문 쪽으로 걸어갔다. 그러다 무언가 이상한 예감에 걸음을 멈추었다.

"환청 말대로 천상천하유아독존이 되었다 해도 다 내놓고 다닐 수는 없지."

고경천은 나가려던 걸음을 돌려 봇짐을 찾아 옷가지를 꺼내 입었다. 그리고 나가기 전 거울에 비친 자신의 모습을 살폈다.

변했다. 그 말로밖에 표현을 할 수 없었다. 그는 지금 또 한 번의 변신을 맞이했다.

처음에는 여성의 모습, 두 번째는 적발을 자랑하는 청년의 모습. 지금은…….

윤기 나는 흑발을 자랑하는 조금 서늘한 눈매의 청년으로 바뀌었다. 거기다 흑발로 인해서인지 차가운 기운이 풍겨났다. 그리고 장신구처럼 치장된 검은 문신. 오히려 여성 같은 외모를 감춰주고 신비한 기운을 더해주었다.

'그보다 큰소리친 것에 비해 결과는 엉망이군. 성공인지 실패인지 알 수도 없는 상태에 흡정마공은 온 전신에 퍼졌고, 그나마…….'

고경천은 손을 들어올렸다.

"묵강수!"

그의 외침과 동시에 올린 손에 차가운 빙한지기가 뿜어지며 순식간에 실내를 얼음굴로 빠뜨렸다.

환청의 말대로 그의 내공은 사라진 것이 아니었다.

"그보다 이게 바로 혼돈의 단전이 가지고 있는 특징인가?"

고경천은 현음빙기를 운용하면서 단전에 자리 잡은 또 하나의 기운이 방해하지 않는 것을 느꼈다. 그건 분명 고경천의 금제가 되었던 천년화리의 기운일 텐데, 마치 강 건너 불구경하듯 반응이 없었다.

"좋아!"

고경천은 두 주먹을 불끈 쥐었다. 일단 이거면 되었다. 전의 무공을 제대로 회복했다는 것만으로 충분했다. 그리고 흡정마공은 혼돈의 단전 외에도 효능이 더 있다고 하지 않은가?

그렇다면 그는 그동안의 고생에 대한 보상을 넘어 천복까지 받은 것이었다.

'훗. 빌어먹을 하늘도 귀여운 구석이 있군. 그보다……'

기쁨이 가슴 가득 채워지자 자연스레 추일학의 얼굴이 떠올랐다.

"사기꾼 서생이 많이 걱정하겠군."

마지막까지 그를 걱정해 주고, 지금도 밖에서 그를 지켜주려는 추일학과 다른 현무칠수의 마음이 문을 통해 전해져 왔다.

"자, 고경천! 십 년 만의 진짜 출도다!"

이렇게 소리친 고경천은 힘찬 걸음으로 한참 싸움이 벌어지는 밖으로 향했다.

第二章
진(陣)보다 더 든든한 자

다수를 이용한 노도와 같은 기세, 그리고 진 안에 몸을 숨겨 기습의 묘를 살리는 전법.

처음에는 양쪽 다 승자가 될 거라는 자신감이 있었다.

하지만 싸움이 시작된 후 처음과 같은 날카로움도 다 사라지고, 지금은 그저 새로운 변화를 기다리는 대치 상태만 지속되었다.

양쪽 다 지루하고 지루한 기다림의 연속일 뿐, 누구 하나 먼저 움직이려 하지 않았다. 특히 지키려는 자들의 답답함은 시간이 흐를수록 커졌다. 조금 있으면 동녘 하늘이 환히 밝아올 테고, 그러면 진을 이용해 어둠에 몸을 숨긴 현무칠수에게 불리해질 수밖에 없었다.

"빌어먹을! 미쳐 버리겠군."

오염달이 극에 달한 짜증을 토해냈다.

말을 하지 않았지만, 진가도도 오염달처럼 답답함과 조바심이 일었다. 지금까지 싸워오며 느낀 것이지만, 왠지 미진함이 사라지지 않았다. 바닥에 쓰러진 시체들. 하나같이 그들이 내뻗는 일수에 너무나 쉽게 나동그라졌다.

'너무 약하다. 아무리 진의 영향을 받았다지만, 너무나 무기력하게 쓰러졌다.'

진가도는 고개를 들어 전방을 살폈다.

어느샌가 비는 그쳐 전보다 나아진 시계를 만들었다. 그래서 대충이나마 무기를 들고 이쪽을 노려보는 군웅의 모습이 보였다.

"……?"

한참 살피던 진가도는 이상한 점을 찾을 수 있었다.

지금 보니 두 패로 나뉜 상태였다. 앞쪽에는 다양한 복장에 다양한 무기를 들고 있는 자가 주로 차지했고, 그 뒤에 그들을 보호하려는 것인지 동일한 백색 복장을 걸친 자들이 대기하고 있었다.

진가도는 다시 한 번 주변에 쓰러진 시체들을 찾았다. 역시 백색 복장을 걸친 자들은 아무도 없다.

거기다 그의 예감처럼 일은 안 좋은 방향으로 흘렀다.

"으아아악. 도저히 못 참겠다!"

결국 참을성에 한계를 느낀 오염달이 광기를 부렸다.

"앗! 넷째야, 멈춰!"

"말리지 마쇼, 셋째 형. 이렇게 기다리다 미쳐 죽느니 차라리 실컷 싸워보기라도 해야겠수. 명색이 현무칠수가 숫자에 겁먹어 꼬리를 말았다면… 지나가는 개도 웃을 것이오!"

오염달은 자기 말만 내뱉고 진을 박차고 나갔다.

"앗! 오라버니."

"넷째 형!"

그의 모습을 본 홍씨 남매가 소리쳤다.

하지만 이미 진 밖에 모습을 드러낸 오염달은 군웅에게 달려들며 크게 소리쳤다.

"야, 이 사내 같지도 않은 놈들아! 어디 떼거리로 몰려오면 이 오염달이 벌벌 떨 줄 알았더냐?! 네깟 놈들 백 명이 오건 천 명이 오건 내 코털 하나 꿈틀거리게 만들 수 없다."

공중에 뜬 오염달의 양손이 누렇게 물들었다. 그리고 그 손끝에서 하나하나가 단검만 한 손톱이 솟아 나왔다. 두더지의 앞발을 연상시키는 그 손은 곧 놀란 눈으로 그를 바라보는 군웅에게 뻗어갔다.

가가각.

"크악!"

쇠가 갈리는 소리와 함께 병기를 들고 있던 자는 그대로 세로의 줄이 그어지며 바닥에 쓰러졌다. 진에 가려져 있다 갑자기 등장한 오염달의 일격을 미처 막지 못한 것이다.

"이노옴들!"

계속해서 상대를 찾는 오염달의 손은 상대의 병기와 강도를 시험하며 숫자를 줄여 나갔다.

그러나 상대가 음지가 아닌 양지에 드러난 이상, 군웅도 바보처럼 당하고 있지만은 않았다.

"나왔다!"

"빠져나가지 못하게 막아!"

"파철황조(破鐵黃爪)다. 무기를 부딪치지 마라!"

그들은 동료들에게 경각심을 올리며 오염달의 주위를 둘러쌌다. 그들은 진에 달려들던 자들보다 나은 자들인지 성난 수소 같은 오염달을 이리저리 몰아가며 포위망에 가두었다. 그리고 무기가 박살나지 않게 조심하며 싸워 나갔다.

"아……."

그 모습에 진가도는 앞으로 뻗었던 손을 거둬들였다. 투덜거림이 나왔을 때 한번 주의를 줬어야 하는데, 다른 생각을 하느라 미처 막지 못한 것이 불상사가 되었다.

그런데 참지 못하는 자는 그만이 아니었다.

파앗.

한줄기 돌풍처럼 진을 벗어난 최염이 검집을 던진 채로 혼전 속에 동참했다. 오염달과는 다른 말이 필요없는 의지 표시였다.

휘류류류!

그의 검에서 날카로운 검풍이 군웅에게 작렬하며, 전신이 난도질을 당해 쓰러지는 자들이 생겨났다.

"크악!"

"또 다른 자다! 또 다른 자가 튀어나왔다!"

"최… 최염이다!"

"모두 긴장해라! 알려진 것과 달리 현무칠수가 모두 저 속에 숨어 있다!"

군웅은 놀람과 비명을 터뜨리면서도 점차 혼란을 지워 나갔다.

하지만 그들이 상대하는 둘은 현무칠수에서도 가장 강한 무력을 보인다는 이 인이었다. 그러하기에 군웅의 그런 노력도 크게 빛을 보지 못했다.

그러나 그렇다고 둘만으로 상대하기에는 싸우는 자들이나 그 싸움을 구경하는 자들의 숫자가 아직도 너무 많이 남았다. 거기다 남겨진 자들은 진 안에서 목숨을 잃은 자들보다 강한 자들이었다.

[셋째 오라버니.]

[셋째 형.]

조금 전은 갑작스러움에 전음을 사용하지 못했지만, 홍씨 남매는 본래대로 전음을 이용해 진을 지휘하는 진가도를 찾왔다.

하지만 이 순간만큼은 진가도라도 뾰족한 수가 있을 리 없었다.

"음……."

그는 한소리 신음을 흘리다 뒤쪽으로 고개를 돌렸다. 이럴 때는 뒤에서 든든한 바람막이가 되는 추일학의 존재가 절실했다.

[대형, 어떻게 해야 됩니까?]

하지만 추일학도 별다른 해답이 없었다. 대신 그는 미간을 깊게 굳히고 있었다.

'그렇게 경거망동하지 말라고 했거늘. 어차피 이번 일은 웬만큼 지구력이 필요해 사람들의 긴장이 풀어지는 그때가 기회였다. 한데…….'

결국 이쪽의 기회는 상대에게도 기회였다. 그러니 일단 나머지 현무칠수라도 돌발 행동을 하지 못하게 막아야 했다.

[우리는 처음처럼 현 상태를 고수한다.]

[대형, 하오나…….]

조금 차가운 듯한 추일학의 전음에 진가도의 얼굴이 조금 울상이 되었다.

[밖에서 싸우는 둘만이 아닌 삼양궁에 있는 둘째도 위험에 빠져 있긴 마찬가지다. 거기다 넷째와 여섯째는 쉽게 당하진 않을 것이다. 설사 당하더라도 지금으로서는 더 이상 전력 손

실을 할 수 없다. 우리의 최종 목적지는 이곳이 아니다. 그러니 내 말을 다섯째와 막내에게도 확실히 전해라.]

[…예.]

잠시 끊어졌던 진가도의 대답이 전해졌다.

추일학은 팔짱 끼고 있던 팔뚝을 강하게 움켜쥐었다. 말은 그렇게 했지만, 그에게 있어 오염달, 최염은 생사를 같이하기로 한 소중한 형제들이었다.

"생각보다 뛰어난 자구나. 주력을 아끼면서 이쪽은 지치게 만들고, 거기다 이쪽의 성격도 제대로 파악하고 있다니… 아무래도 어려운 싸움이 되겠어."

추일학의 음성에 조금 기운이 빠졌다. 몸이라도 성하면, 직접 나서 상황을 파악하고 일을 진행할 텐데. 이쪽은 그것과 더불어 움직일 수 없는 너무나 큰 이유까지 갖고 있는 형편이라 상황이 너무나 불리했다.

"무엇이 어려운 싸움이 된다는 것이오?"

"……?!"

갑작스레 들린 음성에 추일학의 두 눈이 커졌다. 아무리 모든 신경을 밖으로 쏟았다 하나 등 뒤에 사람이 다가오는 것을 못 느꼈다.

"머리 굴리지 말고 쉽게 갑시다. 그래서 선하령의 싸움도 복잡하지 않았소? 이젠 머리 싸매지 말고, 마음이 가는 대로 합시다. 때론 굴지서의 저런 무식함이 더 필요하오."

처음엔 놀라던 추일학은 음성이 누구의 것인지 아는 순간 떨리는 눈으로 등 뒤를 바라보았다. 그런데 그는 상대를 바라보는 순간 눈이 커졌다.

"교… 교주님, 머리?"

"이거? 신경 쓰지 마시오. 사람이 원래 머리가 검어야 정상 아니오."

"그것도 그렇지만… 얼굴도……?"

추일학은 여러모로 변한 고경천의 모습에 입이 벌어졌다.

"뭐, 그렇게 되었소. 것보다……."

"……?"

"무사히 나왔으니 내 서생과 했던 약속을 지키겠소. 그러니 앞으로 잘 부탁하오."

"약속이라니……? 아!"

그러다 추일학은 한 가지를 깨달으며 바닥에 몸을 낮췄다.

"감사합니다, 교주님!"

"아직 이렇게 편하게 있을 때가 아니지 않소?"

고경천은 몸을 낮추는 추일학을 다시 일으켰다.

"명에 따르겠습니다."

"새삼스레 명은. 그보다 일단 말썽꾼들이나 찾으러 갑시다."

"예? 말썽꾼이라니요?"

"있지 않소. 흙냄새 좋아하는 사람."

“아! 알겠습니다.”

“그럼 갑시다.”

고경천은 진이 있는지도 모르는지 그대로 안쪽으로 걸음을 옮겼다.

그래서 오히려 뒤를 쫓고 있는 추일학이 진에 있는 진가도에게 재빨리 전음을 날렸다.

[둘째야, 진을 해체해라.]

[예?!]

얼마 전에 주고받았던 전음과 너무나 다른 말에 진가도는 두 눈이 휘둥그레졌다.

[진보다 더 든든한 분이 나타났다. 그러니 더 이상 진은 필요없어졌다.]

[그게 무슨 말……?]

진가도는 곧 뒤로 시선을 돌리다 추일학 앞에서 걸어나오는 고경천을 보게 되었다.

[아… 알겠습니다.]

그리고 그는 빠르게 진을 해체했다. 그러자 주변 풍경을 가렸던 묘한 기운이 사라지며 그 안에 몸을 숨기고 있던 홍씨 남매와 진가도의 모습을 드러나게 했다.

고경천은 잠시 주변을 훑었다.

한참 싸움이 벌어지고 있는 주변은 두 패로 나뉘어져 있었다. 가장 가까운 곳은 군웅에게 둘러싸인 오염달과 최염이 있는 무리, 또 하나는 그들을 무심한 눈으로 바라보는 백의를 걸친 삼양검대 무리였다.

고경천은 잠시 삼양검대가 있는 곳을 바라보다 가까운 곳으로 걸음을 옮겼다.

'자! 그럼 말썽꾸러기 잡으러 가볼까?'

사라락.

고경천이 한 발을 떼자 그의 신형이 순간적으로 사라졌다. 그리고 그의 신형은 곧 오염달과 최염을 둘러싼 무리의 뒤에 나타났다.

"……!"

갑작스레 등 뒤로 누군가 다가오는 느낌에 사내는 대감도를 빠르게 휘둘렀다.

캉!

쇠가 맞부딪치는 충격음과 함께 손에 제법 묵직한 느낌이 전해졌다.

"앞으로 내 사람을 건드릴 땐 나에게 먼저 허락받도록."

고경천은 이 말과 함께 상대의 대감도를 강하게 움켜쥐었다.

뚝!

"어? 또 다른 적… 컥!"

그러나 그는 묵강수에 아랫배를 가격당하며 그대로 무너졌다.

그리고 그 다음부터는 모든 것이 빠르게 흘러갔다.

고경천의 신형이 눈가루처럼 날리자 쓰러지기 시작하는 자들.

오염달의 파철황조보다 강하고, 최염의 풍령살보다 빨랐다.

"누구야? 캑!"

"으악!"

"뭐야? 끄아악!"

"뭐가 이리 빨… 컥!"

고경천의 움직임으로 침착을 유지했던 군웅이 급작스레 혼란에 빠져들었다. 거기다 공세가 다가오는 곳이 한참 포위망 속에 가둔 현무칠수의 이 인이 아닌 다른 곳이라 그들은 더욱 빠르게 무너졌다.

"혀… 현무칠수의 총공세다!"

"그들 모두가 움직였다!"

그들의 그런 오해는 혼란을 더욱 키웠다.

그나마 그 덕분에 포위당했던 두 사람은 잠시나마 호흡을 고를 수 있었다. 아무리 무림에 명성을 날리는 현무칠수의 이 인이라도 머릿수 앞에서는 뾰족한 수가 없었다. 거기다 그전에 행한 진을 이용한 기습 공격도 공짜로 되는 게 아니라 내공을 써야만 했었다. 그 뒤 휴식도 없이 바로 격렬한 전투를 펼치니 그들이라도 호흡이 거칠어질 수밖에 없었다. 도대체 얼마나 격렬하게 싸웠던지, 둘의 주변에 엎어져 있는 시체의 숫자는 진에서 쓰러뜨린 숫자보다 더 많았다.

"헉헉. 도대체 무슨 일이 벌어지는 거야?"

오염달이 호흡을 가다듬으며 이리저리 살폈지만, 너무 빠르게 움직이는 고경천의 모습을 그들은 아직 보지 못했다.

그건 그와 등을 맞대고 있는 최염도 마찬가지라, 그는 조용히 숨만 골랐다.

"여섯째야, 이놈들 혹시 단체로 미친 거 아닐까?"

"모르오."

"그럼 나머지 형제들이 총공세로 돌아간 건가?"

"모르오."

"이런 빌어먹을, 모른다만 하지 말고 머리를 좀 굴려봐라."

"……."

하나 평상시 현무칠수 중에서도 가장 머리를 쓰지 않는 둘이라 답이 나올 리 없었다.

"으이구! 내가 않느니 죽지."

결국 먼저 질문을 던진 오염달도 포기하고 경계심만 올린 채 호흡을 골랐다.

한순간 갑자기 주변을 감싸던 비명이 사라지더니 무언가 빠른 속도로 그들에게 달려들었다.

그러자 기진맥진함을 보이던 오염달과 최염이 언제 그랬

냐는 듯 눈을 빛냈다.

"어디 감히!"

오염달의 외침과 동시에 둘은 각자가 자랑하는 무공을 나타난 자를 향해 뻗었다.

슈아아악.

쿠류르르.

파철황조와 풍령살이 어둠을 가르며 그대로 뻗어갔다.

"어?"

상대는 공격에 당황하는 것처럼 중간에서 멈칫거렸다. 그러나 그대로 당할 수 없다는 듯, 양손을 들어 각자의 공세에 맞서갔다. 오염달 쪽은 철도 찢어버린다는 파철황조를 맞아 흑색으로 변한 우수를, 최염 쪽은 바람 하나하나가 검기가 되어 덮쳐 오는 풍령살을 향해 좌수로 빙무를 뿜어댔다.

퍼서서석.

그러자 바람 칼날과 빙무가 섞이며 요란한 소리를 냈다. 그리고 나머지는 힘엔 힘이란 식으로 그대로 부딪쳐 갔다.

펑!

얼음 가루가 주변에 강하게 몰아치며 그 여파로 공격했던 둘은 뒤로 물러났다.

"마… 말도 안 된다. 크흑!"

오염달은 믿어지지 않았다. 아무리 격전을 치렀다지만 상대의 일장에 내장이 뒤집어지는 충격이라니, 지금까지 싸워오며 이런 느낌은 처음이었다.

그나마 충돌의 여파만 받았을 뿐, 내상은 입지 않은 최염이 다시금 공격을 하려 상대를 찾았다. 하지만 이미 상대는 사라졌다. 그런데 갑자기 목덜미가 잡아채이는 느낌에 최염의 눈이 휘둥그레졌다.

"어?"

"어떤 개자식이 겁도 없이. 이거 못 놔? 죽고 싶……."

오염달도 같은 경우에 빠졌는지 악다구니를 부렸다.

그러나 그의 발악도 뒤이어 이어지는 한마디에 씻은 듯 사라졌다.

"구하러 온 사람을 공격한 것도 모자라 죽고 싶냐니. 내가 괜한 고생을 했군."

고경천의 한마디에 눈이 찢어질 듯 커지던 오염달이 괴성을 터뜨렸다.

"교주니이임!"

"귀 안 먹었소. 어찌 굴지서는 볼 때마다 소리부터 지르오?"

하나 오염달은 아무런 대꾸도 하지 않았다. 대신 그의 격정은 덜미를 잡고 있는 고경천의 손으로 전해졌다. 그건 말이 없는 최염도 다르지 않았다.

'이런 느낌… 괜찮네.'

고경천은 부드러운 미소를 지으며 신형을 더욱 빨리 움직였다. 그렇게 몇 발자국 더 나서자 가옥의 모습이 보였다. 그리고 그 앞에선 추일학과 진가도, 홍씨 남매가 반가운 얼굴로 그들을 맞아들였다.

고경천은 끌고 온 둘을 추일학 앞에 내려놓았다.

"자, 말썽꾼들 무사히 찾아왔소."

"감사합니다."

그렇게 감사의 인사를 전하던 추일학이 동생들에게 눈짓을 주었다. 그러자 미리 언질을 받았던지 진가도와 홍씨 남매가 고경천 앞에서 한쪽 무릎을 꿇었다. 마지막으로 추일학이 오염달과 최염을 꿇어앉히고 입을 열었다.

"교주님의 허락에 진심으로 감사드립니다. 더불어 신공의 완성도 진심으로 축하드립니다."

"축하드립니다!"

추일학의 선창에 나머지 사람들이 크게 따라 했다.

오염달과 최염은 얼떨떨한 표정을 지었지만 곧 그들을 따라 했다.

"교주님의 신공 완성을 축하드립니다."

"축하드립니다!"

그들이 그렇게 내뱉는 목소리는 파도가 되어 주변을 덮었다.

고경천은 그들의 한마디에 심하게 가슴이 떨렸다. 그래서인지 몇 번이나 입술을 달싹이다 힘겹게 말을 꺼냈다.

"다… 여러분의 덕이오. 오히려 감사해야 할 쪽은 내 쪽이오. 덕분에 빌어먹을 금제에서 벗어날 수 있었소."

그리고 진심을 담아 그들을 향해 고개를 숙였다.

하나 추일학은 고경천의 행동에 더욱 격정적인 표정을 짓다 입을 열었다.

"교주님, 이제는 함부로 고개를 숙여서는 안 됩니다. 오늘의 일은 다 하늘이 교주님을 위해서 안배한 것. 저희는 그저 그 안배에 따라 움직였을 뿐입니다."

그 말에 고경천은 지긋지긋하단 표정을 지었다.

"아… 그 소리라면 지긋지긋하니 되었소. 그보다……."

곧바로 얼굴 표정을 바꾼 고경천은 남은 한 무리를 보았다.

"기다리는 사람들이 있으니 그것부터 해결합시다."

으득.

소일성의 악다무는 소리에 부대주는 표정을 굳혔다. 명성이 자자한 현무칠수를 쫓으면서도 늘 여유가 있었는데, 지금은 눈에 띄게 분노를 드러냈다.

'추일학! 이런 수를 숨겨놓고 있었던가?'

소일성은 직접 결과를 확인하고도 믿을 수 없었다. 상요에서 낙서 같은 현무칠수의 표식을 찾았을 때는 하늘이 그를 돕는다 여겼다. 더욱이 그가 의도한 대로 상대가 내공을 소모하

며 군웅을 막고, 심지어는 현무칠수의 최고 강자라는 오염달
과 숨어 있던 최염까지 험지로 끌어냈다.

그러나 결과는…….

'저놈 때문이다. 저놈!'

소일성의 두 눈이 유일하게 홀로 서 있는 고경천에게 머물
렀다.

'더욱이 현무칠수가 저놈에게 고개를 숙이다니 어찌 된 일
인가?'

믿을래야 믿을 수 없었다. 무림최고수들인 천중삼원(天中
三垣)이 궁주로 있는 삼양궁과도 적대시하는 자들이 일개 청
년에게 고개를 숙이다니.

'정말 작금의 사태를 추일학이 만들어놓았다면, 오늘의 일
은 더 이상 기대할 수 없다.'

소일성은 예상 밖의 사태에 빠르게 결정을 내렸다. 그래서
대기하고 있던 부대주를 찾았다.

"부대주."

"예, 대주님."

"지금 즉시 대원들을 이끌고 이곳을 물러나라."

"예?"

부대주는 지금 자신이 말을 잘못 들었다 여겼다.

"못 알아듣겠느냐? 부대주는 지금 즉시 대원들을 이끌고
물러나라 했다."

하지만 부대주는 알아듣지 못해서 반문한 것이 아니었다.

"대주님! 속하는 그 말을 따를 수 없습니다. 적도들을 눈앞에 두고 물러나라니요. 더욱이 저희는 아직 저들과 싸워보지도 않았습니다."

부대주의 말에 소일성은 미미하게나마 미간을 찌푸렸다. 확실히 몇 마디 말로 이 상황을 이해시키는 데 무리가 있었다. 소일성은 물러서지 않으려는 부대주의 눈에 눈을 맞추었다.

"때론 싸워보지 않아도 결과를 알 수 있을 때가 있다. 만약 내가 대형이라면 그래도 싸워보는 쪽을 택했겠지만, 나는 대형이 아니다. 승리할 확률이 오 할이 넘지 않는 싸움에 수하들을 희생시킬 수 없다."

"대주님, 삼양궁도는 죽음을 두려워하지 않습니다."

"부대주!"

파지직.

결국 참지 못한 소일성의 두 눈에서 벽뢰진기가 꿈틀거렸다.

"잘 들어라. 이곳 상요는 강서성에서도 최동단에 위치한 곳이다. 그들이 절강성과 강서성의 경계인 선하령을 떠나 일부러 강서성으로 들어왔다는 것은 등잔 밑에 숨으려는 의도 아니면, 강서성을 지나지 않으면 안 되는 이유가 있기 때문이다. 그럼 우리가 선택해야 할 것은 무엇이냐? 삼양궁의 근거지인 강서성에 빠져나갈 수 없는 천라지망을 펼쳐 저들을 잡는 것이다. 만일 우리가 저들과 싸워 전멸이라도 당하면… 추일학이 함께하는 저들의 다음 행보를 누가 예측하겠느냐? 오늘 이 자리도 우연히 낙서를 발견했기에 만들 수 있었다. 그렇다면, 차라리 저들의 경각심을 낮춰 음지로 숨어들지 않게 만들어야 한다. 그러니 부대주는 일단 물러나 본궁에 연락을 취한 뒤, 저들이 강서의 중심으로 향하게만 유도해라. 그 정도면 강서성에 있는 문파의 협조만으로도 충분히 할 수 있을 것이다. 그 후, 삼양궁의 본대와 합류해 저들을 일거에 섬멸하면 된다. 알겠느냐?”

소일성이 이렇게까지 말하자 부대주는 더 이상 가지 않는단 말을 하지 않았다. 대신 소일성을 바라보며 비장하게 물어왔다.

“대주님은 어떻게 하시렵니까?”

소일성은 그의 말에 씁쓸한 미소를 지었다. 하지만 그 미소는 곧 호승심에 타오르는 무인의 그것으로 바뀌었다.

“강남의 패자로 불리는 삼양궁이 어찌 아무것도 하지 않고 물러설 수 있단 말이냐? 내가 남아 저들을 상대하겠다.”

“대주님! 그렇다면 저도 함께……”

하지만 소일성은 한 손을 들어 부대주의 말을 막아버렸다.

“대주가 없을 때 대원을 이끄는 것은 부대주의 의무다.”

“크윽!”

결국 부대주는 괴로운 신음만을 토해냈다.

툭.

“뒤를 부탁한다.”

소일성은 부대주의 어깨를 한번 두들겨 주고, 그대로 고경천과 현무칠수가 있는 곳으로 걸음을 옮겼다.

“교주님.”

어느샌가 자리에서 일어난 추일학이 고경천의 뒤에 섰다.

“말하시오.”

고경천은 홀로 다가오는 소일성의 모습에 조금 의아한 느낌이 들었다.

“저 젊은이가 바로 문무양면에서 발군의 능력을 보이며 삼양궁의 다음 세대를 이끌어갈 세 기둥 중 뇌양궁 출신의 벽뢰서생 소일성입니다. 그리고 그의 아버지가 바로 삼양궁 부궁주 천뢰신장(天雷神將) 소철상(蘇鐵象)입니다.”

“그건 그렇고, 저자의 능력이 현무칠수를 다 맞먹을 정도로 뛰어나오? 혼자서 오고 있지 않소?”

“그럴 리가요. 아무래도……”

추일학은 무언가 눈치를 챘는지 현무칠수에게 명을 내렸다.

“다섯째를 제외한 나머지는 지금 즉시 삼양궁의 인물들을 죽여라. 무슨 일이 있어도 한 사람도 놓쳐서는 안 된다.”

"대형, 왜 저는……."

홍해구가 불만을 토해냈다.

"너는 아직 내상이 낫지 않아 역으로 당하기라도 하면 문제만 복잡해진다. 그리고 이번 일은 시간이 관건이라 머뭇거릴 수 없다."

"예."

홍해구는 조용히 물러났다.

대신 잠시간의 휴식으로 기운을 되찾은 오염달의 입이 귓가에 걸렸다. 제대로 싸우지도 못해 지금까지 온몸이 근질거렸는데, 추일학의 한마디는 감로수와 다름없었다.

"으하하하. 알겠습니다. 그렇지 않아도 삼양궁 놈들을 한번 제대로 파묻어보고 싶었는데… 이 동생만 믿으십시오."

최염은 대답없이 검을 뽑아 들었다.

"호호호. 큰 오라버니, 이번만큼은 소매도 마음 놓고 싸워도 되겠군요."

홍아연은 허리에 차고 있던 연검을 뽑았다.

창.

추일학은 준비가 끝난 그들을 보며 최후의 명을 내렸다.

"그럼 시작해라. 그리고 셋째는 각별히 조심하도록 하고."

"걱정 마십시오. 비록 형제 중에 제가 제일 무력이 달려도 삼양검대 따위에게 쉽게 당하진 않습니다."

진가도는 웃으며 품속에서 한 쌍의 방울을 꺼내 줄이 달린 그 끝을 손목에 감았다.

"그럼 먼저 가겠수다."

신나하며 오염달이 제일 먼저 쏘아져 나갔다.

그 뒤를 말없는 최염이 뒤를 따르고,

"호호. 먼저 간다고 소매보다 빠르진 못해요."

홍아연은 낭랑한 웃음을 터뜨리며 허공을 날았다.

진가도가 제일 늦은 모습을 보였지만, 그도 서둘러서 그 뒤를 따랐다.

그들 넷은 다가오는 소일성은 무시한 채 떠나지 않고 머뭇거리는 삼양검대의 주변으로 넓게 퍼져 나갔다.

"잠깐!"

그 순간 소일성이 천둥 치듯 크게 소리쳤다.

그 결과 사 인의 현무칠수는 본의 아니게 제자리에 멈춰 섰다.

그러나 곧 정신을 차린 오염달이 얼굴이 붉어진 채 분노를 터뜨렸다.

"이 쥐방울만 한 어린 놈의 새끼가 감히 어따 대고 소리를 질러! 그렇게 이 어르신의 손에 죽고 싶으냐?"

금방 오염달의 손톱이 길게 자라며 손이 누런 기운에 휩싸여 버렸다.

하지만 소일성은 그런 협박에도 눈 하나 깜빡하지 않았다. 대신 추일학을 뚫어지게 쳐다보며 이를 갈 듯 말을 꺼냈다.

"내 마지막 수까지 읽어내다니 과연 무림이현이오. 하지만 너무 성급하지 않소? 내가 그렇게 허술하게 일을 할 것으로 아오? 여기 있는 자들 모두를 죽여도 당신이 원하는 것을 얻을 수 없소."

"있고 없고는 자네가 걱정할 것이 아니네. 그리고 할 말이 더 있는 것 같은데 연장자로서 몇 마디 들어주도록 하지. 잠시 물러나라."

추일학은 선심 쓴다는 것처럼 현무칠수를 물러나게 했다.

"이런 어린 놈 때문에 흥이 다 깨졌군."

오염달은 툴툴거렸지만 나머지 현무칠수들은 조용히 물러났다.

그러나 그들이 물러나는 모습을 보고도 소일성은 별로 좋은 표정이 아니었다. 아무래도 추일학의 말투에 기분이 상한 듯했다.

"역시 다른 목적이 있었던 듯하오. 그렇게 빨리 물리치는 것을 보면……."

"뭐 그거야 자네가 생각하기 나름이고, 어디 하려고 했던 이야기나 해보게."

"좋소! 아무래도 내 마지막 수까지 밝혀진 이상, 나는 당신에게 한 가지 거래를 제안하고 싶소. 이 거래는 나는 물론 당신에게도 충분한 이득을 줄 것이라 생각하오."

"거래라면, 저기 있는 수하들이 그 대상이란 말인가?"

“그렇소. 그리고 거기엔 당신들의 목숨도 포함되오.”

계속해서 무시당했다 여겨선지 소일성의 말투가 날카로웠다.

“후후. 아직도 분위기 파악이 안 되는가? 그렇다면 조금 분위기를 바꿔야겠군. 너희는 즉시 저들을……..”

“멈추시오!”

소일성이 크게 소리쳤다.

그러나 그가 그럴수록 추일학의 여유는 더욱 올라갔다.

“다음부터 거래를 제안할 때는 분위기 파악하는 것부터 배워오게. 그렇지 않으면, 늘 살얼음 같은 거래는 미처 성사되기도 전에 깨질 수도 있지.”

“알겠소.”

소일성의 음성이 일단 조금 누그러졌다. 그리고 그는 누그러진 음성으로 계속해서 이야기해 나갔다.

“그럼, 나는 두 가지 거래 조건을 제안하겠소. 대신 나는 그에 대해 삼 일의 여유를 대가로 제시하겠소.”

“삼 일의 여유라……..”

“그렇소. 첫 번째는 수하들을 무사히 보내주는 것. 두 번째는 당신이 첫 번째를 허락하면 말해주겠소. 당신이 거래를 받아들이면, 삼양궁의 명예를 걸고 삼 일 동안 침묵을 지키겠소.”

소일성은 거래의 무게를 위해선지 삼양궁의 명예까지 제

안했다.

하지만 추일학은 그의 말을 잠시 음미하더니 두 눈에 강렬한 살기를 일으켰다.

"그게 지금 거래가 된다고 보는가? 오히려 나는 살인멸구가 더 간단할 것 같은데……."

"물론 그 말대로일 수도 있소. 하지만 당신이 나를 재본 것처럼 나도 당신들의 능력을 재볼 수 있소. 아무리 당신들이 날고 기는 재주가 있다 해도 여기 있는 수하들을 다 죽일 수는 없소. 이 중 하나만 이 자리를 벗어나도 당신들에 대한 소문은 삽시간에 퍼져 나갈 것이오."

소일성의 그 한마디에 추일학은 바로 살기를 없애고 미소를 지었다. 지금 그의 말을 통해 그들은 진짜 후퇴할 결심을 했다는 것을 확인할 수 있었다. 그렇다면 더 이상 길게 끌 필요가 없었다.

"두 번째 거래 조건은?"

"저자와의 일 대 일 대결."

소일성의 손이 고경천을 가리켰다.

"이놈이 누굴 보고 저자라는 것이야. 저분은……."

"넷째야!"

추일학은 오염달의 뒷말을 막아버렸다. 굳이 상대에게 이것저것 그들의 정보를 흘릴 필요는 없었다. 대신 추일학은 고경천을 바라보았다.

한데 의중을 묻기 전 지금까지 침묵을 유지한 고경천이 이미 한 발 앞으로 나서고 있었다.

"내가 제일 약해 보였나 보군."

"아니… 제일 강하다고 느꼈기에 형장을 택했소. 그래야만 이 승패를 떠나 삼양궁의 명예를 최소한이라도 지킬 수 있을 테니까."

"명예라… 난 그런 건 모르지만, 걸어온 싸움은 피하지 않는 주의니까."

"그럼 이것으로 거래는 결정된 것으로 알겠소. 그리고 승패에 관계없이 나는 삼 일 동안 침묵을 약속하겠소. 동의하오?"

소일성은 추일학을 바라보며 동의를 구했다.

그러나 추일학은 아무 말도 하지 않았다. 대신 대답은 고경천의 입을 통해 나왔다.

"아니… 아직 동의할 수 없소."

"뭣이오?"

소일성의 목소리가 높아졌다.

하지만 고경천은 그런 것은 무시하고 천천히 자기의 말만 했다.

"그 조건은 어디까지나 당신이 내건 것이오. 하나 이쪽은 아직 조건을 내지 않았소. 해서 나도 조건을 하나 제시하리다."

"조건이라면……?"

"이쪽의 조건은 간단하오. 당신이 패하면, 목숨은 살려줄 테니 우리 쪽의 인질이 되시오."

그 한마디에 소일성의 눈빛이 살벌하게 변했다.

"당신! 나를 너무 무시하는 것 아니오?"

"무시? 이건 무시가 아니고 현실이오. 그리고 영 불안하다면, 내가 당신이 좋을 제안 한 가지 하겠소. 비무 대신 당신은 최선을 다해 나에게 일장을 날리시오. 만일 내가 쓰러지면 당신이 이기고, 쓰러지지 않으면 내가 이긴 것으로 합시다."

그 말 한마디는 주변을 순식간에 얼려 버렸다. 하지만 그와 반대로 더 뜨겁게 타오르는 자도 있었다.

'건방진 놈. 아무리 이쪽이 많이 수그리고 들어갔다지만… 그렇게 나온다면, 그 마음 감사히 받아주마.'

고경천의 조건 제시에 잠시 혼란을 느꼈지만, 소일성은 이런 기회를 정당하지 못하다느니 하는 말로 놓치는 바보가 아니었다.

"좋소."

대화를 하고 처음으로 소일성의 입에 미소가 걸렸다.

하지만 지금까지 여유로웠던 추일학은 눈이 튀어나올 것 같았다.

"그건 너무 무모합니다. 굳이 우리가 그렇게 할 필요가……."

"있소! 그래야 우리가 삼양궁보다 뛰어나다는 것을 인식시킬 수 있지 않겠소?"

고경천은 전신에서 강한 기세를 뿜어내며 다가오는 소일성을 향해 차가운 미소를 보여주었다.

第三章

천하를 향한 새로운 이름

“아…….”

그 말에 추일학은 탄성을 터뜨렸다.

‘설마 교주님은 삼앙궁에 멸망당한 삼음교의 후예들인 우리를 위해서…….’

추일학의 생각은 맞았지만 조금 부족했다.

고경천은 그런 의도 외에도 말하지 않은 한 가지 목적이 더 있었다.

‘거래를 시작했으니 최하 원금의 두세 배는 뽑아내야지. 그럴 때 쓰려고 익힌 흡정마공이니까…….’

고경천은 이번 싸움에 흡정마공을 사용해 보려고 했다.

‘그것이 아니라도 인질은 탈출하는 데 용이하기도 하지. 인질은 아니었지만, 성월여를 이용하려고도 했으니까……’

하나 그 사실을 알 리 없는 소일성은 멀리 떨어진 부대주에 명을 내렸다.

“지금부터 내 말을 명심해라. 삼 일 동안은 무슨 일이 있어도 궁에 연락을 하지 말고, 이번 승패에 대해서도 상관하지 말아라. 삼양궁도가 신의도 없다는 말을 듣는 것은 싸움에 지는 것보다 더 추한 일이다.”

“예!”

부대주도 주고받는 대화를 들었기에 더 이상 입을 열지 않았다. 그보다는 소일성의 능력을 믿었다. 그는 성철현을 위해 평상시 자신의 능력을 다 내보이지 않았다. 그렇지 않았다면, 북두칠강이 팔강으로 변했을지 몰랐다.

하지만 그에 반해 현무칠수는 하늘이 무너지는 것 같은 느낌에 휩싸였다. 특히 추일학은 그들보다 더 많은 것을 알기에 속이 탔다.

‘흡정마공을 익히는 것도 말리지 못해 그렇게 속을 태웠거늘. 이번에는 또 왜 이런 짓까지 벌이는 것인가? 정녕 이 모든 것이 교주의 고집인가? 아님 하늘의 농락인가?’

추일학은 시선을 하늘로 올렸다.

동편에서 조금씩 붉게 물드는 하늘은 조만간 곧 천지를 밝은 빛 속에 담아버릴 듯했다. 그러나 어둠이 물러가는 와중에서도 추일학은 오히려 진한 어둠을 느꼈다.

"자, 시작합시다."

고경천은 자신있는 음성으로 소일성을 불렀다.

"좋소."

소일성은 벌써 승자의 미소를 지었다.

"서생께서는 어떤 일이 벌어지더라도 나서지 마시오."

"……."

추일학은 그 말에 어떤 대답도 할 수 없었다.

"이건 명이오."

고경천이 강하게 말을 하고 나서야,

"알겠습니다. 명에 따르죠."

"대형!"

"큰 오라버니!"

나머지 현무칠수가 소리쳤지만 추일학은 눈을 감고 터질 것 같은 심장의 고통을 견뎌냈다. 얼마 전의 경험으로 말리면 더 역효과가 난다는 것을 너무 잘 알고 있었다.

모든 것이 마무리가 되는 것 같자 고경천과 소일성은 나머지 사람들과 거리를 두었다. 갑작스런 진입을 막기 위해 꽤 거리를 두었다.

"나는 삼양궁의 삼양신경 뇌양편에 담긴 뇌룡신주(雷龍神珠)를 사용하겠소."

소일성은 무림에 잘 알려진 육대절학을 언급하며 고경천

의 표정 변화를 보려 했다.

하지만 고경천은 그의 기대에 부응해 주기 싫은지,

"좋을 대로 하시오. 나는 그저 가만히 있을 테니 준비되면 시작하시오."

고경천은 별일 아니라는 듯 대꾸했다. 그러나 지금 그는 내심 긴장을 하고 있었다.

'젠장. 흡정마공이 말을 잘 듣지 않아도 환청의 말대로 무적이라면 죽진 않겠지. 그리고 천년화리로 근골도 단단해졌고, 그게 아니라도 몸속에 있는 두 개의 내공이 어떻게 해주겠지.'

하지만 그걸 알 리 없는 소일성은 내심 이를 갈았다.

'건방진 놈! 으득. 전력으로 날려주마.'

그리고 상대가 대처할 수 없을 정도로 바로 공격했다.

"그럼 시작하겠소."

파지지직.

공기가 타는 소리와 함께 용의 발처럼 오므린 소일성의 손에 뇌전이 모이기 시작했다. 간간이 사방으로 작은 불꽃을 토해내는 뇌전들은 그 안에서 점점 여의주처럼 뭉쳐져 둥그런 벽뢰주가 되었다. 그리고 계속해서 기운을 모으고 모아 가을 하늘의 짙은 푸르름을 닮아갈 때, 소일성은 손을 뻗었다.

"뇌룡신주!"

파지지지직.

공기가 순식간에 타 들어가며 벽뢰주를 쥐고 있는 소일성의 오른손이 그대로 고경천의 가슴으로 파고들었다.

'네놈의 건방짐도 이걸로 끝이다!'

펑!

빠직!

강력한 폭발음과 함께 뼈가 으스러지는 음향이 터졌다.

'컥!'

나름대로 자신있던 고경천의 두 눈이 크게 뜨여졌다. 거기다 순간적으로 호흡을 앗아갈 정도의 충격에 미처 비명도 토해지지 않았다.

하나 거기서 끝난 것이 아니었다.

소일성은 혹시라도 고경천이 튕겨 나갈까 봐 오므린 손으로 그의 갈비뼈를 단단히 움켜쥐었다.

'후후. 이건 딤이다.'

손아귀에 잡힌 뼈와 근육의 느낌을 음미하며 소일성은 단전에 가득 찬 벽뢰진기를 고경천의 몸 안에 들이부었다.

'크아악!'

고경천은 맨정신으로 벼락을 맞는 경험에 정신을 잃을 것 같았다. 하나 늘 한가닥 남는 이성이 그런 것을 막아주었다. 대신 그는 한 가지 목적을 위해 몸을 파고드는 기운에 대항하려는 두 기운을 막아야 했다. 만약 여기서 소일성의 기운을 밀어내기라도 하면, 흡정마공을 자극하려는 그의 의도는 실패할 수도 있었다.

그리고 그의 그런 의도가 제대로 먹혔는지,

'그… 그… 그래. 그거다.'

고통 속에서도 고경천은 그의 의지와 상관없이 움직이는 기운을 느꼈다. 그리고 그 기운은 거침없이 몸속에 들어오는 이질적인 기운을 빨아들이며 단전에 새로운 공간을 만들어갔다. 그리고 처음과 달리 조금씩 거칠어지기 시작하는 흡정마기는 빠르게 침입의 근원이 되는 가슴 쪽으로 모여들었다.

'응?

한참 벽뢰진기를 토해내던 소일성은 이상한 느낌에 자신의 손을 바라보았다. 무언가 거머리같이 검은 기운이 손끝을 타고 들어오더니 그의 진기를 타고 계속해서 팔뚝으로 밀려들어 왔다. 그리고 그는 생전 처음으로 겪어보는 극악의 고통을 맛봐야 했다.

"크아아아악!"

그는 어떻게든 벗어나려 했지만, 이미 달라붙은 그의 손은 떨어지려 하지 않았다. 그래서 나머지 손을 들어 고경천의 반대쪽 가슴을 후려쳤다.

펑!

"……!"

그러나 고경천은 떨어져 나가지 않았다. 대신 반대쪽 손도 가슴에 잡혀 버렸다. 그리고 순식간에 그의 손에 그려지는 검은 선들이 팔뚝을 지나 몸속으로 파고들었다.

“크악! 으아아아악!”

우둑! 우두둑!

그 다음부터 소일성은 다른 행동을 할 수 없었다. 그동안 배웠던 무공도 다 필요없었다. 이미 머리 속은 인지 밖의 고통으로 하얗게 변해 버린 후였다. 고경천과 달리 살아오며 고통에 대한 내성을 기를 일도 없었고, 이런 고통은 일부러 기를 일도 없었다. 거기다 살아 있는 것처럼 몸속을 헤집는 흡정마기는 점점 그에게서 반항할 힘을 빼앗아 버렸다. 언제부터 다리에 힘이 풀어졌는지 점점 소일성의 무릎이 구부러졌다.

“대주님!”

그 비명 소리에 삼양검대의 부대주와 다른 대원들이 놀라서 달려들려 했다.

차앙.

그를 따라 나머지 대원들도 검을 뽑아 들었다.

“어쭈! 뒈지고 싶어 환장했다 이거지?”

오염달이 그들의 앞을 가로막고, 최염도 검을 뽑아 온 전신에 바람을 불러일으켰다.

“그만!”

추일학은 그런 그들의 대치를 막으며 부대주란 자를 바라보았다.

"스스로 내뱉은 말도 지키지 못하는 비겁자가 되고 싶은가?"

"……!"

그 한마디는 어떤 점혈법보다 강하게 삼양검대의 발을 묶어버렸다.

"삼양궁의 명성이 거짓인 걸 보여주려면 움직여라."

"닥치시오. 삼양궁은 절대 그런 짓은 하지 않소."

"후후. 그럼 되었네."

부대주의 말에 추일학은 미소를 지었다. 더 이상 그들은 다른 행동을 할 것 같지 않았다. 대신 지금 고경천과 소일성의 처절한 현장을 보면서 가슴 한편이 서늘해지는 것을 느꼈다.

'설마 저게 흡정마공의 위력이란 말인가?

소일성은 이제 비명조차 내뱉지 못하고, 고경천의 가슴을 잡은 채 축 늘어져 있었다. 그리고 고통은 신경마저 마비시켰는지, 일순 소일성의 하체가 뜨뜻하게 적셔졌다.

고경천은 새로운 진기가 단전을 채워가자 점점 고통이 가시며 정신이 맑아졌다. 이제 벽뢰진기로 인한 고통은 느껴지지 않았다. 대신 가슴에 이는 고통은 아직 강렬했지만, 그걸로 죽을 것 같지는 않았다. 온몸에 그려진 검은 선들의 문신은 갑옷이 되어 일차로 대부분의 공세를 감소시켜 주었다.

'흡정마공. 이렇게 사용하는 것인가?'

맑아지는 정신 속에서 고경천은 한 가지를 깨달을 수 있었다.

고경천은 흡정마기도 일종의 기라고 여겨 운기행공의 방법으로 움직이려 시도해 봤다. 하지만 그것이 아니었다. 전에 흡정마공을 얻을 때도 그러했듯, 흡정마기는 살아 있는 것 같았다. 마치 의지를 갖고 살아 있는 존재처럼 자기 멋대로 움직였다. 그래서 벽뢰진기가 몸을 덮어오자 고경천은 행공보다 차라리 빨아들여야겠단 의지가 먼저 움직였다. 그리고 점점 흡정마기가 활성화되자 소일성의 몸속까지 넣겠다 생각했다. 그러자 흡정마기가 상대의 몸속으로 스며들어 벽뢰진기를 빨아들였다. 결국 환청의 말대로 받아들이는 순간, 그와 흡정마기는 하나가 되었던 것이다. 그의 의지에 따라 움직이는 그런 존재로 말이다.

'그만. 돌아와라.'

고경천이 상대의 내공을 더 이상 흡정할 생각을 버리자 흡정마기가 자연스레 그의 몸으로 돌아왔다. 더 이상 흡정했다가는 목숨은 물론, 폐인이 되어 애써 잡은 인질의 값어치가 떨어질 수 있었다.

스르르륵.

흡입력이 사라지자 소일성이 그대로 미끄러져 내렸다.

고경천은 그런 그를 잡아 넘어지지 않게 만들었다.

'참을성이 별로 없는 친구군.'

소일성은 두 눈이 까뒤집어져 있고, 입가에는 게거품까지 물고 있었다. 얼마나 커다란 고통인지 눈물 자국도 보였다. 그리고 고통은 신경마저 마비시켰는지, 하체에서 뜨끈한 김까지 솟아오르고 있었다.

그렇다고 그의 모습에 동정심은 일지 않았다. 소일성은 자신이 고통스러워했을 때 스스로 잘났다고 여기는 자들의 오만함을 보여줬었다. 그런데 자기에게 고통이 닥치자 버티지 못하고 기절하는 모습이라니.

그러나 고경천은 잘못 생각하고 있었다. 그니까 단계별로 고통에 익숙해져 견디는 것이지, 다른 사람이 변태가 아닌 이상 이런 고통에 인이 배길 수는 없었다.

"이래서 화초는 온실 속에서 키우면 안 되는 법이야."

고경천은 듣든 말든 그 말을 끝으로 늘어진 소일성을 부축해 안아 들었다.

'윽!'

가슴에서 고통이 전해졌지만, 참고 그대로 추일학에게 다가갔다.

추일학은 다가오는 고경천을 보며 눈만 떨고 있을 뿐, 어떤 말도 꺼내지 못했다. 나름대로 현자라는 명성을 듣고 있는 그였지만 고경천 같은 자는 처음이었다.

"중요한 인질이니 잘 대해주시오."

"예."

고경천은 소일성을 추일학에 넘겨주고 분노를 드러내는 삼양검대에게 다가갔다.

"약속대로 너희 상관은 무사하다. 그러니 물러가라."

"정말 대주님은 무사하오?"

부대주는 소일성의 처절한 비명을 잊을 수 없었다.

"그 말은 무사하지 않길 바란다는 것인가?"

고경천은 상대의 반응에 눈꼬리가 올라갔다. 지금 그는 한 시바삐 몸조리를 하고 싶었다.

"아… 아니오. 알겠소. 물러가겠소. 그럼 이만."

부대주는 안타까운 눈빛을 소일성에게 던졌지만, 대주까지 당한 마당에 어쩔 수 없어 이를 악물고 돌아서려 했다.

"잠깐!"

"무슨 일이시오?"

"잊은 것이 있다."

"잊은 것이라니……."

부대주는 무슨 말인가 했다. 설마 소일성을 돌려줄 일은 없을 테고.

그런데 고경천은 엉뚱하게 바닥에 쓰러진 시체를 가리켰다.

"너희와 함께 온 자들이다. 설마 동료의 장사를 적에게 부탁할 것이냐? 너희의 동료이니 너희가 해결해라."

"그들은 우리의 동료가……."

"두 번 말하지 않겠다. 지금 별로 기분이 좋지 않으니 그렇게 나온다면 생각이 있다. 어차피 삼 일의 여유와 인질은 별개의 문제니까."

고경천은 천천히 소일성에게 다가갔다.

"자… 잠깐! 기다리시오. 알겠소. 우리가 처리하겠소. 시체를 수거해라."

부대주는 대원들에게 명해 바닥에 쓰러져 있는 시체들을 수거하기 시작했다.

"삼 일 침묵은 지킬 것이니 당신들도 대주님을 잘 돌봐주시오."

"자꾸 똑같은 말 하게 만들면 모든 것을 무로 돌릴 수도 있다."

이미 그들에게 짜증이 난 고경천의 음성은 싸늘하기만 했다.

"……."

결국 부대주는 더 이상 입을 열지 못하고, 그렇게 다른 대원들과 함께 떠나갔다.

그리고 그들이 떠나가자,

"윽!"

고경천은 가슴을 움켜쥐며 비틀거렸다.

"교주님!"

오염달이 부리나케 달려와 고경천을 받쳤다. 지금까지는 고경천이 보여주는 서슬 퍼런 기세에 다른 행동을 못했지만, 이제야 움직이게 되었다.

추일학은 그런 고경천을 보며 한마디를 던졌다.

"교주님은 일 처리가 매우 깔끔하시군요. 시체를 처리하지 못했으면, 그거대로 골치 아픈 일들이 생겼을 텐데. 덕분에 간단하게 처리할 수 있게 되었습니다."

"난 거기까지는 모르오. 단지, 시체가 널린 데서 밥을 먹기 싫을 뿐이니까. 밤새도록 난리를 쳤더니 배고프오. 밥이나 먹읍시다."

그의 한마디에 모두들 한밤의 긴장이 사라지는 느낌이 들었다. 그리고 곳곳에서 배가 고프다는 신호를 보내왔다. 게다가 눈치 빠른 홍아연은 분위기를 더욱 돋울 한마디로 모두를 즐겁게 만들었다.

"알겠습니다. 제가 교주님께 원기 회복하는 특별식을 만들어 드릴게요."

"오오! 간만에 막내의 실력을 볼 수 있단 말이지?"

"호호. 당연하지요. 거기다 저희 형제들이 오면 함께할 명주까지 준비해 놓았으니 기대하라고요."

홍아연이 그 말을 하며 가옥으로 사라졌다.

그러나 추일학은 즐거워지는 분위기에도 한 가지를 잊지

않아 진가도를 불렀다.

"셋째야, 여섯째와 함께 인근 주변을 돌며 혹시라도 어제 일을 알고 있을지 모를 사람들에게서 기억을 지워라."

"예. 여섯째야, 가자."

진가도와 최염은 그렇게 몇 되지 않는 주변 가옥을 돌아보러 갔다. 어제 비가 요란하게 내리고, 천둥 번개가 쳤다 해도 혹시라도 목격자가 있어 후에 어려움이 남을지도 몰랐다.

"그리고 넷째와 다섯째는 싸움의 흔적을 지우도록 해라."

"예. 땅에 관한 것은 맡겨주십시오."

오염달은 홍해구와 돌며 주변에 남겨져 있을 흔적들을 지우려 움직였다.

"안으로 가시지요. 교주님께 드릴 이야기가 있습니다. 앞으로 우리가 가야 할 곳과 해야 할 일. 교주님이 기절해 있는 동안 제가 몇 가지 계획을 세워둔 게 있습니다."

"홋. 설마 그동안 친 사기도 모자라 더 큰 사기를 치려는 것 아니오?"

"하하하. 사기라니요. 아마 저를 보고 사기꾼이라 하는 사람은 교주님밖에 없을 것입니다. 뭐 좋습니다. 사기든 진실든 그건 중요하지 않습니다. 이젠 대상이 삼양궁이 아니라 천하를 향한 것이니까요."

"천하라……."

고경천은 그 말을 듣자 아버지의 소원이 떠올랐다.

"그거대로 하면 일류가 될 수 있소?"

"교주님은 꿈이 작군요. 겨우 일류라니… 이번에 제가 계획한 일은 앞으로 천하제일은 물론, 고금제일로 남을 일입니다."

추일학의 얼굴에 자신감이 흘렀다.

고경천은 그의 얼굴을 보다 미소를 지었다.

"뭐, 사기야 늘 과장되기 마련이지만 그 반만 된다 해도 기대할 만한 일인 것 같소."

"교주님, 후회하지 않으실 것입니다."

두 사람의 눈이 잠시간 허공에서 맞물렸다. 이미 상대에 대한 신뢰는 더 이상 말이 필요없었다.

"그럼 얼른 들어갑시다. 난 지금 고금제일보다 선자가 해주는 특별식이 더 간절하니까."

"예."

그렇게 둘은 기절한 소일성을 데리고 가옥으로 돌아갔다.

잠시 후.

홍아연은 호언장담대로 사람들의 기대를 저버리지 않았다. 내온 음식의 양도 푸짐할뿐더러 모양이나 향이 사람들을 매혹시켰다. 홍아연은 북쪽 출신답게 주로 볶은 요리를 내왔다.

돼지고기를 밀가루 옷을 입혀 튀긴 다음 양념을 듬뿍 묻혀 살짝 볶은 만제고노육(漫薑古老肉)에 하얀 새우 살을 기름에 깨끗하게 볶아낸 청초하인(清炒蝦仁), 그리고 볶은 음식의 느끼한 맛을 없애주는 계용옥미갱(鶏茸玉米羹)은 옥수수 특유의 고소함과 부드러운 맛이 사람들의 입맛을 더욱 돋우어주었다.

이게 바로 홍아연이 자랑하는 세 가지 음식으로 허기를 날리는 삼미월함(三味越頷)이었다.

이미 맛을 아는 자들과 처음 먹는 고경천까지 모두 한밤의 피로도 잊고 음식이 주는 행복에 푹 빠져들었다.

그리고 그런 시간이 끝나자 언제 구해놨는지 강서성이 자랑하는 노산운무차(蘆山雲霧茶)를 들고서 추일학의 입만 바라보고 있었다.

추일학은 식사가 끝나자 모두에게 들려줄 중대한 이야기가 있다는 서두 때문인지 쉽사리 입을 열지 않았다.

"대형, 뜸 들이다 밥 타겠소. 지금 교주님도 저렇게 애타게 기다리고 계시는데, 언제까지 애만 태우려 하는 것입니까?"

실상 고경천은 식사 전 언급한 것이 있어 느긋하게 기다렸으나, 더 이상 참지 못하는 오염달은 그를 팔아서 자신의 의문을 해소하려 했다.

그 말에 추일학은 잠시 눈을 감았다 뜨며 탁자를 둘러싸고 있는 진가도, 오염달, 홍해구, 최염, 홍아연의 얼굴을 찬찬히 바라보았다. 그는 마치 못 꺼낼 이야기라도 꺼내는 것처럼 머뭇거리다 입을 열었다.

"내 말을 하기에 앞서 너희에게 양해를 구할 것이 있다."

"……?"

추일학은 잠시 동안 모든 갈등을 잊었다는 듯 두 눈에 빛을 내며 말을 꺼냈다.

"우리는 이곳을 떠나는 순간, 삼음교란 이름을 잊는다."

"예?!"

모두의 두 눈이 휘둥그레졌다.

더욱이 그 말은 고경천의 예상마저도 뒤집어엎는 것이라 그도 놀라는 시선이 되어 추일학을 바라보았다.

"말 그대로다. 삼음교란 이름을 세상에서 지우며, 향후 우리의 진로도 보금자리가 있는 북이 아닌 서로 잡는다."

추일학의 그 말 한마디는 너무나 커다란 침묵을 가져왔다.

하지만 그러기에 깨졌을 때의 반항도 컸다.

쾅!

오염달은 탁자를 내려친 후 분노가 서린 눈으로 추일학을 바라보았다.

"저 오염달, 지금까지 살아오며 대형이 최고라 생각했습니다. 하지만 이 시간부로 그 생각을 바꿀 것입니다. 도대체 이유가 뭡니까? 삼양궁이 두렵습니까? 아니면, 우리가 흡정마공을 갖고 있단 소문이 퍼져 무림인들에게 쫓기는 것이 겁납니까?"

"그런 건 아니다."

"그럼 도대체 사부님의 유언을 어기는 말을 어떻게 그렇게 쉽게 내뱉을 수 있단 말입니까? 안 그러오, 셋째 형?"

오염달은 아직 정신을 추스르지 못한 진가도를 재촉했다. 거기다 그것도 모자란지.

"다섯째야! 여섯째야! 막내야! 너희도 뚫린 주둥이가 있으면 입을 열어보라고. 지금 대형이 사부의 유명도 어긴다는데, 그대로 있을 거란 말이냐? 씩씩."

좀처럼 화가 풀리지 않는지 오염달의 숨소리는 거칠어지기만 했다.

하나 아무래도 가만히 있기에는 그래서 고경천이 일단 오염달을 끌어 앉히려 했다.

"잠시만 자리에 앉아보시오."

"교주님, 지금 대형이 하는 것을 들어보십시오. 삼음교의 부활을 이루지 않는다는 것은 교주님을 인정하지 않는다는 소리도 되는 것입니다. 이런 말에 아무런 화도 나지 않습니까?"

"화? 내가 왜 화를 내겠소? 나는 교주가 되어달라는 말을 해서 교주가 된다 했지, 애초부터 나는 교주란 위치에 대해 아무런 관심이 없소."

"그게 무슨 말입니까? 현음진결을 익힌 자가 차기 교주란 것은 사부님이 남긴 유명입니다. 그것은 꼭 지켜져야만 하는 것입니다.”

그건 신념을 넘어선 고집까지 담겨 있었다.

하지만 그것이 고경천의 성질을 건드렸다.

‘빌어먹을 두더지. 정말 말귀 더럽게 못 알아먹네. 다른 자들도 이런 식이라면 한 번 정도는 발작할 필요가 있겠어.’

그래서 고경천은 그걸 그대로 실행했다.

“오염달!”

고경천의 입에서 호통성이 터져 나왔다. 거기다 순식간에 기질까지 바뀌어 버린 고경천은 강렬한 살기를 오염달에게 쏘아 보냈다. 이제는 살기에 흡정마공의 기운이 섞여 상대에게 묘한 오한이 들게 했다. 포식자와 비포식자의 관계처럼 그 자체가 주는 마력에 오염달은 입을 다물어 버렸다.

“당신 눈엔 내가 핫바지 저고리로 보이나? 그저 나란 놈은 ‘교주 하십시오’ 하면 ‘알겠습니다’ 하고 받아먹는 그런 모자란 놈 같아? 내가 교주 하겠다고 말한 이상. 나는 그 자리에 담긴 권위와 책임감도 짊어졌다. 그러니 내가 하기 싫다고 말하기 전까지 나는 당신의 교주야. 그러니 자리에 앉아. 저기 쓰러져 있는 놈처럼 당하기 싫으면 성질만 내지 말고 서생의 말을 끝까지 들어!”

고경천은 한쪽에 기절해 있는 소일성을 가리키며 오염달에게 엄포를 놓았다.

오염달은 그와 고경천을 보며 잠시 무언가 생각하는 듯하다 체념한 눈빛으로 고개를 숙였다.

"…예. 속하가 생각이 짧았습니다. 교주님께 용서를 바라겠습니다."

"내 여기서 말하지만, 향후 다시 한 번 이런 모습을 보이면, 당신들 모두 가만두지 않겠소."

"예. 명심하겠습니다."

고경천이 잠시 그들을 보다 추일학을 보니 자신을 보며 미소 짓고 있었다. 그 두 눈에선 이미 고경천의 속마음을 눈치 챘다는 것이 엿보였다.

'허 참. 눈치 하나는 귀신같은 자야. 적이 아니길 다행이지. 적이라면……'

고경천은 고개를 설레설레 저었다. 나름대로 한 번은 확실한 모습을 보여줘야겠다 벼르다 한 행동인데, 추일학은 그 속까지 보고 있었다.

뭐 이유야 어떻든 덕분에 분위기가 정리되자 추일학은 다시 입을 열 수 있었다.

"모두들… 내 말은 아직 끝난 것이 아니다. 나는 삼음교의 이름을 잊는다 했지, 포기한다고 하진 않았다. 우리는 이곳을 떠나는 순간 모든 것을 새롭게 시작한다."

"……?"

"우리는 앞으로 삼음교란 이름 대신 북신마교(北辰魔敎)란 이름으로 움직일 것이다."

"……."

하지만 이 말은 모두에겐 너무나 급작스런 말이었다.

북신마교라니… 더욱이 왜 갑자기 교 이름에 마가 들어가는가? 아무리 삼음교가 정사 중간의 문파라고 하지만, 그렇다고 마가 들어갈 정도는 아니었다.

그러나 그들과 달리 고경천은 왠지 그 이름이 이해가 갔다.

"그 이름… 나로 인해 생긴 것이오?"

"반은 맞고 반은 틀렸습니다. 물론 교주님과 관계가 있지만 사실대로 말하자면 교주님이 갖고 있는 무공에 기인한 것입니다. 원래 이 이름은 상요에 와서 생각해 낸 것입니다. 흑옥마면상이 우리의 손에 들어오고, 거기다 교주님이 흑옥마면상에 담긴 흡정마공을 깨우치자 이 이름은 정해졌습니다."

"흡정마공?!"

모두들 경악 어린 시선으로 고경천을 바라보았다. 그들은 꿈에서라도 흡정마공을 고경천이 익혔다 생각하지 못했다. 아니, 그보다 흑옥마면상에 흡정마공이 담긴 것을 추일학은 어떻게 알았는가?

추일학은 모두의 의문 어린 시선을 받으며 이야기를 완성시켜 나갔다.

"내 너희에게 말하지 않은 사부님의 유명이 있다. 바로 흡정마공에 대한 것. 혹시라도 그 유혹에 빠질 것을 염려해 그분은 죽는 순간에서야 나에게 유언을 남겼다. 그리고 둘째가 찾으려는 물건, 그도 모르고 있지만 실상 그건 흡정마공의 위치를 나타내는 장보도다. 하지만 공교롭게도 우리는 그럴 필요 없이 흡정마공을 얻게 되었다. 둘째와 셋째, 여섯째가 옥화산에서 습격한 호송대가 운반하던 흑옥상. 그것이 바로 흡정마공을 담고 있는 흑옥마면상이다.”

“…….”

모두는 입을 열 수 없을 정도로 얼이 빠져 버렸다.

“그리고 다행인지 불행인지 모르지만, 흡정마공은 교주님의 몸에 심어졌다.”

추일학은 고경천을 바라보았다.

고경천은 그의 눈빛에 추가로 한마디를 보태주었다.

“내 얼굴과 온 전신을 감싼 검은색의 선들. 이것이 바로 흡정마공을 얻으며 생긴 표식들이오. 아직은 차분히 살펴볼 시간이 없어 그 정체를 파악하지 못했지만, 흡정마공이 아니었으면 나는 소일성의 일장을 맨몸으로 막을 수 없었소.”

“예. 이미 짐작은 했습니다. 흡정마공은 모든 무학의 상극이며 상대의 무공을 빨아들이는 마공. 육대절학의 하나라는 삼양신경도 따를 수 없을 것입니다. 실상 무림인들이 흡정마공을 포함시켜 칠대절학으로 부르려 하지만, 그건 흡정마공을 잘 모르고 하는 소리들입니다.”

“그건 그럴 것 같소.”

일단 과거 육대절학으로 불리던 삼음비전의 현음빙기를

익히고 있는 고경천으로서 과거 흡정마공을 받아들였을 때, 그의 무공이 얼마나 무기력했는지 잘 알고 있었다.

"그래서 앞으로 원치 않아도 전 무림인들의 공분을 받아야 합니다. 그렇게 된다면, 원치 않아도 마가 될 수밖에 없습니다. 그럴 바엔 차라리 먼저 마가 되어 그들이 손을 쓸 수 없게 만들면 됩니다. 그러기 위해 우리는 하늘에서 유일하게 빛을 내는 북극성이 되지 않으면 안 됩니다. 그래서 북극성에서 따온 북신과 흡정마공의 마, 그리고 우리의 전신인 삼음교를 합쳐서 북신마교란 이름을 붙이게 된 것입니다."

왠지 스스로 마가 되어야 한다는 것이 께름칙했지만, 고경천은 그 말에 동조했다.

"알겠소. 나는 이름이 무엇이던 관계가 없소. 하지만 미안하게도 삼음교란 이름보다는 북신마교란 이름이 더욱 마음에 드오."

"사실 저희도 삼음교의 후예라 하지만, 사부님에게 얻은 것은 일부분밖에 되지 않습니다. 사부님이 말씀하시길 자신은 교도의 신분이라 그 이상의 것은 전해줄 수 없다 했습니다. 그래서 교주만이 익힐 수 있는 현음진결은 마지막 교주이신 강백천(姜白天) 교주님 함께 사라졌고, 그것을 제외한 나머지를 각자에게 맞추어서 익힌 상태지요. 현음진결의 소유자인 교주님이 교에서 금지한 흡정마공을 익힌 이상, 더 이상 삼음교의 이름을 고집할 수는 없습니다."

추일학이 이런 말을 꺼낸 것은 그런 이유가 있어서였다. 안 그러면 고경천과 그들의 관계는 성립될 수 없고, 그렇다고 싸울 수는 더더욱 없었다. 융통성없이 얽매이는 것은 소인들이나 하는 짓이니 스스로 군자지도를 좇는 서생인 추일학으로선 최선의 선택을 한 것이다.

"그리고 중요한 것이 또 있습니다. 앞으로 우리가 해야 할 일. 탈출지를 북이 아닌 서로 잡은 것은 관서무림이라 불리는 서쪽 무림, 특히 사천의 여건 때문입니다."

한데 그의 말이 나오자 지금까지 말이 없던 진가도가 눈치를 보며 말을 꺼냈다.

"대형, 진정으로 사천으로 향하시렵니까?"

"그렇다. 무림 전체를 놓고 봐도 유일하게 거대 세력이 없는 곳이 바로 사천이다. 비록 그곳에 당가와 아미파가 있다지만, 그들은 삼양궁처럼 영향력이 그렇게 큰 곳이 아니다. 더욱이 사천은 다른 곳과 달리 시간을 절약해 세력을 키울 수 있는 곳이 있지 않느냐? 그래서 우리는 꼭 그곳에서 둥지를 틀어야 한다."

"설마… 대형은 서사천무림(西四川武林)을 생각하고 있는 것입니까?"

"맞다."

"음."

그 말에 진가도는 참지 못하고 묵직한 신음을 토해냈다.

그건 별다른 표현을 하지 않는 나머지도 마찬가지였다. 모두들 별로 좋지 않은 표정으로 서사천무림에 대한 반응을 보였다.

'서사천? 그곳에 무슨 특별한 이유라도 있는가? 그보다 서라… 점쟁이 노인이 말한 서가 이걸 뜻한 거였나?'

이미 의(醫)란 글자에 대해서는 톡톡히 그 결과를 확인했다. 그러다 서(西)가 나오자 이것도 점괘대로 풀린다는 생각이 들었다.

"자, 그럼 지금부터 이야기가 본격적입니다. 제가 그동안 세운 계획은……."

추일학은 앞으로 그들이 해나가야 할 일들에 대한 커다란 줄기를 알려주며, 세세한 것들에 대해서는 서사천에 도착하는 대로 보완하기로 결정했다. 모두는 그들의 이야기를 들으며 걱정 반 근심 반인 표정을 지었다.

그리고 그들과 떨어진 침상 위.

눈을 감고 있는 소일성의 속눈썹도 간간이 떨리는 것이 마치 악몽이라도 꾸고 있는 자의 모습 같았다.

第四章
스스로 미끼가 되다

# 吸精魔功

끔찍한 악몽도 아침 햇살 앞에 무기력하듯, 지난밤의 봄비 같지도 않은 봄비도 거짓말처럼 사라졌다. 아침 공기는 이슬을 머금어 촉촉하고, 봄 특유의 싱그러움이 공기 중에 묻어났다.

덜컹.

그런 아침을 맞이하러 나오는 자들은 비록 얼굴은 조금 해쓱했지만, 두 눈만은 삶의 의지로 강하게 빛났다.

그들은 먼 여행을 떠나는 것처럼 작은 봇짐을 하나씩 둘러멨다. 그들 중 남들보다 커다란 덩치를 자랑하는 추일학이 떠나기에 앞서 다시 한 번 계획을 상기시켰다.

"일단 계획대로 남진을 한다. 어디까지나 목적은 적이 우리의 최종 행선지를 모르게 하는 것이 우선이다. 그 뒤 여러 번의 금선탈각(金蟬脫殼:매미가 허물을 벗듯 위기를 모면하다)을 통해 강서성을 탈출하는 것이다. 단, 이 일의 관건은 우리에게 주어진 삼 일. 삼 일 동안 추적자들과의 거리를 최우선으로 벌려놓는 것이다. 그리고 셋째야.”

“예, 대형.”

“이 계획의 중요도는 너에게 달렸다. 네가 어떻게 하느냐에 따라 우리 중 몇이 무사히 강서성을 벗어나냐 못 벗어나냐가 달려 있다. 어디까지나 삼양궁도 본거지인 강서성 밖만 벗어나면 대규모의 추적은 힘들 것이다.”

“알고 있습니다. 어차피 그것이 제 전공이니 걱정 마십시오.”

진가도는 자신있는 미소를 지었다.

“셋째 형, 걱정 마슈. 나랑 여섯째가 마지막까지 함께할 것이니 어떤 놈도 셋째 형의 옷깃 하나 건들 수 없을 것이오.”

오염달의 장담에 최염은 그저 묵묵히 고개를 끄덕였다.

추일학은 그들을 보다 고경천에게 시선을 건넸다.

“교주님, 따로 궁금한 사항이 있습니까?”

“없소. 단지 오히려 전력이 분산되면, 각개격파당하지 않을까 하는 우려가 드오.”

추일학의 능력은 믿지만, 상대해야 할 숫자는 많고 그 능력도 미지수였다.

"후후. 걱정하지 마십시오. 제가 누구입니까? 교주님도 인정한 사기꾼입니다. 그리고 저는 가능성이 칠 할을 넘지 않는 계획은 행하지 않습니다. 더욱이 우리에겐 아주 좋은 미끼가 있지 않습니까?"

추일학의 시선이 무기력하게 늘어진 소일성을 바라보았다.

전날의 그 당당하던 모습은 사라지고, 아직도 충격에서 제대로 벗어나지 못한 모습이다. 거기다 내공의 대부분이 사라져 눈빛도 흐리멍텅한 것이 중병에라도 걸린 듯했다.

"삼양궁은 인질이 있는 이상 저희를 죽어라 쫓을 수밖에 없습니다. 그들 나름대로 자존심도 있고, 더군다나 소일성은 부궁주의 아들입니다. 게다가 그들 삼궁이 통합된 상태라 하나 그건 성효명 하나로 인해 유지되고 있을 것입니다. 그나마 다음 세대인 성철현을 소일성과 염희강이 따르지만, 소일성이 잘못되기라도 하면 반드시 분란이 생깁니다. 그러니 그걸 막기 위해서라도 소일성을 반드시 찾으려 들 것입니다. 그러니 상대는 인질을 되찾기에 바빠 우리의 금선탈각을 쉽게 눈치 챌 수 없을 것입니다. 더욱이 셋째의 기환술(奇幻術)은 그렇게 녹록한 것이 아닙니다. 그중 조시술을 사용하면, 사람이 빠져나가도 적들은 눈치 채지 못할 것입니다."

"알겠소. 서생께서 그리 말한다면 그대로 해봅시다. 단, 내가 교주로서 처음으로 명을 내리겠소."

고경천은 이제는 억지로가 아닌 의지로 한 배를 타게 된 사람들을 보았다.

추일학, 진가도, 오염달, 홍해구, 최염, 홍아연. 아직 몇몇은 제대로 이야기를 나눠보지도 못했다. 그러나 이들과 고경천은 하나의 운명의 끈으로 연결된 사이들이었다. 해서 그들은 고경천에게 있어 하나의 신체였다.

"사람은 수족이 끊어져도 살 순 있지만, 그때부터 제대로 된 삶은 포기해야 하오. 여러분은 이제 나에게 있어 수족과 다름없소. 그러니 나를 불구로 만들고 싶지 않다면, 부디 내 허락 없이는 절대 죽거나 다치지 마시오."

그 한마디에 잠시 말을 잃던 현무칠수는 곧 힘차게 대답했다.

"존명!"

"그럼 갑시다."

"예!"

고경천이 앞장서고 그 뒤를 현무칠수가 따랐다.

*　　　*　　　*

"실수군."

"죄송합니다. 북에 있는 그들이 호송대나 털 거라곤 생각지도 못해서⋯⋯."

삼양궁의 총승령 갈유경(葛儒經)은 죄송스러움에 고개를 떨구었다.

성효명은 태사의에 기댄 상태로 잠시 갈유경의 등 너머를 바라보았다.

곧게 뻗은 대전의 끝 출입구에 누군가 다가오는 기척이 느껴졌다. 하지만 무시하고 그대로 입을 열었다.

"흐음… 현무칠수라… 그보다 현무칠수라는 놈들이 삼양궁에 검을 들이댈 정도로 멍청한 놈들이었더냐?"

"예?"

숙여졌던 갈유경의 고개가 들렸다.

"아니다. 단지, 지금보다 일에 만전을 기해라. 은밀함이 깨어져도 좋으니 한시라도 빨리 흑옥상을 회수하도록 해라."

"존명!"

갈유경이 힘있게 대답했다. 왠지 크게 생각하지 않던 흑옥상 문제가 점점 크게 다가오는 듯했다.

"물러가라."

조용한 한마디에 갈유경의 신형이 안개처럼 꺼졌다.

그리고 얼마 안 있어 대전으로 빠르게 다가오는 자의 발걸음 소리가 들렸다.

하나 이미 그 사실을 눈치 챈 성효명은 얼마 전과 달리 입가에 부드러운 미소를 지었다. 발소리만 들어도 그는 누가 다가오는지 이미 알고 있었다.

그리고 그 사람은 대전의 입구를 지나기 무섭게 제일 먼저 울음 섞인 음성으로 자신의 존재를 알렸다.

"할아버지!"

어찌나 크고 우렁찬지 실내가 쩡쩡 울렸다. 그리고 얼마 남지 않은 공간은 경공을 발휘해 허공을 날아 그대로 성효명의 품에 안겼다.

"이런… 다 큰 계집이……."

"흑흑. 할아버지."

성월여는 성효명의 품에 안기자마자 울음부터 터뜨렸다. 밖에서는 도도하고 시건방진 모습이지만, 성효명 앞에서는 늘 어리광쟁이의 모습이었다.

"허허. 우리 공주님이 왜 이렇게 우시나? 이 할아비를 잠깐 못 봤다고 이런 것은 아닐 테고."

성효명은 주름진 손으로 부드럽게 그녀의 머리를 쓰다듬어 주었다. 천하에서 유일하게 성효명의 입가에 미소를 띠게 만드는 사람이 바로 성월여였다. 성월여가 안하무인으로 무림을 다닐 수 있는 것도 무공보다는 이것에서 기인한 것이 컸다.

"흐흑. 할아버지, 제발 월여의 한을 풀어주세요. 그렇지 않으면, 저는 당장이라도 목을 매달고 죽을 수밖에 없어요."

"응?"

성효명은 그녀의 무서운 한마디에 미간을 깊게 찌푸렸다.

그리고 한참 흐느껴 울던 성월여가 고개를 쳐들고 악에 받친 음성으로 입을 열 때는 성효명의 두 눈에 살기마저 감돌았다.

"할아버지, 제발 그놈을 죽여주세요. 감히 그놈은 월여의 뺨을 때리고, 모욕을 주고, 심지어는 알몸으로 만들어… 흑흑."

그 다음 말은 오만 가지 복받쳐 오는 설움으로 인해 잇지 못했다.

그러나 그걸로도 충분했다. 성효명은 지금까지 성월여에게서 이런 모습을 본 적이 없었다. 천하인들이 그를 봐서 어느 정도 양보를 해주기에 성월여는 지금까지 낭패를 몰랐었다. 한데, 잠깐 동안의 무림행에 무슨 일이 있었는지 좀처럼 눈물을 멈추지 않았다.

"그놈이라니… 그놈이 누구이기에 너를 이렇게 슬프게 만들었느냐?"

"고경천. 고경천이란 이름을 쓰는 놈이에요."

"고경천?"

혹시나 나름대로 무림에 커다란 명성을 가진 놈이라 생각했던 성효명은 너무나 생소한 이름에 조금 맥이 빠져 버렸다.

"네. 고경천… 그놈은 절강성부터 시작해 선하령까지 계속해서 저에게 모욕을 준 놈이에요. 선하령에서 현무칠수와 도망만 치지 않았어도 사부님이 끝장을 냈을 텐데. 저는 그놈을 갈아 마시지 않으면 절대 제명에 살지 못하고, 할아버지보다 먼저 죽을지도 몰라요.”

그녀의 부연 설명을 들으며 성효명은 기분이 무척 안 좋아졌다. 고경천이란 자가 누구든 현무칠수와 연관되었다는 것이 그의 심기를 어지럽혔다.

“알겠다. 이 할아비만 믿거라.”

“정말이요?”

그 한마디에 언제 울었냐는 듯 성월여의 고개가 발딱 쳐들렸다.

“그래. 내 필히 산 채로 잡아서 네 앞에 대령해 주마. 그 뒤 처분은 네가 알아서 내리도록 해라.”

“할아버지!”

성월여는 아이처럼 성효명의 몸에 매달렸다. 그러다 무얼 깨달았는지 곧 떨어졌다.

“죄송해요. 제가 바로 오느라 치장도 엉망이고, 몸도 흙먼지투성인데… 할아버지, 일단 방으로 돌아가 여독을 풀고 할아버지의 어깨를 주물러 드릴게요.”

“허허. 그러려무나.”

“네.”

대답을 한 성월여는 즐거운 듯 달려나갔다. 그녀가 알기로 성효명의 약속은 무조건 지켜지는 것이다. 그래서 그가 그렇게 말한 이상 이제 고경천의 운명은 끝난 것이나 마찬가지였다. 그녀는 기쁜 마음에 언제 울었냐는 듯 웃는 얼굴로 번개처럼 나타났다 번개처럼 대전을 벗어났다.

성효명은 성월의 옷자락이 완전히 사라질 때까지 미소를 짓다 그녀가 사라지자 본래의 표정대로 돌아오며 밖을 향해 명을 내렸다.

"아무도 없느냐?"

"예."

대전 입구에서 대기하던 수하가 대답을 했다.

"총승령을 오라 전하라."

"예."

명을 받은 자는 빠르게 사라졌다.

성효명은 다시금 태사의에 몸을 기대며 조용히 뇌까렸다.

"아무래도 고경천이란 놈을 팔다리 하나 끊어져도 괜찮으니 산 채로 잡아와라 해야겠군."

성효명은 고경천에 대한 처분을 간단하게 내리고 두 눈을 조용히 감았다. 다시 잠이라도 드는 것 같지만, 그는 왠지 불길한 예감이 들었다.

'그보다 흡정마공을 찾으려던 일. 왠지 잘못된 선택이란 생각이 드는구나.'

그는 흡정마공이 현무칠수에게 들어갔다 하자 왠지 불길한 느낌이 들었다. 그리고 그런 기분이 들자 한 사람의 얼굴이 떠올랐다.

'삼음교 교주 강백천… 그는 진짜 후예도 남기지 않고, 그대로 사라진 것인가? 아님, 죽지 않고 살아 있는 것인가?

그는 이 순간 육십 년 전의 과거로 돌아갔다.

하지만 불행히도 아직 다른 가능성을 생각하지 못했다. 그만큼 육십 년 전 철저하게 삼음교를 멸망시켰다. 게다가 아직까지 선하령의 일이 제대로 전해지지 않았다. 그걸 아는 성월여는 고경천에 눈이 멀어 그런 생각은 완전 뒤편이었다. 그렇지 않았으면, 총승령에 대한 그의 명은 지금과는 완전히 다르게 내려졌을 것이다.

*   *   *

삼 일의 약속.

그건 인질로 잡혀 있는 소일성의 목숨과 관계되기에 당연히 지켜지리라 여겼다. 그리고 그 시간을 최대한 살리려 고경천과 현무칠수는 최고 속도로 남진을 행했다.

그리고 이틀째 되는 밤. 그들은 남성(南聖)이란 한 마을에 들어설 수 있었다.

"삼양궁 인물들은 입으로만 떠드나 보군. 다시 봤네."

추일학의 한마디에 소일성의 눈이 그를 당장이라도 잡아먹을 것처럼 변했다.

“내 비록 패해 인질이 되었지만, 약속이나 어기는 소인배가 아니오. 그보다 삼양궁을 그 정도밖에 생각하지 않는 한 당신들은 절대 절강성을 벗어날 수 없소.”

“그럼 저들은 누구인가?”

추일학의 손끝이 주변의 눈에 불을 켜고 돌아다니는 무인들에게 향했다. 그들은 삼삼오오 짝을 지어 무림인이라 여겨지는 자들은 그대로 두지 않았다. 그리고 의심이 들면 직접 그들에게 질문을 던지거나 심하면 끌고 가기도 했다.

“저들은……”

소일성은 말문이 막히며 눈가가 미비하게 떨렸다.

“저들은 바로 삼양궁과 가깝다는 남성제일문파인 조검장(朝劍莊)의 무사들 같은데, 내 눈이 틀렸는가?”

“틀리지 않았소.”

소일성으로서도 더 이상 다른 말은 할 수 없었다.

그들은 이곳에 밤에 도착했다. 한데, 날이 밝자마자 갑작스레 마을을 조검장의 무사들이 뒤덮었다. 그들은 이곳으로 들어오는 자들을 일일이 검색하기 시작했다. 이미 변장을 한 상태인 그들이야 쉽게 발각될 일은 없지만, 이렇게 되면 괜스레 시끄러운 일이 생길 수도 있었다.

“이거 이곳에서 하루 정도 여유를 가지려 했는데, 아무래도 서둘러야겠습니다.”

추일학은 고경천을 보며 무거운 음성을 흘렸다.

고경천은 말을 못하는 소일성을 무심히 바라보다 그제야 추일학에게로 고개를 돌렸다.

"그럼 서생의 생각은?"

"아무래도 생각보다 빨리 흩어져야겠습니다. 원래대로라면, 지금쯤 저들의 포위망이 시작되고 우리는 이곳에서 한 이틀 정도 남으로 향해 녕도(寧都) 동편에 자리한 백운산을 통해 첫 번째 금선탈각을 행하려 했습니다. 강서성 자체가 산지와 구릉이 전 성의 칠 할이 넘는지라 파양호(鄱陽湖)가 자리한 북쪽에 비해 남쪽이 비교적 형세가 복잡합니다. 그러나 이렇게 빨리 포위망이 갖춰졌다면, 더욱 두터워지기 전에 이쪽으로 끌어들일 필요가 있습니다. 그러니 지금 즉시 일행을 나눠야겠습니다."

"음……."

고경천은 예상하던 일이지만, 예정보다 당겨진 일이라 마음이 무거워졌다. 이쪽의 능력을 떠나서 앞으로는 파상적인 추격을 받게 될 터인데, 그렇게 되면 응당 문제가 터질 수도 있었다.

"서생, 하나만 물읍시다."

"말씀하십시오."

"우리가 계획한 세 번의 금선탈각지계 중 가장 탈출 확률이 높은 것은 몇 번째요?"

"첫 번째입니다. 그래서 교주님이 다섯째를 데리고 백운

산을 넘어주십시오. 그리고 차례대로 금선탈각을 행한 후,
마지막으로 남은 셋째, 넷째, 여섯째가 복건성으로 피신했다
두 달 후, 사천 성도(成都) 서봉루(西鳳樓)에서 모이는 것입니
다.”

추일학의 그 말에 고경천은 잠시 생각하던 눈치이더니 곧
고개를 끄덕이며 그의 말을 받았다.

“알겠소. 자, 그럼 어차피 어두워지면 시작할 테니 다른 일
은 그만두고 일찍 처소에 듭시다.”

고경천이 자리를 뜨자 일행은 묵묵히 그들이 묵고 있는 후
원으로 향했다. 대신 앞서 걷던 고경천은 가장 후미에 따라오
는 오염달에게 전음을 보냈다.

[내 방으로 좀 오시오. 할 이야기가 있소.]

“……?”

오염달은 전음에 놀란 표정을 지었지만, 슬쩍 고개를 돌리
는 고경천과 시선이 마주치자 고개를 숙였다.

[예.]

대답과 함께 그들은 각자의 방으로 사라졌다.

대신 오염달은 한 방에 묵고 있는 소일성의 마혈을 조용히
짚고, 방을 빠져나와 가장 안쪽에 있는 고경천의 방으로 살금
살금 다가갔다.

“들어오시오.”

묻기도 전에 고경천의 나직한 음성이 오염달에게로 전해

졌다. 오염달은 조용히 문을 열고 안으로 들어섰다.

고경천은 의자에 가만히 앉아 있다가 눈짓으로 그 앞자리를 권했다.

오염달은 그 앞에 앉고 잠시 고경천의 의중을 살폈다. 원래 무얼 의논하려면 추일학과 하는 것이 당연한지라 자신을 왜 따로 불렀는지 좀처럼 이해할 수 없었다.

"거두절미하고 한 가지 명을 내리겠소."

"예?"

사뭇 심각한 음성과 표정이라 오염달은 자신도 모르게 긴장되었다.

"지금 즉시 일행과 비슷한 체형을 가진 자 여섯을 구하시오."

"예에?"

오염달의 눈이 동그래졌다. 혹시 추일학이라면 그 한마디에 눈치를 챘을지 모르지만, 그로서는 무리였다.

하지만 고경천은 그가 생각할 여지도 주기 싫은지 계속해서 요구 사항을 말했다.

"단, 경공술을 사용할 줄 아는 무림인으로 될 수 있으면 뛰어난 자들이어야 하오. 더욱이 이번 일은 재빠른 이동이 필요하니 될 수 있으면 그들이 별말없이 따라주면 더 좋소. 할 수 있겠소?"

"……."

그러나 말귀를 알아듣지 못했는지, 오염달은 움직일 기미 없이 눈만 껌뻑거렸다.

'눈치가 제일 없는 자라 선택했지만, 역시나군.'

고경천은 답답함이 들어도 오염달 말고는 이번 일에 적합한 자가 떠오르지 않았다. 다른 이들은 혹시라도 눈치 채고 추일학에게 알릴 확률이 높았다. 해서 은근한 음성을 보냈다.

"중요한 일이오. 그러기에 굴지서를 선택했소. 내가 현무칠수 중 가장 신뢰할 수 있는 자는 굴지서 말고 없소. 어떤 의문도 던지지 말고 내가 시킨 대로 하시오. 이 일은 오직 굴지서밖에 할 수 없소."

오염달의 두 눈을 파고드는 고경천의 강렬한 눈빛은 서서히 그의 입가에 미소가 피어나게 했다. 상요에서 고경천에게 한소리 먹은 후 나름대로 풀이 죽어 있던 그인지라 고경천의 이런 말을 들으니 왠지 가슴이 쿵쿵거렸다.

"예. 이놈만 믿어주십시오. 반드시 말 잘 듣는 여섯 놈을 구해오겠습니다."

"역시. 굴지서뿐이오. 그럼 몇 가지 더 당부를 드리겠소. 일단, 감시의 눈길이 펼쳐져 있으니 어떻게 해서든 그들과 함께 남쪽 동구 어귀에서 기다리시오."

"예! 명심하겠습니다. 그럼 적당한 놈들을 물색하러 나가보겠습니다."

오염달은 대답과 함께 실내에서 빠르게 사라졌다.

고경천은 방을 나서는 그의 뒷모습을 보며 생각에 잠겼다.

'일단 그는 내 의도대로 움직이게 만들었지만, 서생이 문제군. 분명 내가 하려는 것을 알면 길길이 날뛰며 말리려 들텐데.'

그는 난감함에 빠졌다. 아무리 생각해도 말로써 추일학을 설득할 자신은 없었다.

탁.

고경천은 손으로 탁자를 내려쳤다.

"뭐! 교주 명이라 못 박으면 더 이상 찍소리 못하겠지. 뭐니 뭐니 해도 일단 내가 교주니 내 명을 따라야지!"

결정을 내린 고경천은 한편에 준비되어 있던 지필묵을 사용해 종이에 글을 적어나가기 시작했다. 그리고 모든 일이 끝나자 앞으로의 일을 위해 침상에 앉아 차분히 운기행공에 빠져들었다.

*　　　*　　　*

짜랑. 짜랑.

그가 움직임에 따라 허리에 매달려 있는 옥 노리개가 서로 부딪쳐 맑은 음향을 토해냈다. 하나 그것이 시간이 지나면서 점점 빨라지고, 사내의 시선이 자꾸 문으로 가는 것이 무언가 간절히 기다리는 것이 역력했다.

"후읍… 휴우……."

평상시 침향(沈香)을 맡고 있으면 마음이 안정되어 그의 집 무실에 향이 떨어지지 않게 해놓았거늘. 오늘은 다른 때보다 배는 짙은 향내 속에서도 도저히 안정을 찾지 못했다. 그는 도저히 참을 수 없는지 밖을 향해 소리쳤다.

"여봐라, 혹시 의심 가는 놈을 봤단 연락이 없느냐?"

"예, 장주님. 아직 그런 것은 없습니다."

"알겠다."

그는 불혹을 넘어서는 나이에도 불구하고 갈팡질팡하지 못했다. 그건 그가 앉아 있던 서탁에 올려 있는 단 한 장의 서찰 때문이었다.

지급(至急).

이 두 글자가 붉은 글자로 적혀 있는 서찰의 전면에는 삼양 궁을 뜻하는 세 개의 다른 태양이 떠 있었다. 이미 한 귀퉁이 는 개봉되어 그 안의 내용은 사내의 머리 속에 각인되었다.

발신:승령원 원주 갈유경.

수신:삼양궁 산하의 전 문파.

등급:특급.

대상:현무칠수와 고경천.

내용:현무칠수는 한 사람을 제외하고 전원 사살해도 되나 고경천은 필히 생포할 것. 그자는 삼양궁의 금지옥엽인 성 낭자에게 모욕을 주고 기물을 빼앗아갔음.

비고:고경천에 대한 초상을 첨부. 추가로 그들에게서 흑옥상을 발견 시 최대한 빠른 시간 안에 삼양궁으로 이송.

'으… 승령원주는 바로 천중삼원인 성 궁주를 가장 가까운 곳에서 모시는 위치다. 지금까지 승령원에서 내려진 전서도 많지 않거늘. 거기다 원주가 직접 발신한 것이라면, 분명 성 궁주의 입김이 들어갔다는 것. 그렇다면 필히 완수해야 한다. 그런데 이런 게 올 정도면 정말 그들이 흡정마공을 갖고 있나?'

막 뇌리에 일던 한 가지 생각을 세찬 고갯짓으로 날려 버렸다.

"아… 아니다. 그딴 불확실한 것에 매달리느니 확실한 것을 노리는 게 좋다."

조검장주 홍우진(洪雨進)은 젊은 나이는 아니지만, 불혹이란 조금 빠른 나이임에도 삼양궁과의 관계에 심혈을 기울여 나름대로 지금의 위치를 이뤄냈다. 아직은 남성 인근까지밖에 세력을 뻗지 못하지만, 이번 일을 잘해내면 더 높은 곳으로 도약할 수 있었다.

‘어차피 현무칠수를 어떻게 할 수 있단 생각은 않는다. 그들이라면 조검장 전부가 덤벼도 빠져나가고 만다. 그러나 그놈은 다르다.’

홍우진은 현무칠수와 나란히 거론되었던 고경천이란 이름을 떠올렸다. 그는 그 이름을 듣는 순간, 자신의 기억은 물론 장원 내에 있는 전 수하들에게 물어보았다.

그리고 결론은 아무도 모른다였다.

‘후후후. 아니라도 상관없다. 일단 이쪽의 성의가 중요하니까……’

그는 내심 자신의 생각에 흡족해하며 밖을 향해 다시 명을 내렸다.

“다시 나의 명을 전해라. 서찰에 나와 있는 그놈과 비슷한 놈이라면, 일단 잡아들이라고. 알겠느냐?”

“예.”

이렇게 조검장은 남늘과 다른 목표로 빠르게 돌아갔다.

추일학은 고경천을 부르러 왔다가 사람 대신 남아 있는 서찰에 손은 물론 온 살들까지 부들부들 떨렸다.

“이런 말도 안 되는 짓을……”

대지서생 친전.

앞으로 팔자에도 없는 교주 생활을 하기 앞서 잠시 자유를 만끽하고 싶소. 이미 약속한 거 때려치우는 일은 없을 테니 걱정은 붙들어 매시오.

그저 잠시 동안의 외유라 생각하고 찾을 생각 마시오. 그랬다가는 정말 교주고 나발이고 다 때려치울 테니 각오 단단히 해야 할 것이오.

대신 사천의 약속은 내 반드시 지키겠소. 그러니 우리 사천에서 만납시다.

고경천.

추신: 내 굴지서는 잠시 부탁할 일이 있어 밖에 내보냈으니, 그가 돌아오는 대로 떠나도록 하시오.

꾸깃.

추일학은 서찰을 읽자마자 자신도 모르게 그걸 무참히 구겨댔다. 불행하게도 그의 머리는 서찰이 전해주는 의미를 금방 알 수 있었다. 이럴 때는 남들보다 머리가 좋다는 것이 오히려 더 화가 났다.

"이 멍청한 넷째 놈!"

그는 오히려 서찰을 쓴 사람이 아닌 오염달에게 화를 냈다. 그가 일을 함에 있어 살짝 귀띔이라도 했으면, 애초에 막을 수도 있지 않았는가? 하지만 지금 중요한 것은 그게 아니었다. 이미 엎질러진 물, 서찰에 적힌 대로 고경천을 찾아 나서면 그의 성격상 다 때려치울지도 모르는 일이었다.

“이런 막무가내 명령은 이번이 마지막입니다.”

허공을 향해 한소리를 지른 추일학은 그대로 신형을 돌려 고경천이 머물던 방을 나섰다. 그는 동생들이 기다리는 방으로 향하며 새롭게 계획을 세울 필요성을 느꼈다. 그러자 자연스레 그의 머리 속에 한 사람이 떠올랐다.

‘귀찮더라도 소일성을 당분간 더 데리고 있어야겠군.’

그저 한시적인 인질이었는데, 이번 일로 소일성은 만일을 대비한 중요한 인질로 바뀌어 버렸다.

대신 추일학의 걱정거리가 된 고경천은 팔자 좋게 지붕에 누워 하늘을 바라보다 갑자기 귀를 후볐다.

“서생이 서찰을 읽었군.”

가려움이 꽤 큰 것이 추일학이 화가 나도 단단히 난 듯했다.

“뭐, 그렇다 해도 잡으러 오진 않겠지. 똑똑한 사람이니 알아서 잘하겠지. 그보다 중요한 것은…….”

고경천은 상체를 들어 슬쩍 지붕 아래로 시선을 던졌다.

“미끼로서 확실한 역을 해야 한다는 것이지.”

얼마 전부터 본격적으로 내려앉은 땅거미가 이제 제법 주위를 어둑어둑하게 만들었다. 그래서인지 슬슬 주변에 설치한 횃불에 하나둘 불꽃이 타오르기 시작했고, 주변을 돌아다니는 사람들의 경계심도 점점 날카로워지는 것 같았다.

그러나 이미 턱하니 자리를 차지한 고경천은 그들의 그런 움직임을 확인하며 때가 왔음을 느꼈다.

"자, 그럼 시작해 볼까?"

이제 시기가 왔다고 느낀 고경천은 잠시 머물렀던 지붕에서 완전 몸을 일으켰다. 그가 노리는 것은 큰불일수록 더 많은 구경꾼들이 몰려든다는 것이다. 그렇다면, 남성에서 시선을 끌어줄 큰불은 조검장 말고 다른 것은 떠오르지 않았다. 그리고 고경천이 막 몸을 날리려고 하니 때마침 지붕 아래로 둘이 짝을 지어 순찰을 도는 무인이 있었다.

휘익.

고경천은 몸을 날려 그들의 뒤로 떨어져 내렸다.

"누구?"

"……?"

그들이 인기척을 느끼고 고개를 돌렸을 때, 그것보다 빠른 고경천의 움직임이 있었다.

"컥!"

"큭!"

둘은 목이 단단히 잡힌 채 얼굴에 괴상한 줄무늬가 그려진 고경천의 모습에 놀란 얼굴을 했다. 더욱이 어둠과 횃불이 주는 음영으로 인해 눈앞의 존재가 사람인지 귀신인지 분간도 가지 않았다.

"그렇게들 놀라지 마. 협조만 잘한다면 어찌할 생각은 없으니까. 대신……."

고경천의 입가에 미소가 그려지자 두 무인은 목으로 파고 드는 이질적인 느낌에 눈이 휘둥그레졌다.

"크흡!"

"흐헙!"

기운을 앗아가며 목을 헤집는 괴상한 기운. 더욱이 목이었 기에 비명조차 제대로 지를 수 없었다. 그들은 아무 말도 못 하고 끅끅거리는 소리만 연발하더니 고경천의 손이 목에서 떨어져서야 긴 한숨과 함께 바닥으로 무너졌다.

"그럼 안내를 부탁하지. 나는 이곳의 주인과 할 이야기가 있으니까."

고경천의 그 말에 누가 먼저랄 것도 없이 고개를 끄덕였다. 강함을 떠나서 요상한 사술을 쓰는 자에게 싸움을 걸 생각도 들지 않았다.

사전의 그런 행동 덕분인지 조검장의 중심까지 수월하게 움직일 수 있었다. 게다가 조검장은 삼양궁의 명으로 조검장 을 경비할 최소 인원만 남기고 남성 전역에 다 풀어놓은 상태 였다.

그리고 마침내 고경천은 오늘의 화려한 불장난을 위한 무 대에 도착했다.

건물의 현판에 조검각(朝劍閣)이라고 적혀진 이곳은 일층 은 접객실로 쓰이고, 이층은 장주의 집무실로 쓰이는 건물이었다.

"여… 여기입니다."

고경천은 무사의 말에 건물을 한 차례 훑어보더니 친절히 안내를 해온 두 무사에게 선심 쓰듯 한마디를 건네주었다.

"수고라 하면 뭐하고, 오늘만큼은 조검장에 머물지 않는 것이 좋을 거야. 장주와의 협상 결과에 따라 조검장에 다시는 태양이 비춰지지 않을 수도 있으니까. 알아들었어?"

마지막 말에 날카로운 눈빛을 살짝 보태니 따라왔던 두 무사는 목이 떨어져라 고개를 끄덕여 댔다. 그리고 고경천의 시선이 떨어지는 순간 그들은 뱀의 눈에서 벗어난 개구리처럼 꽁지 빠지게 도망을 쳤다.

고경천은 그들이 사라지는 것을 보며 본격적으로 조검각으로 발걸음을 옮겼다.

제일 먼저 조검각의 입구를 지키던 무사가 날카롭게 눈빛을 번뜩이다 고경천이 벌이는 기사에 의해 금방 눈이 커졌다.

품에서 호리병을 하나 꺼낸 고경천이 마개를 열고 안의 내용물을 다른 손바닥 위로 쏟았다. 그런데 신기하게도 액체는 바닥으로 흘러내리는 것이 아닌 점점 둥글게 뭉치는 것이 아닌가? 그리고 고경천은 그 액체를 잡으려는 듯 손을 오므렸다. 그러자 액체는 호구를 통해 빠져나와 점점 길게 자라났다. 그리고 서서히 액체 주위로 하얗게 김이 서리더니 끝내 하나의 길쭉한 물체로 변했다.

일종의 검의 형태를 띤 유리처럼 투명한 검이었다. 강수공, 강기공과 더불어 또 하나의 무공인 병기공이었다. 이는 현음 빙기를 통해 검, 도, 봉, 암기로까지 될 수 있었다. 그리고 때에 따라서는 본인의 피로도 가능했다.

하지만 현재는 객잔을 나서며 들고 온 술로 만들어 어떻게 보면 병기라 부르기 민망할 정도로 달콤한 향기마저 풍겼다.

그러나 그 주향에 취하기 전에 그 얼음 검신으로 흐르는 검기로 무사는 다른 생각 없이 고경천에게로 달려들었다. 어떻게 이곳까지 오고, 정체가 무엇인지는 중요하지 않았다. 그저 풍기는 기세만으로도 지금까지 경험해 보지 못한 고수의 등장이었다.

第五章
찜찜한 조력자들

"그래. 그쪽에서 그렇게 나와주는 것이 좋지. 선자불래(善者不來) 내자불선(來者不善)은 고금 불변의 진리 아닌가?"

내심 망설임도 필요없이 그대로 달려들며 고경천은 들고 있던 빙검을 휘둘렀다.

쒜애애액.

공기가 갈리는 소리와 함께 상대도 철검을 고경천에게 휘둘러 갔다.

마치 계란으로 바위 치기를 하는 듯 무모해 보이는 한 수에 처음 기세에 꺾였던 무사의 입가에 미소가 지어졌다. 얼음과 쇠의 부딪침이라.

카각.

"욱!"

비명과 충돌음이 교차되며 모든 것이 너무 쉽게 마무리되었다.

기세 좋게 달려드는 것이 호위들의 전부인 듯, 그들은 각각의 손을 움켜쥔 채 망연자실하게 그들의 부러진 검을 바라보았다.

도대체 얼음에 잘려졌다고 할 수 없을 정도로 깨끗하게 잘린 단면에 조금이지만 서리가 묻어 있었다. 그리고 그건 하나의 사실을 확실히 전해주었다.

그들이 상대할 수 없는 고수.

"애송이들의 피를 검에 묻히고 싶지 않으니 꺼져!"

뒤를 잇는 고경천의 한마디에 그들의 얼굴에 갈등이 서렸다.

스스스.

경고의 의미인지 빙검 주위로 하얗게 서리가 어리는 소리에 그들의 갈등은 극에 다다랐다. 힐끗 조검각을 바라보던 두 무인은 결국 고개를 돌려 외면한 채 슬금슬금 자리를 물러났다. 고수들이 대부분 순찰을 위해 외부로 나가 있다는 사실이 핑계도 되지 않는 순간이었다.

'웃기는 현실이군. 이것이 남성제일문파라는 곳의 모습이던가?'

그들의 행동에 고경천은 내심 어이가 없어졌다. 나름대로 조검장을 상대로 몇 가지를 계획하고 때를 기다린 사실조차 우스워졌다.

'그래. 커다란 나무 주변에 제대로 된 나무가 클 수 없지.'

오히려 강력하다는 삼양궁의 위력이 이 순간만큼은 고경천에게 보이지 않는 조력자가 되어주었다.

"그보다 요란 법석하게 하려던 계획이 완전 물거품이군. 이럴 줄 알았으면, 굳이 미끼가 되어 탈출할 필요도 없었는데……."

맥 빠진 음성으로 한마디를 내뱉고 고경천은 제집 드나들 듯 조검각으로 들어갔다.

조검각 안.

"이런 멍청한 놈들. 그런 간단한 명령조차 처리 못하다니……."

홍우진은 창밖으로 해가 완전히 떨어진 모습에 짜증이 확 솟아올랐다. 현무칠수를 잡으라는 것도 아닌 그저 초상화에 나와 있는 놈하고 비슷한 놈을 잡아들이라고 했는데도 여태껏 소식이 없었다.

"여봐라. 아무도 없느… 아니지."

막 밖을 향해 소리치던 그는 자신의 말을 막았다. 그는 얼마 전에 대기하던 수하까지 밖으로 내몬 기억이 떠올랐다. 그래서 다시금 실내를 왔다 갔다 했다. 그러던 그가 무엇이 이상한지 갑자기 동작을 멈추었다.

"왜 이리 조용한 거야?"

홍우진은 마치 흉가를 방불케 하는 조검장의 적막함에 묘한 느낌을 받았다. 이 시간대면 보초들이 교대를 하느라 그래도 부산함이 전해지기 마련이었다. 그가 조용한 것을 좋아해 수하들이 조심한다 해도 이건 너무했다. 해서 그는 창가로 다가가 아래를 내려다보았다.

그런데 아무도 없었다. 응당 둘은 자리를 지켜야 하는 입구에 지금은 둘은커녕 하나도 보이지 않았다.

그리고 그 모습에 홍우진의 얼굴에 붉은 기가 감돌았다.

"이놈들, 전부 나가서 찾으란 말에 설마 처소를 호위하는 놈들까지 다 나간 건가?"

아무리 말 잘 듣는 수하라 해도 이건 너무한 처사였다.

"근자에 잔소리를 하지 않았더니 바로 이렇게 표가 나는구나. 내 호위장 이놈을!"

그렇지 않아도 불편했던 심기를 풀 곳이 생기자 그는 발걸음을 옮겼다. 평상시라면 불러서 한바탕 훈시를 했겠지만, 지금은 명을 받는 수하까지 자리를 비워 몸소 행차하려고 했다. 그래서 실내를 벗어나 조검각 입구로 향하는 통로로 나섰다.

그런데 무슨 일인지 제일 먼저 계절과 어울리지 않는 서늘

함이 피부에 느껴졌다. 마치 이곳만 지나간 겨울이 다시 찾아온 듯 공기 중에 찬기가 떠돌았다. 그리고 그 느낌은 즉시 묘한 위화감으로 다가왔다. 그래서 홍우진은 표정을 굳히며 조검장에 머무는 또 다른 수하를 불렀다.

"음검영(陰劍影)!"

늘 보이지 않는 곳에서 그를 호위하는 그림자와 같은 존재라 부르기 전에는 나타나지 않아도 부름이 있으면 언제나 곁에 있었다.

"……."

그러나 그런 그가 나타나기는커녕 대답 한 자락도 없었다.

그 순간 홍우진은 내딛던 걸음을 뒤로 물리며 즉시 허리에 손을 가져갔다. 비록 처세술로 현 위치를 만든 자란 허명이 붙었어도 그도 엄연히 무인이었다. 그리고 그의 자신감의 밑바닥에 깔린 숨겨진 검술이 본능을 자극했다.

"……?"

그러나 불행히도 그의 손은 허공을 휘젓다 힘없이 매달려 있는 옥 노리개만 건드렸다. 그래서 막 방으로 되돌아가려 신형을 돌리는데,

"후후. 이거 수하들만 정신 빠졌는 줄 알았는데, 수장이란 인간은 더하군. 무인이 검이 없어 빈 허공만 잡다니……."

홍우진의 두 눈이 크게 뜨였다.

벽에 기대어 있다 어둠 속에서 상체를 일으키는 한 사내.

긴 흑발을 자랑하며 얼굴에 어둠의 흔적처럼 검은 줄무늬가 그려져 있다. 그런데 상대가 생각보다 너무 젊었다. 그 때문인지 잠시 놀람에 빠졌던 홍우진의 얼굴이 차분히 가라앉았다.

"그래도 빨리 제정신을 차리는 것을 보니 완전 바보는 아니군."

상대의 말에 홍우진의 미간이 살짝 올라갔지만, 그는 화를 내거나 하지 않았다. 결과야 어떻든 조검각의 적막과 눈앞의 젊은이가 분명 무슨 관계가 있다는 사실을 알 수 있었다.

"누군가? 남의 집에 찾아왔을 때 방문을 알리지도 않고, 거기다 주인을 보고도 예를 취하지 않다니. 무례한 친구군."

"어차피 선한 목적으로 온 것이 아니니 피차 예를 따질 필요는 없을 것 같은데."

"선한 목적이 아니다… 그래도 일단 찾아온 손님이니 접객청으로 내려가지."

그러면서 홍우진은 자연스레 신형을 돌려 아래층으로 향했다.

그러자 멀어지는 그의 뒷등을 바라보던 고경천은 차갑게 굳혔던 얼굴을 풀어버렸다.

'이건 아닌 거 같은데……'

그렇다고 등을 돌린 상대를 공격할 수 없어 어떻게 풀어갈까 잠시 생각하다 그대로 홍우진을 따라 아래로 향했다.

그리고 그가 접객청에 도착하니 홍우진은 한편에 서서 그를 기다리고 있었다. 한데, 고경천은 그를 바라보다 작게 미소 지었다.

'허 참. 저거 때문이었나?'

고경천의 시선이 잠시 홍우진의 허리에 머물렀다.

지금 그곳에는 주홍빛을 자랑하는 한 자루의 검이 매달려 있었다. 조금 전 빈 허공을 잡는 추태를 메우려 한 것인지, 아님 고경천과의 대결을 생각한 것인지 표정도 얼마 전보다 더 당당해져 있었다.

"자, 이제 제대로 된 인사를 하는 게 어떤가? 이 다음에 무얼 하던 상대를 알아야 뒷일을 처리하기 쉬울 것 아닌가?"

"그렇긴 한데, 그쪽은 이미 나를 알고 있지 않은가? 그렇기에 수하들을 남성에 풀어놓아 나와 현무칠수를 찾은 것이겠지."

그 한마디에 홍우진의 두 눈이 커졌다. 그리고 상대의 얼굴을 찬찬히 살펴보았다. 그런데 상대의 얼굴은 초상화와 너무나 달랐다.

'삼양궁이 망조라도 들었나? 사람 초상화 하나도 제대로 못 그리고. 그보다 그렇게 찾아도 찾을 수 없던 먹잇감이 제 발로 걸어 들어왔으니……'

홍우진은 내심 미소를 지으며 어떻게 처리를 할까 빠르게 머리를 굴렸다.

"그럼 자네가 현무칠수의 수하라는 그 청년인가?"

"수하?"

고경천은 그 한마디에 얼굴이 무겁게 굳어지며 한마디를 내뱉었다.

"현무칠수가 감히 나의 상전이 될 수 있을까? 나는 그들의 수하가 아니라 주인이다!"

너무나 당당하고 자신있게 말하자 홍우진은 잠시 착각이 들었다. 정말 상대의 말이 맞나? 그러나 '네' 하고 믿기에는 그 내용이 너무 엄청났다. 해서 일단 가장 중요한 문제를 짚고 넘어갔다.

"좋아. 그건 그렇다 치더라도 하나만 묻지. 현무칠수는 어디 있나?"

"그들이라면 마을 밖에서 내가 오기만을 기다리고 있지. 내가 오는 대로 남쪽으로 떠나려고 하거든."

"으음……."

홍우진은 자신도 모르게 짧은 신음을 토했다.

'도대체 일이 어떻게 되는 거야? 정말 그들이 저놈하고 같이 있단 말인가? 천하의 현무칠수가 이름도 모르는 청년하고?

갑자기 홍우진은 머리 속이 너무 복잡해졌다. 그저 간단히 요리할 수 있다 여긴 존재가 함부로 삼킬 수 없는 인물로 되어버렸다. 만일 정말 상대의 말처럼 현무칠수와 가까운 사이라면?

"하하하."

홍우진은 일단 긴장을 풀려는 의도로 웃었다. 검을 차는 순간 주도권은 자신에게 왔다 여겼는데, 지금은 그 생각을 뒤로 접었다.

"그보다 서서 이야기하기도 뭐한데 앉는 것이 어떠한가?"

"……?"

고경천의 미간이 찌푸려졌다. 검까지 찬 사람의 태도가 이리 갑자기 변하다니.

"오해하지 말게. 내가 애초부터 수하들을 푼 것은 근자에 떠들썩한 현무칠수나 자네와 인연을 만들고자 함이지 뭘 어떻게 하자는 것이 아니었네."

"그럼 허리의 검은?"

"이 검?"

홍우진은 손으로 자신의 검을 툭 쳤다.

"나를 상대하려 찬 것이 아닌가?"

"이런… 이보게. 나는 일문의 당당한 주인이네. 아무렴 내가 자네와 검을 섞을 수 있겠나? 이건 그냥 무인으로서 기본일세."

갑자기 홍우진의 전신에 여유가 넘쳤다.

'훗. 놀고 있군. 좀 전은 무인이 아니었나? 뭐 어떻게 인연을 만드나 구경이나 해볼까?'

생각보다 엉뚱한 인간이라 혹시 무언가 새로운 것을 내놓을까 기대하는 심정으로 고경천은 홍우진이 권하는 자리에 앉았다.

＊　　　＊　　　＊

파다다닥.

밤하늘을 날던 전서구는 마치 집으로 찾아들 듯, 모닥불을 밝히고 있는 한 무리의 사람들에게로 떨어져 내렸다. 아니, 정확하게는 모닥불과 조금 떨어진 곳에서 나무에 등을 기대고 포양호에 시선을 주고 있는 청년의 어깨에 내려와 부리로 볼을 비벼댔다.

"전서구라……."

입을 떼는 청년의 음성에 조금 기운이 빠져 있었다. 거기다 심한 일이라도 당한 듯 그는 의복이 먼지에 물들거나 찢어져 패잔병을 연상시켰다.

하지만 두 눈만은 모닥불만큼 강한 정기가 뿜어져 그런 모습을 많이 걷어냈다. 그는 반가움을 나타내는 전서구의 머리를 잠시 쓰다듬어 주다 다리에서 작은 서신을 떼어냈다. 그리고 불빛도 없는 가운데 서신에 적혀 있는 글을 읽어나갔다.

발신 : 삼양부궁주 소철상(蘇鐵象).

수신 : 천양검대주 성철현.

등급:특급.

대상:현무칠수와 흑발의 청년.

내용:서신을 접하는 대로 삼양궁도는 모든 업무를 중지하고, 현무칠수에 납치당한 소일성을 구출할 것. 현재 납치자들은 빠른 속도로 남행 중이니 신속하게 움직이기 바람.

비고:최대한 빠른 시일 안에 특급으로 처리하기 바람.

마지막 비고란의 문장은 따로 붉은 글씨로 적혀져 있었다.

그리고 서찰을 읽고 있던 자도 격정을 이기지 못하는지 손을 부르르 떨다 서찰을 강하게 움켜쥐었다.

화르르륵.

순간적으로 손을 감싼 백색 불길이 안의 서찰을 재로 만들어 버렸다.

"이런… 마염성과 녹림에 정신이 팔려 현무칠수 일을 뒷전으로 두었더니, 감히 이런 짓까시 벌이다니……."

그는 차라리 자신이 현무칠수를 쫓을 걸 후회했다. 그들이 삼음교의 후예란 이야기를 들었지만, 사라진 삼음교보다 마염성이 그에게 훨씬 신경 쓰이는 존재였다. 그래서 선하령의 가짜 흡정마공 사건을 그저 실패한 음모 정도로만 치부했는데, 그들은 겁도 없이 삼양궁 부궁주의 자식까지 납치하는 간큰 행동까지 벌였다.

청년은 재를 포양호에 뿌리자마자 수하들이 쉬고 있는 곳으로 걸음을 옮겼다.

"이제……."

전신에 강렬한 기도를 풍기는 청년은 불빛에 모습이 드러
나자 위엄있는 음성으로 말했다.

"천양검대는 지금 즉시 남진을 한다. 목표는 현무칠수. 그
들을 보는 대로 삼양궁의 율법 아래 단죄를 내린다!"

막교립을 쫓다 장강 부근에서 마염성에게 의외의 반격을
받은 것도 잊은 채, 성철현은 분노를 불태우며 남으로 수하들
을 이끌었다.

＊　　　＊　　　＊

처음 기대와 달리 고경천은 시간이 지날수록 자신의 행동
이 바보 같았음을 깨달았다.

홍우진은 진짜로 그와 친교를 쌓으려는 듯, 시종일관 이런
저런 친근한 분위기만 만들었다. 그가 기대할 만한 흥밋거리
는 아무리 많은 시간이 지나도 도대체 나와줄 것 같지 않았
다.

그래서 고경천은 품속에 손을 넣어 하나의 물건을 탁자에
강하게 올려놓았다.

탁.

홍우진은 고경천이 품속에 손을 넣는 순간 이미 허리에 달

린 검자루에 손을 대고 있었다. 그리고 상황에 따라 언제든지 탁자와 함께 상대를 가르려 검신을 조금 드러나게까지 만들었다.

하지만,

퐁.

고경천은 꺼내놓은 술병의 마개를 따고, 입에 가져가 한 모금 들이켰다. 그리고 홍우진을 매섭게 바라보았다.

"무언가 착각하는데, 나는 당신과 한가로이 이야기를 나누러 온 것이 아니야. 내가 원한 것은 나의 동의도 없이 구속하려고 한 것에 대한 보상을 받으려 한 것이지. 그래서 말인데 이번 일에 대해 보상을 해줄 거야? 아님 내가 강제로 받아갈까?"

고경천은 나름 목적이 있어 시종일관 강압적으로 나갔다. 거기다 지금쯤이면 오염달도 그가 시킨 일을 마치고, 남성의 남쪽 동구에서 그를 기다리고 있을지도 몰랐다.

'이놈, 현무칠수를 믿고 이렇게 안하무인으로 구는 건가?'

홍우진은 내심 갈등이 일었다. 현무칠수가 근처에 있다면, 눈앞의 자를 제압한다고 해도 아무런 소용이 없었다. 언제나 법은 멀고 주먹은 가까운 법 아닌가?

하지만 그걸 알 리 없는 고경천은 조검각에 오기 전에 사용했던 무공을 펼쳤다.

술이 다시 손에 모이고, 그 술을 얼려 천천히 하나의 검을 만들어갔다. 잠시 동안의 주향은 차가움에 묻혀 버리고, 홍우진의 눈앞에서는 기다란 검신이 아른거렸다.

그리고 그걸 보는 순간, 홍우진의 머리 속에서 현무칠수는 날아갔다. 또, 아까 반신반의했던 고경천의 이야기가 진실일지 모른다는 확신이 들었다.

"한마디만 하지. 당신의 대답 여부에 따라 때로 술은 마시지 않아도 사람을 해칠 수 있다는 것을 가르쳐 주지."

"……."

고경천의 한마디에 홍우진은 더 이상 다른 말을 할 수 없었다.

손 안의 술을 흐르지 않게 하는 허공섭물의 신기. 물도 아닌 술을 순식간에 얼려 버리는 놀라운 빙공. 몇백 초의 초수를 나누는 것보다 이 두 가지만으로도 상대의 무공이 어떤지는 단박에 알 수 있었다.

홍우진은 자신도 모르게 검자루에 대고 있던 손을 떼었다. 그리고 지금까지와는 달리 여유가 사라진 표정으로 고경천의 질문에 답해주었다.

"무슨 보상을 원하오? 해줄 수 있는 한도 내에서 조검장은 모든 지원을 아끼지 않겠소."

"좋아. 그럼, 일단 그럴듯한 내공비급 하나 준비해 줘. 그리고……."

그러며 고경천은 자기가 생각해 놓은 보상을 하나하나 불러주었다.

휙휙.

고경천은 남성을 벗어나자 어둠을 이용해 빠르게 몸을 이동했다. 그의 목적지는 남문에서 대략 칠십 장 떨어진 곳. 그는 오염달이 남문 어귀에 남겨놓은 그들만의 암호를 보고 그곳으로 향했다.

'휴우. 원하는 것을 피 한 방울 흘리지 않고 얻었지만 너무 허탈하군.'

그가 본 홍우진은 어찌 보면 비굴한 것 같은데, 어찌 보면 그렇지도 않았다. 도대체 무인인지 상인인지 모를 정도로 그의 수단은 탁월했다.

"좋소. 당신의 부탁대로 조검장은 당신을 쫓아 남진을 하며 무림에 소문을 내겠소. 현무칠수는 흡정마공을 갖고 남쪽으로 도주 중이다. 거기다 그들 중 몇몇은 내상까지 입었다."

"잘 기억하는군."

"대신 부탁이 있소."

"부탁?"

"그렇소. 절대 오늘의 이런 협상을 소문내지 말 것. 그리고 조검장은 최선을 다해 현무칠수를 막아섰다 소문내는 것을 막지 마시오."

"……."

그 당시 너무 어이없어 말까지 잃었던 기억이 떠올랐다.

"훗."

결국 고경천은 웃고 말았다. 미처 조검장주의 이름을 묻지 못했지만, 나름 평생 잊을 수 없는 사람이란 생각마저 들었다. 그리고 그는 조검장의 일을 점차 머리 속에서 지우며 약속했던 장소에 다다랐다.

그러자 오염달의 반가운 목소리가 들렸다.

"교주님이십니까?"

오염달이 관도 한편의 작은 나무숲 너머에서 뛰쳐나오며 고경천을 불렀다.

고경천은 그 소리에 제자리에 멈추며 반갑게 그를 맞이했다.

"명한 일은 잘되었소?"

"예. 운이 좋았는지 용케 조건에 딱 맞는 놈들을 구할 수 있었습니다. 거기다 미리 말 잘 듣도록 교육까지 시켜놓았으니 교주님이 부리는 데 아무 어려움이 없을 것입니다."

"으음. 뭐 일단 가봅시다."

혹시라도 너무 교육시켜 놓은 거 아닌가 하는 걱정이 들었지만, 먼저 앞서는 오염달을 쫓아 고경천도 작은 나무숲을 넘어섰다.

그리고 그곳에서 반 마장 떨어진 곳. 여자 하나와 남자 다섯 명이 머리만 내놓은 채 땅에 파묻혀 있었다.

"이놈들아, 산 채로 묻히는 기분이 어떻더냐? 해볼 만하지? 껄껄껄."

"……."

하지만 그들은 대답없이 오염달의 얼굴을 매섭게 노려보며 분노를 드러냈다.

한데, 그것도 오염달의 한마디에 금방 사그라졌다.

"눈 깔아, 이놈들아!"

그러자 그들의 시선은 곧 땅으로 향했다. 그 다음부터는 시선을 드는 자가 없었다.

'쯧쯧. 정말 무지막지하군.'

고경천은 오염달의 뒤에서 산 채로 묻혀 있는 자들을 보며 혀를 찼다. 일단 묻혀 있는 것을 떠나서 오염달에게는 남녀의 구분이 없는 듯 보였다.

그들의 가장 좌측에 있는 한 여인은 평상시라면 제법 곱상한 미색을 나타냈을 텐데, 지금은 눈두덩이와 입술 한편이 부르튼 채 훌쩍거리고 있었다.

그리고 가장 오른편. 분명 얼굴만 놓고 보자면, 절대 추일학에 꿀리지 않을 자가 지금은 부기로 더 엄청난 얼굴을 자랑하며 파묻혀 있었다. 그가 상태로는 여섯 중 제일 안 좋아 보였다.

대충 면모가 이러니 나머지도 거의 오십보백보라 해야 했다.

"교주님, 어떻습니까? 명하신 조건과 같은 놈들 아닙니까?"

"음……."

하지만 목 아래로는 땅에 묻혀 있는지라, 고경천은 제대로 살필 길 없어 신음만 삼켰다.

"왜, 교주님의 명과 다릅니까?"

금세 오염달의 풀 죽은 음성이 들렸다.

'휴우… 어느 정도 예상은 했지만, 이건 예상한 내가 우스울 정도군.'

고경천은 고개를 젓다 마지못해 한마디를 해주었다.

"수고했소. 용케도 짧은 시간 안에 명한 일을 완수해서 고맙소."

"아닙니다. 교주님의 명이신데, 이놈은 교주님이 끓는 기름 솥에 들어가라 해도 웃으며 들어갈 수 있습니다. 그러니 고맙다는 말은 거둬주십시오."

"그래도 고마운 것은 고마운 것이오."

"감사합니다, 교주님."

오염달의 고개가 파묻혀 있는 자들처럼 땅에 닿을 듯 수그러졌다.

결국 그 모습에 고경천은 미소를 짓다 이들을 어떻게 찾아냈는지 궁금해졌다.

"한데, 굴지서께서는 이들을 어떻게 잡아왔소? 아마 시간이 조금 더 걸리거나 완수는 불가능할지도 모른다 여겼는데, 참으로 대단하오."

"으하하하. 교주님, 제가 누굽니까? 천하가 알아주는 오염달입니다. 뭐 운이 좋다고도 해야 하지만, 일단 이놈들은 나름 이름을 갖고 있는 놈들입니다. 저기 가장 오른편에 있는 놈이……."

그러며 오염달은 한 사람씩 소개시켜 주었다.

순서대로 하면 오른편부터 광우량(廣優量), 수천택(手天擇), 장신(長身), 단초(短草), 민강룡(緡江龍), 희비연(希飛燕)이었다.

이들은 원래 앞의 다섯은 광동오이(廣東五異)란 자들로 평상시라면 광동에서 주로 활동을 하며 지내고 있었다. 실력은 일류를 넘어 절정에 다다른 자도 있지만, 주로 일류급의 실력이 전부였다.

그리고 맨 좌측의 희비연. 그녀는 복건성에선 꽤 유명한 여도(女盜)로 다른 건 몰라도 경신술은 어느 정도 뛰어났다.

그리고 이들이 유일하게 갖는 공통점은 무림에 퍼진 흡정마공에 이끌려 이곳까지 왔다는 것이었다.

'정말 소문이란 것은 무섭군. 선하령의 일이 얼마나 되었다고 벌써 타 지역의 사람들까지 그것을 쫓아 이곳까지 모이고…….'

"그런데 교주님."

“……?”

고경천은 오염달의 물음에 고개를 돌렸다.

“속하 묻는 것은 그렇지만, 도대체 저를 시켜 이렇게 사람을 구한 것이 무슨 이유입니까? 저희는 대형의 말대로 이제 뿔뿔이 헤어져야 할 터인데. 이런 놈들을 쓸데가 있기라도 합니까?”

“뭐, 그런 의문이 드는 것도 당연할 것이오. 하지만… 후후. 그 대답은 서생이 잘 설명해 줄 것이오.”

고경천은 그를 돌려보내는 가장 확실한 방법을 썼다.

“으음.”

그 한마디에 더 묻지 않았지만, 궁금증이 얼굴 가득 남았다.

“자, 이제 돌아가시오. 아마 서생이 굴지서를 많이 기다릴 것이오. 그리고 그곳에 도착하거든 서생의 말에 무조건 따르시오. 그건 나의 명이나 마찬가지이니 명심하시오.”

“예. 그건 따로 명을 내리지 않아도 잘 알고 있습니다.”

“그럼 이 말만 서생께 전하고 저들을 땅에서 꺼낸 후 어서 객잔으로 돌아가시오.”

그러면서 고경천은 ‘신호가 오면, 즉시 남성을 벗어나라’는 말을 오염달에게 전했다.

“예. 한데 교주님은 그럼?”

“나는 잠시 이들과 할 일이 있으니 신경 쓰지 마시오. 그 일이 끝나면 내 곧 찾아가겠소."

"예, 교주님."

오염달은 더 이상 묻지 않았다. 대신 땅속에 있는 자들을 빠른 동작으로 하나씩 꺼내놓고, 동상처럼 나란히 세워놓았다.

이들은 땅에 묻힌 것도 모자라 점혈까지 된 듯했다. 모두 뻣뻣한 자세로 눈알만 굴려 상황을 살폈다. 그러다 오염달이 그 정면에 서자 모두 시선을 모로 돌렸다.

"네놈들에게 긴말 않겠다. 여기 계신 이분은 나의 주인으로 내 목숨보다 중요한 분이시다. 만일 이분이 시키는 일에 토는커녕 굼뜨게만 행동해도 목 아래만이 아닌 통째로 묻어버릴 것이다. 잘 알아듣겠느냐?"

"......."

으르렁거리는 오염달의 엄포였지만, 모두들 꿀 먹은 벙어리처럼 말을 하지 않았다.

"아니, 이놈들이 감히! 빨랑 대답을 안 해?"

오염달은 다시 손마디를 풀며 그들을 다시금 다져 놓을 듯한 분위기였다.

그러나 고경천은 그들의 어쩔 줄 몰라 하는 모습에 아혈까지 제압당했다는 것을 깨달았다.

그런데 오염달은 그 사실은 잊었는지 제일 선두에 선 광우량 앞에 서 있었다.

“굴지서.”

“예.”

막 광우량의 아랫배에 주먹을 쑤셔 넣으려던 오염달이 고개를 돌렸다.

“보아하니 이들은 아혈이 제압당한 것 같은데, 아니오?”

“아! 이런… 그런 사소한 걸 잊고 있었다니. 으하하하.”

오염달이 사소한 거라며 웃지만, 금방 도마 위에서 내려온 광우량으로서는 죽을상이었다.

그리고 오염달은 잊고 있었던 그들의 제압된 혈을 풀어주었다.

“으…….”

“음.”

“아…….”

각자 참았던 숨을 토해내며 비틀거리는 자도 있었지만, 금방 부동자세를 유지했다. 조금만 흐트러지려 해도 바로 오염달의 차가운 눈초리가 박혀왔다.

“이거 동작 봐라. 감히 꿈틀거려? 그런 배짱이 있는 놈은 지금 즉시 나와라. 내가 다시 한 번 처음부터 차근차근 교육시켜 주마.”

어떻게 보면 제일 작은 존재인 오염달인데, 그런 그 앞에 모두들 숨 하나 제대로 쉬지 못했다.

“저기…….”

여인의 조심스런 한마디에 오염달의 두 눈에서 화광이 솟구쳤다.

"뭐냐? 네년이 한번 뜨겠다는 거냐? 좋아. 일루 와! 내가 계집이라고 봐주는 놈이 아니란 걸 다시 한 번 느끼게 해주마."

"아니, 그게……."

하지만 막 말을 꺼냈던 희비연은 금방 기어들어 가는 목소리가 되었다. 그리고 그것도 모자라 생판 모르는 남에게까지 구원의 눈빛을 보내왔다.

고경천은 그 눈빛을 받자 외면할 수 없었다. 다들 현 상태도 좋아 보이지 않았는데, 이러다가는 졸지에 짐만 될 것 같았다.

"굴지서."

"예, 교주님."

"이제 되었소. 나머지는 내가 이들과 이야기를 해볼 테니 얼른 돌아가도록 하시오."

"예. 그럼, 이놈들에게 한마디만 하고 가겠습니다."

그러며 오염달은 여섯 사람의 얼굴을 잡아먹을 듯 훑고 나서 한마디 전했다.

"지금부터 내가 하는 말을 따라 해라."

"예!"

즉각 복명복창이 터져 나왔다.

"좋아. 목소리 상태는 그런대로 봐줄 만하군. '한 번 반항은 영원한 죽음'. 따라 해라."

"한 번 반항은 영원한 죽음!"

"그래. 이 말 잊지 마라. 만일 잊으면… 그날부터 너희 인생은 늘 이 오염달과 함께할 것이다. 알았나?"

"예!"

곧 튀어나온 그들의 말에는 한 치의 망설임도 없었다.

오염달은 그래도 탐탁지 않은지 노려보다 고경천에게 작별 인사를 고했다.

"그럼 교주님, 먼저 돌아가겠습니다. 일을 마치는 대로 얼른 돌아오십시오."

"알겠소. 굴지서나 서생께 내 말을 잘 전달하시오."

"예. 그럼 이만 물러가겠습니다."

"나중에 봅시다."

고경천의 말에 오염달은 고개 숙여 인사하고, 그제야 작은 몸을 날려 남성으로 사라졌다.

"휴우……."

그가 사라지자 바로 참았던 한숨이 터져 나오는 것이 느껴졌다.

그러나 그들은 고경천이 벌이는 행동을 보고 그 한숨을 그대로 삼켜야 했다.

"현월강!"

슈아아악.

퍼버벅.

무언가 검은색 덩어리가 그들의 발밑에 날아오더니 그대로 하나의 커다란 구덩이를 만들었다.

"……."

모두는 잠시 자신 앞의 구덩이와 고경천을 보다 조금 흐트러졌던 부동자세를 유지했다.

"잠시 동안만 내 말을 따르면, 일이 끝나는 대로 무사히 돌려보낼 줄 것이오. 하나! 말을 듣지 않으면, 그렇게 될 것이오. 그러니 피차 함께하는 동안은 불상사가 없기를 바라오."

"예!"

어찌 보면 오염달이 시켰던 대답보다 더 큰 대답이 터져 나왔다.

"그럼 출발!"

고경천은 말을 마치자 하나의 긴 통을 꺼내 하늘로 향한 채 밑에 줄을 잡아당겼다.

피유우우우.

길게 빛의 흔적을 남겼던 것은 하늘에 올라 커다란 폭발을 일으켰다.

퍼엉!

잠시 어두운 하늘에 빛의 꽃을 그렸던 그 흔적도 곧 사라졌다.

그리고 고경천은 하늘에서 시선을 돌리고 그대로 몸을 날리려 했다.

"저기… 잠시만……."

막 땅을 박차려 조금 구부러졌던 다리가 그 한마디에 멈춰섰다.

고경천의 말이 없는 시선에 희비연은 잠시 망설이는 듯하다 고개를 푹 숙이며 조용히 말을 꺼냈다.

"저기, 떠나기 전 볼일 좀 보면 안 될까요?"

고경천은 잠깐 황당한 표정을 짓다가 고개를 끄덕였다.

"그러시오."

"예……."

모깃소리만큼 작게 대답한 희비연이 곧 한쪽 어둠으로 사라졌다.

한데, 고경천이 보아하니 다른 자들도 다리를 꼬는 게 영 상태가 좋아 보이지 않았다.

"당신들도 가보시오."

"예!"

대답과 동시에 각자 어둠 속으로 빠르게 흩어졌다.

그러자 주변은 때아니게 소나기 내리는 소리가 퍼지며 얼마 전의 살벌한 분위기가 묘하게 희석되었다.

第六章

"커억!"

칠 척의 넘는 장한이 끝내 고통을 못 이겨 급박한 비명을 토해냈다.

그리고 그의 전면. 검은 장발에 묘한 검은 줄무늬가 얼굴에 그려진 청년이 오른손을 그의 아랫배에 박은 채로 있었다.

"거… 거짓말. 거짓……."

도저히 믿을 수 없는 현실에 이 말만을 되뇌던 칠 척 장한은 끝내 정신을 잃었는지 그대로 바닥으로 무너졌다.

"으… 삼장주님!"

곁에서 쓰러진 자를 보는 자들은 괴로운 음성을 토하며 쓰러진 자와 흑발 청년의 얼굴을 번갈아 보았다.

흑발 청년은 기대고 있는 칠 척 장한을 밀쳐 내며 기다리고 있는 일행 곁으로 향했다.

그곳에는 묘하게도 오남일녀 모두 면사를 하고 있었다.

"삼장주님!"

수하들인 듯한 자들은 그제야 장한에게 달려들며 그의 생사를 확인하느라 난리를 부렸다.

더욱이 그들과 다른 복장의 인물들도 도저히 믿을 수 없다는 표정으로 쓰러진 자와 흑발의 청년을 살피며 놀라움을 감추지 못했다.

"실수하셨습니다."

고경천이 다가들자 면사를 쓰고 있는 거대한 체구의 광우량이 울 듯한 음성으로 말을 건네왔다.

"실수?"

"예. 저희는 지금처럼 그냥 도망만 쳤어야 했습니다. 일부러 이렇게 항운산장(沆殞山莊) 사람과 싸울 필요가 없습니다."

"한 번쯤은 필요한 것이오. 듣기로 점점 우리를 쫓는 자들이 늘어가고 있다 하지 않소? 더욱이 삼양궁도 천양검대주와 화양검대주, 더욱이 삼양검대 전부가 이곳으로 빠르게 다가온다고 하지 않소. 거기다 내궁의 고수까지 파견한다고 하고. 적들에게 경각심을 조금 줄 필요는 있소."

고경천은 광우량을 설득하듯 말했지만, 그는 오히려 더 안절부절못하는 모습을 보였다.

그건 나머지들도 마찬가지라 처음에 그들의 역할을 듣고 나서 놀랄 때보다 지금의 반응이 더 격렬했다.

"고 대협, 멀리 있는 보검보다 때론 가까이 있는 철검이 더 무서운 흉기가 될 수도 있습니다. 저기 보이는 백운산!"

광우량은 한 손을 들어 그들이 있는 염청(炎晴) 부근까지 산자락을 뻗고 있는 서편의 한 산을 가리켰다.

"저 백운산엔 성 궁주도 인정한 한 인물이 살고 있습니다. 원래대로라면 염청은 그들의 본거지도 아니라 그들과 문제가 생길 일도 없는데, 그저 조용히 도망쳤으면 될 것을 잘못한 것입니다."

광우량은 아직도 현실을 포기할 수 없어 보였다.

"이미 엎질러진 물이오. 저기 보시오. 덕분에 다른 이들이 우리를 경계하며 뒷걸음질치지 않소. 이 틈에 빨리 자리를 떠납시다."

고경천은 더 이상 이야기하기 싫다는 듯 먼저 자리를 떠났다.

그러나 광동오이 중 사기의 달인이라는 수천택은 광우량 옆에 붙어 불안감만 부추겼다.

"형님, 이러다 정말 재수없게 골로 가는 것 아니오? 그 망할 두더지 때문에 이 고생을 하지만, 어차피 그들은 도망자

신세 아니오. 그냥 이대로 튑시다. 제깟 놈이 이 와중에 튀면, 어떻게 우리를 쫓아오겠습니까?"

"그럽시다, 형님. 무림인들이 왜 항운산장 사람들하고 척을 안 지려고 합니까? 다 그 영감탱이 때문 아닙니까? 더욱이 저 인간, 필요없는 싸움까지 하고 있습니다. 마치 튀고 싶어 안달하는 놈 같지 않습니까?"

수천택의 말을 돕듯, 붕어 사촌의 면상을 하고 있는 민강룡이 끼어들었다.

"그건 아니야. 튀고 싶어서가 아니고, 시선을 끌려는 것이다. 그러니까 일부러 대역까지 사용해 이렇듯 요란을 떨지 않느냐?"

수천택은 민강룡의 말을 정정해 주었다.

"으음……."

광우량은 동생들의 말을 들으며 심각한 번민을 했다.

"호호. 내심을 숨기지 말아요. 괜한 두더지 핑계 대지 말고, 보물에 뜻이 있어서 협조한다고 하세요. 어찌 사내들이. 쯧쯧."

희비연은 그들의 망설임에 혀를 한번 차주고, 고경천을 따라 몸을 날렸다. 전과 달리 본래 신색을 다 찾은 모습이었다.

광우량은 멀어지는 희비연의 모습에 더 이상 망설이지 않았다.

"에잇! 가자. 아직까지는 그래도 견딜 만하다. 여하튼 위험하다 싶으면, 제일 먼저 튀면 되니까. 버틸 때까지 버텨보자. 알았느냐?"

"좋습니다. 까짓것 두더지가 따르는 인간이라면, 분명 그가 소문의 흡정마공을 갖고 있을지도 모르지오. 갈 데까지 가봅시다."

삐쩍 마른 몸이 대나무처럼 꼿꼿한 단초가 맞장구를 치니 결국 모든 이들이 고경천의 뒤를 따랐다.

나뭇잎에 걸린 이슬이 아직 바닥으로 떨어지기 직전의 이른 아침.

하루의 상쾌함을 느끼는 것과 달리 땀과 먼지에 젖은 무리들이 있었다.

"헉헉!"

"헥헥!"

특히 선두에서 달리는 자들은 각양각색의 급박한 숨소리를 토해내기까지 했다.

그중 유일하게 맨얼굴을 자랑하는 고경천만 장발을 바람에 날리며 일행의 맨 뒤에서 간간이 뒤쪽을 살폈다. 그러나 선두에서 면사를 가린 채 도망치는 광동오이와 희비연은 얼굴에 쓴 면사가 벗겨질 정도로 미친 듯이 앞만 보고 달렸다.

"거기 서라!"

"그렇게 도망만 치면서도 너희가 현무칠수냐!"

"감히 항운산장의 사람을 상하게 하고 무사하길 바라느냐!"

저마다 한마디씩 던지며 수십 명의 사람들이 무기를 들고 무섭게 쫓아왔다. 그중 항운산장의 표식인 옥소를 새긴 자들도 있고, 언제나처럼 소문에 이끌려 추적자들의 대열에 낀 사람들이 섞여 있었다.

하나, 어느 누구 필사가 아닌 자들이 없었다.

"이것 보세요. 저 인간 튀고 싶어 미쳤다니까요."

민강룡은 툴툴거리면서도 열심히 달렸다.

"그래. 내 다른 것은 몰라도 저 인간 미쳤다는 것은 인정한다."

수천택도 그 와중에 맞장구쳐 주며 연신 다리를 놀렸다.

원래대로라면 이렇게 빠르게 항운산장의 무리와 조우할 이유가 없었다. 그들이 소식을 갖고 따라붙는다 해도 최소 하루 정도의 여유가 있어야 하는데, 일부러 고경천이 추적자들을 잡아놓고 능장을 부려 일이 이렇게 되고 말았다.

"모르겠다. 이놈들아. 일단 달려!"

광우량은 떠들기도 귀찮은지 동생들의 입을 닫게 하고 미친 듯 달렸다. 스스로 요즘 아까운 살들이 줄줄이 빠진다 비명을 지르면서도 남들보다 더 빨리 달리려 노력했다.

희비연은 경공으로 알려진 자답게 가장 여유롭게 선두에

서 일행을 이끌었다.

하나 지친 것은 매일반으로 그들은 모두 피로한 기색이 조금씩 느껴졌다.

그래서인지 뒤를 따르는 자들과 점점 거리가 좁혀져 가는 느낌이 들었다. 그리고 그 거리가 이제 십여 장으로 좁혀들자 쫓던 자들 중 몇몇이 암기를 꺼내 전방으로 뿌렸다.

쉭쉭!

휘익!

순식간에 떨어진 공간을 덮으며 날아오는 암기들은 금방 등 뒤를 벌집으로 만들 듯 매섭게 날아들었다.

고경천은 일부러 그들을 보호하려 속도를 늦추고 있던지라, 일차로 암기 다발의 먹이가 되어야 했다.

그러나 고경천은 그럴 마음이 없는지 장포 자락의 한 귀퉁이를 잡자마자 그대로 신형을 돌리며 거대한 바람을 일으켰다. 그리고 그것도 모자란지 바람이 배가되도록 강력한 장력까지 섞어 암기 다발을 향해 공세를 날렸다.

슈아아아앙!

순식간에 돌풍으로 변한 공세와 암기가 허공에서 맞닥뜨렸다.

틱! 티디디딕!

암기들은 바람 속에서 방향을 잃고 다른 것들과 부딪치거나, 개중 쏘아진 힘이 달린 것들은 오히려 방향을 틀어 그 주인들에게 날아갔다.

"윽!"

"큭!"

달려드느라 급급했던 추적자들은 졸지에 변을 당해 바닥으로 무너졌다. 그러자 삽시간에 추적 행렬은 엉망이 되어버렸고, 고경천은 내심 벌어진 일에 만족한 표정을 짓더니 다시금 그들과 거리를 벌려 나갔다.

파앗.

그리고 곧 선두에 달리는 일행을 쫓아 다시금 도망자 행렬을 이루었다.

그러나.

타앗. 타닥.

순식간에 따라붙는 추적자들은 비록 숫자는 처음의 삼 분의 일 정도로 줄었지만, 오히려 실력자들만 남겨두는 결과를 만들었다.

고경천이 앞서 달리는 자들을 보니 지친 기색이 역력했다. 이들은 거의 제대로 쉬지 않고, 남성부터 도망자 생활을 해오느라 피곤이 중첩된 상태였다.

'여기서 추적자들을 한번 막아설 필요가 있겠군.'

고경천은 내심 홀로 떨어져 추적자들과 다시 한 번 맞닥뜨릴 결심을 했다.

더욱이 염청(炎晴)부터 집요하게 따라붙는 항운산장 무리는 추적자들 중에서도 가장 뛰어난 실력을 보였다. 그래서 이런 식으로 계속해서 도망만 쳐서는 끝내 일행 중에서 지쳐 나자빠지는 사람들이 나올지 몰랐다.

그리고 항운산장엔 인근은 물론, 강서성 남부 전역에 영향력을 발휘하는 사람이 있었다.

벽운노야(碧雲老爺) 송일학(松一鶴).

알려지기로 성효명이 강남을 통일할 당시, 송일학의 벽운옥소검(碧雲玉簫劍)을 보고 감탄을 금치 못했다고 할 정도로 그의 무학은 뛰어났다. 거기다 누가 자신의 사람을 건드리는 것을 병적으로 싫어해 남들이 악연을 만들려고 하지 않았다. 지금은 나이가 들어 자식에게 모든 것을 물려주고 은거 상태에 들어갔지만, 무림인들은 아직도 그의 옥소에서 일어나는 벽운에 대해 잊지 못하고 있었다.

바로 그런 이유가 점점 일행을 지치게 만드는지라 한 번은 그들에게 제대로 된 실력을 보여줄 필요가 있었다.

그러나 고경천은 꼭 그 이유가 아니더라도 한 번쯤 크게 일을 벌일 필요가 있었다. 조검장을 떠나며 준비한 한 가지가 있었고, 이쯤에서 혼란을 가중시켜 빠져나갈 구멍을 만들어야 했다.

그래서 넓은 공터가 나오자 그는 자연스레 속도를 멈추고 자리에 섰다.

[이대로 고개를 넘어 석성(石城) 부근에서 기다리시오.]

고경천은 열심히 도망치는 일행에게 전음을 날렸다.

모두 제대로 전음을 들었는지 알 수 없을 정도로 달리는 데 만 여념이 없었다.

일단 다른 자들보다 항운산장의 무리를 이끄는 콧수염이 멋들어진 중년인이 제일 먼저 고경천의 시선을 잡아끌었다.

언뜻 보기에도 그가 제일 실력이 좋아 보이는 것이 옮기는 보폭이 제일 안정되어 있었다.

그들은 고경천과 대략 삼 장여 정도 떨어졌을 때, 속도를 줄이고 넓게 퍼지며 은연중 고경천을 둘러쌌다.

주변에 지형지물이라고는 발목 정도 오는 풀들이 대부분이라 이렇게 포위망을 구축하면, 빠져나가기 어려워 보였다.

그러나 포위망이 구축될 때까지 고경천은 별다른 행동을 하지 않고, 조용히 중년인에게 시선을 고정시킨 채 그가 입을 열기만을 기다렸다.

"이렇게 홀로 남겨진 것을 보니 스스로 방패막이가 되려는 것 같군. 한데 과연 방패막이가 될 수 있을까?"

중년인은 버릇인지 말하는 내내 콧수염을 손가락으로 매 만졌다.

"좋을 대로 생각하시오. 나는 이제 슬슬 모든 것이 지겨워 져서 그런 것뿐이니까."

"하긴 염청에서 삼제를 그렇게 만든 것을 보면 나름 실력은 있겠지. 그런 자가 도망만 친다니 내심 의아함이 들었어."

"그런데 그가 그렇게 대단한 자인가? 내가 볼 때는 너무 어이없을 정도로 약하기만 하던데……."

고경천은 입가에 한줄기 미소를 그렸다.

어딘가 차갑고 오만해 보이는 미소에 콧수염을 만지던 중년인의 손가락이 멎었다.

"후후. 이거 항운산장의 삼수(三秀) 하면 무림에서 어느 정도 인정해 주는데, 삼제를 꺾고도 겨우 반응이 어이없다는 정도니 젊은 친구가 너무 건방져."

중년인의 눈초리가 조금 가늘어졌다.

"삼수인지 삼둔(三鈍)인지 모르겠지만. 내가 염청에서 상대한 덩치만 좋은 인간이 삼수면… 당신도 크게 기대할 게 없겠소."

"뭐?! 감히 이 경원교(慶遠橋) 앞에서 그런 소리를 내뱉다니 죽으려 환장했구나!"

중년인의 입에서 분노 섞인 한마디가 뛰어나왔다. 그만큼 항운삼수는 자부심이 강했다. 그는 삼수의 둘째로 벽산노인에겐 첫째 사위가 되었다.

그리고 염청에서 고경천에게 호되게 당한 자가 항운삼수의 막내이며 둘째 사위인 구대암(具垈嵒)이고, 마지막으로 첫째가 현 장주를 맡고 있는 송원산(松元山)이었다.

이들은 송일학의 아래 있는 자들답게 그 자부심이 남달랐다. 특히 삼양궁에서도 인정해 주는 입지는 강서성에서는 최고라 해도 과언이 아니었다.

그런데 현무칠수도 아니고, 그와 같이 다니는 젊은 청년에게 이런 말을 들었으니, 당장이라도 고경천을 씹어 죽여도 모자랄 정도였다. 그나마 자부심으로 참아왔지만, 더 이상은 참지 못하겠다는 표정이었다.

'웃기는군. 대단한 자들이란 것들이 이리도 허울만 쫓는단 말인가? 조검장주도 그렇고, 이자도 그렇고 당해봐야지 정신을 차리겠군.'

고경천은 내심 고개를 가로저었다. 그리고 이 순간 한 가지의 필요성을 절실히 느꼈다.

'그래. 돌아가신 아버지 말이 아니라도, 역시 무림에서 행세하려면 이름이 중요하다. 귀찮음을 줄이기 위해서라도 반드시 남들이 잊을 수 없는 존재가 되겠다. 어차피 현무칠수와 떨어진 이유 중에 하나가 이런 것도 있으니, 내 사천으로 갈 때까지 꼭 고경천이란 이름 석 자를 무림에 남겨주마.'

고경천은 다시 한 번 스스로 다짐했다.

그리고 그런 것을 아는지 모르는지 경원교는 분노 섞인 음성으로 입을 열었다.

"건방진 놈. 일단 네놈의 실력을 봐주마. 도대체 무슨 사술로 삼제를 쓰러뜨렸는지 모르지만, 내 이 두 눈으로 네놈의 밑천을 똑똑히 봐주마.”

한소리 일갈 후, 경원교는 일단 한발 물러섰다. 그리고 포위하고 있는 수하들에게 명을 내렸다.

“이놈은 삼양궁에서 산 채로 포획을 명한 놈이다. 특히, 성 소저에게 줄 선물이니, 그저 사지 한두 개 끊는 선에서 놈을 포획하라!”

“예, 이장주님.”

항운산장의 무리는 대답과 동시에 옥소를 꺼내 들었다. 이것이 바로 항운산장의 독문무기로 그들은 옥소를 겨눈 채 서서히 포위망을 좁혀왔다.

그런데 항운산장에 소속되지 않은 자들은 예우 차원에서인지, 수수방관할 뿐 움직이려 하지 않았다.

하지만 고경천은 포위망이 좁혀오는 가운데 오히려 위기보다 두통을 느꼈다.

‘산 채? 성 소저?

고경천은 분명 조검장주 홍우진에게 삼양궁에서 내린 명에 대해서 대충 들었다. 한데, 그 당시 듣기로 이런 말은 없었는데, 지금 보니 그가 고경천을 자극하지 않으려 뺀 듯했다.

‘이 계집. 눈에 안 보여서 속 편하다 했더니, 이런 짓거리로 나를 괴롭혀 대는군. 역시 그때 확실히 교육을 시켜놨어야 했는데. 다음에 만나기만 하면, 정말로 껍데기를 홀라당 벗겨

나무에 매달아놓을 테다! 으득!'

고경천은 다시 한 번 이를 갈며, 훗날의 만남에 대한 기약을 다졌다.

그리고 내심 삼양궁과 항운산장 둘 다 골탕 먹일 방법을 꺼내 들었다. 조검장 때부터 계획한 이것은 예전 경험과 비추어 봤을 때, 그 효능이 얼마나 큰지 잘 알고 있었다.

그래서 일단 모든 이들의 시선을 끌어 모았다.

"잠깐! 여길 보시지."

고경천은 품에서 고급스러워 보이는 하나의 옥함을 꺼내 하늘 높이 치켜 올렸다.

대충 보기에도 꽤 값비싸 보이는 보석들이 잘 세공되어 있는 옥함이었다. 하지만 아무리 비싼 보물이라도 이곳에 있는 자들에게 이런 걸로는 커다란 효용을 줄 수 없었다.

그래서 고경천은 옥함에 또 하나의 의미를 부여했다.

"이것이 무엇인지 아시오? 소문을 들었으면 당신도 잘 알겠지. 바로 당신들이 그토록 원하는 흡정마공이오!"

"……!"

말이 떨어지기 무섭게 주위를 무겁고 끈적끈적한 공기가 감쌌다. 모든 이들의 시선은 이 순간 고경천의 치켜든 손에 걸려 뜨겁게 타오르기 시작했다.

그건 잠시 한 발 물러났던 경원교도 다르지 않아 그는 자신도 모르게 한 발 앞으로 걸음을 내디딜 정도였다.

“음?”

그러나 곧 정신을 차린 경원교는 주변과 고경천을 바라보았다.

모두의 시선이 고경천의 손아귀에 묶인 채, 점점 하나의 추악한 색깔로 바뀌어갔다.

그리고 이런 분위기는 곧 포위망을 구축하고 있는 항운산장에 안 좋은 방향으로 작용했다. 일단 보물에 탐욕을 부리는 자들에게 등을 내준 꼴이 되고 말았다.

그래서 얼른 분위기를 반전하려 경원교가 입을 열었다.

“잔꾀를 부리는군.”

주변을 울릴 정도로 큰 목소리라 잠시지만 달구어진 장내에 찬물을 끼얹는 효과를 보였다.

“잔꾀?”

“그래. 잔꾀. 네놈이 얼마나 대단하다고 현무칠수에게 있어야 할 흡정마공이 네놈에게 있느냐? 이건 우리를 어지럽히려는 네놈의 술수다! 그러니 어설픈 잔꾀는 집어치우고, 차라리 살려달라 구걸을 해라.”

그리고 곧 그 말은 좌중을 술렁이게 만들었다.

“이런, 잠시나마 내가 저 말에 혹했다니……”

“역시 항운이수인 옥소수사(玉簫秀士) 경 대협이다. 자칫하면 저놈에게 속을 뻔했다.”

모두들 부끄러워하며 그걸 감추려 경원교를 치켜세웠다.

그러자 자연스레 경원교의 입가에 승리자의 미소가 지어
졌다.

그러나 고경천은 흐트러진 분위기 속에서 더욱 침착한 모
습을 보였다.

'네놈. 그렇게 큰소리치는 것도 잠시뿐이다. 곧 네놈의 입
에서 살려달란 말이 나오게 해주마.'

고경천은 무슨 일인지 알 수 없다는 듯한 말투로 한마디를
내뱉었다.

"관심이 없다면… 갖고 있어봐야 질리도록 추적자만 늘어
날 테니, 이까짓 거 차라리 보는 앞에서 부숴 버리는 게 낫겠
군."

그러며 한 줌의 망설임 없이 값비싼 옥함을 그대로 후려쳤
다.

빠각.

옥함이 순식간에 조각나며, 고경천의 손 위에 붉은 겉표지
를 가진 오래된 듯한 비급 하나가 올려져 있었다. 고경천은
비급에 묻어 있는 옥 조각을 떨구려는지 사람들이 보기 좋도
록 똑바로 세웠다.

그러자 겉장에 검은 글씨로 적힌 '흡정공진해(吸精功眞解)'
라는 다섯 글자가 모든 이들의 눈을 파고들었다.

"음!"

"억!"

가까이 있던 자들은 제목을 보고 자신도 모르게 비명을 토해냈다. 보기 전에는 모르지만, 직접 눈앞에서 아른거리는 그 모습에 사그라졌던 탐욕의 불꽃이 다시금 피어올랐다. 그리고 큰소리쳤던 경원교도 몸이 움찔거리는 것을 느꼈다.

"그럼 이것도 없애볼까?"

고경천은 책을 펼치더니 망설임없이 한 장을 찢었다.

찌이익.

그리고 그 낱장을 그대로 허공에 날렸다. 거기다 눈치 채지 못하게 내기를 움직여 구경하던 무리 중 하나에게 날아가도록 조절했다.

그러자 망설임을 보이던 한 사내가 날아오는 종잇조각을 향해 재빠르게 손을 뻗었다. 그는 손에 잡히자마자 누가 보는 것도 상관없이 그 내용을 정신없이 읽었다.

자세를 나타낸 그림과 그 자세에 대한 주해. 아무리 봐도 가짜는 아닌 것 같았다. 그게 한 장이라 흡정마공인지 아닌지는 모르지만, 분명 이건 내공심법을 나타내고 있었다.

"지… 진짜 내공심법이다."

결국 그가 참지 못하고 놀라 신음 소리를 토해낼 때,

찌익.

고경천은 또 한 장을 찢어 이번에는 다른 쪽으로 교묘하게 날렸다.

"내… 내 거다!"

처음과 달리 이번에는 확실히 반응이 왔다.

수염이 짙은 한 사내가 참지 못하고 종이를 향해 몸을 날렸다.

"무슨 소리!"

왼쪽 볼에 칼자국이 있는 자가 그 사내를 쫓아 종이를 향해 쏘아져 갔다.

"내 거다."

"손대지 마!"

여기저기서 몸을 날리는 자들과 이미 종이를 차지한 자의 것을 뺏으려는 자까지 순식간에 주변은 엉망으로 바뀌어갔다.

'역시 대지서생이 썼던 방식이 잘 먹히는군. 그럼 마지막을 장식할까?'

고경천은 흐트러져 가는 분위기에 마지막 기름을 부었다. 책을 묶고 있는 연결 고리를 끊어버리고, 낱장이 되어버린 책을 그대로 주변으로 뿌려 버렸다.

파라라락.

이곳저곳으로 날아가는 종이를 따라 모든 이들의 시선이 그것을 쫓았다. 그리고 사방으로 퍼져 가는 종이를 얻으려 너도나도 몸을 날렸다. 더욱이 무기 부딪치는 소리와 비명 소리, 호통 소리까지 더해지자 장내는 순식간에 아수라장으로 화해 더 이상 어떻게 손을 쓸 수 없게 변해 버렸다.

“머… 멈춰라! 멈춰!”

경원교는 순식간에 입이 벌어진 채 장내를 보며 호통을 질러댔다.

하지만 어느 누구 하나 그의 말을 따르지 않고, 심지어는 항운산장의 수하들조차도 비급 쪼가리를 얻으려 그 난장판에 빠져들었다.

어떻게든 수습하려고 했으나, 이미 사태는 돌이킬 수 없는 지경이라 경원교는 고경천을 향해 이를 갈아댔다.

“짐승 같은 놈. 이런 추잡한 방법을 쓰다니. 으드득.”

“짐승? 추잡? 나를 욕하기 전에 자신의 왼손이나 보시지.”

싸늘한 비웃음과 함께 날아오는 시선에 경원교의 눈도 자신의 왼손을 살폈다.

“으음…….”

언제 쥐었는지 알 수 없지만 그의 손에도 비급의 쪼가리라 볼 수 있는 종이 한 장이 쥐어 있었다.

와락.

경원교는 손 안의 종이를 구겨 던져 버리고, 품속에서 푸른 빛이 짙은 옥소를 꺼내 들었다. 그리고 그것을 고경천에게 향한 채로 그대로 달려들었다.

“네놈의 숨통은 꼭 내 손으로 끊어놓겠다.”

마치 지금까지의 평정심과 자부심도 잊은 듯, 선불맞은 멧돼지처럼 그대로 고경천에게 달려들었다.

고경천은 잠시 그가 달려드는 모습을 보다 옥소가 머리에 떨어질 때쯤, 검게 물든 우수를 들어올렸다.

깡!

옥소는 순식간에 얼음 조각처럼 부숴졌고,

휙.

목표를 새롭게 잡은 고경천의 손은 어느샌가 경원교의 목 줄기를 잡고 있었다.

"컥!"

경원교는 곧 덫에 걸린 짐승처럼 심하게 몸부림을 쳤다. 그가 조금만 더 냉정했어도 이런 경우를 당하지 않았을 텐데, 한순간의 실수가 이런 결과를 만들었다.

고경천은 경원교의 목을 잡은 채, 경원교의 귀를 자신의 입에 갖다 댔다.

"흡정마공은 분명 나에게 있어. 그게 비록 비급이 아니라 내 몸에 있지만… 네놈에겐 특별히 흡정마공을 견식할 기회를 주지."

고경천의 두 눈에서 강한 빛이 쏟아지자 흡정마기라 이름 붙인 검은 기운이 그대로 손을 통해 경원교의 몸으로 파고들었다.

"혁!"

경원교의 두 눈이 순간적으로 크게 뜨이며 바람 빠지는 비명을 토해냈다.

그러나 고경천의 손에 단단히 잡힌 목은 비명조차 토해내지 못하고, 그저 헉헉거리는 소리와 함께 흡정마기에 온몸을 잠식당하는 경험을 해야 했다.

우둑. 우두두둑.

곧 흡정마기가 난마처럼 전신을 휩쓰는 것과 동시에 그 힘을 이기지 못하고 관절들이 비명을 토해냈다.

"끅끅!"

눈물까지 토해내는 경원교는 갓 잡아 올린 생선처럼 이리저리 몸을 비틀었다. 이미 옥소는 놓쳐 바닥에 떨어지고, 고통을 못 이긴 육체는 끝내 하의까지 적셔놓았다.

"큰소리와 달리 금방 기절하는군."

고경천은 형편없이 늘어진 경원교를 바라보다 그대로 손을 풀었다.

풀썩.

경원교는 그대로 바닥에 무너져 고개를 땅에 떨구었다. 순식간에 내공이 바닥을 보인 그는 거의 한가닥의 명줄만 남아 있는 상태였다.

고경천은 완전히 아수라장이 되어버린 장내를 주시하다 아무도 눈치 채지 못하게 조용히 자리를 떴다.

*　　　*　　　*

횃불이 사방을 밝히는 넓은 연무장.

한데, 모여 있는 사람들은 벽을 따라 서 있을 뿐 중앙을 훤하게 비어놓았다.

중앙은 오직 들것에 누워 있는 사람과 그를 살펴보는 사람, 이 둘만이 남아 모든 이들의 시선을 받았다.

그리고 그중 들것에 누워 있는 사람의 상태를 살피던 갈의의 중년인이 주변을 둘러싼 자들을 향해 소리쳤다.

"도대체 이장주가 왜 이렇게 된 것이냐?! 누가 속 시원히 말 좀 해보거라!"

그러나 아무도 입을 열지 못하고, 오히려 시선을 피하기만 했다.

특히 쓰러진 자를 데려온 자들은 그 시선을 견디기 어려운지 고개를 모로 돌렸다. 거기다 그들은 악전고투를 치른 듯 온 전신이 엉망인 상태였다.

그리고 그들의 그런 모습은 중년인의 분노에 더 큰 불을 지폈다.

"제형당주!"

"예!"

주변을 둘러싼 자들 중 인상이 날카로운 자가 대답을 하며 한 발 앞으로 나섰다.

"지금 즉시 이장주를 따라갔던 놈들 전부를 뇌옥에 처넣도록 해라. 그리고 집보당주!"

“예!”

한 명의 문사를 연상케 하는 자가 대답했다.

“항운산장의 전 정보력을 동원해 그놈들을 찾는다. 지금까지 그놈들의 행보가 남으로 이어진 것을 보면, 광동성으로 향하는 것이 뻔하니, 광동성과 인접해 있는 문파들에게도 협조 요청을 하도록 해라. 즉시 시행토록 하라!”

“예!”

“명을 받습니다!”

두 명의 당주가 갈의 중년인, 즉, 항운산장 제일장주 송원산의 명에 따라 움직였다.

“자… 장주님, 잘못했습니다.”

“장주님, 용서해 주십시오.”

끌려가는 사내들은 선처를 바랐지만, 송원산은 시선도 주지 않았다. 대신 잠시 연무장에 연결된 전각에 시선을 주다 수하들에게 뒤처리를 명했다.

“이장주를 잘 보살펴 주도록 하거라.”

그리고 막 거처로 돌아가려 할 때였다.

그런데 송원산이 바라보았던 전각의 기둥, 그곳에 몸을 기대고 있던 자가 입을 열었다.

“송 장주님.”

막 자리를 뜨려던 송원산은 그대로 멈춰 섰다.

“성 대주, 무슨 가르침이 있소?”

상대가 삼양궁의 성철현이라 분노 속에서도 예를 잃지 않았다. 경력 면에서는 송원산이 위지만, 배경 면에선 함부로 대할 수 있는 존재가 아니었다.

"가르침이라니 당치도 않습니다."

말을 하는 성철현의 몰골이 전과 조금 달랐다. 전에는 깔끔한 외양에 정기가 충만한 눈이었지만, 지금은 수염도 손보지 않아 거친 인상에 날카로운 분위기를 풍겼다. 그는 전서를 받자마자 낮과 밤을 줄여가며 고경천 일행과 마지막으로 조우했던 항운산장의 일을 듣고 이곳에 온 상태였다.

"그럼?"

"제가 이장주님의 상태를 좀 봐도 되겠습니까?"

"음……."

송원산은 외부인에게 알려진 것도 좋지 않은데, 형편없이 깨진 모습까지 보여주려니 영 심기가 좋지 않았다.

그리고 둘의 대화를 들은 수하들은 경원교를 옮기려다 눈치를 보며 다음 명을 기다렸다.

그러나 상대가 상대인지라 송원산은 고개를 끄덕였다.

"그렇게 하시오."

"감사합니다."

짧게 고개를 숙인 성철현은 다시 바닥에 누워지는 경원교의 곁에 다가와 그 옆에 무릎을 구부렸다. 그리고 눈으로 대충 상세를 살피고, 본격적으로 경원교의 맥문을 잡고 그 정도를 파악하려 했다.

"……?"

막 손끝에 느껴지는 맥박을 보다 성철현의 눈매가 가늘어졌다.

아무리 봐도 경원교의 상태는 무공이 있는 자라고 느껴지지 않았다. 이는 죽어가는 자의 가는 맥박과 또 달랐다. 마치 넓은 강줄기가 졸지에 말라 버려 개울로 변해 버린 듯했다.

그래서 맥문을 통해 조금 내력을 밀어 넣었다.

"음……."

참으려 해도 터져 나오는 신음을 막을 수 없었다. 마치 빈집 드나들 듯, 거침없이 몸속으로 파고드는 내력에 그의 손길이 맥을 떠나 다른 곳으로 향했다. 그는 혹시나 하는 심정으로 경원교의 단전 부위의 옷자락을 헤쳤다.

"허엄."

뒤에서 송원산의 심기 불편한 기침 소리가 들렸지만, 성철현은 그걸 무시한 상태로 옷자락을 헤쳤다.

"……!"

한데, 너무나 깨끗했다.

깨끗한 피부색이나 상처 없는 모습은 단전이 파괴되었을지 모른다는 성철현의 예상을 완전 뒤집어 버렸다. 그래서인지 살피는 것을 멈춘 성철현은 자리를 털고 일어나 송원산을 바라보았다.

"송 장주님의 의견을 듣고 싶군요. 혹시 짐작 가는 것이 있으십니까?"

"이건 너무… 음."

막 상대방의 예의없음을 꾸짖으려던 송원산은 성철현의 두 눈을 바라보고 말문이 막혀 버리고 말았다. 그의 눈에는 항운산장의 현 사태를 비웃는다거나 하는 기운이 조금도 없었다. 그저 현 상태를 빨리 해결하려는 강한 의지만이 엿보였다. 그래서인지 표정을 푼 송원산은 깊은 한숨을 토해냈다.

"휴우… 성 대주의 그 눈빛을 보니, 확실히 지금 내가 너무 쓸데없는 것에 얽매였다는 생각이 드는구려. 이렇게 된 마당에도 항운산장의 체면만 생각하고 있고. 자! 이젠 협조자가 아닌 당사자로서 허심탄회하게 이야기해 봅시다."

"송 장주님이 그렇게 말씀하시니, 조금 전에 제가 얼마나 무례하게 굴었는지 새삼 떠오르는군요. 조금 전의 결례를 용서해 주십시오."

"아니오. 이제 그런 이야기는 현 상황엔 아무 관계도 없소. 지금 중요한 것은 제부의 저 알 수 없는 상태. 성 대주도 확인했지만, 내공이 사라진 것을 제외하면 특별히 생명에 지장을 줄 만한 상처가 없소. 하지만 제부의 저 표정."

송원산과 성철현의 시선이 악귀처럼 일그러진 경원교의 얼굴에 머물렀다.

“나로서는 저 상태에 대해 답을 내리지 못하겠소. 내 비록 적지 않은 중원무학의 특징을 알고 있지만, 제부의 상태와 맞아떨어지는 무학에 대해서는 도저히 떠올릴 수 없소. 혹시 채양보음을 생각해 보았지만, 수하들의 말로는 그들과 조우한 자는 고경천이란 놈이라 했소. 그렇다면 채양보음은 아예 성립이 안 되오. 그러면…….”

“고경천?”

말을 듣던 성철현은 뇌리에 남겨진 그 이름에 자신도 모르게 주먹을 쥐었다.

우두두둑.

성철현은 고경천으로 인해 반나체가 되었던 그 순간이 다시금 새록새록 떠올랐다.

“성 대주, 무슨 일 있소? 혹시 고경천이란 놈과 안 좋은 기억이라도 있는 거요?”

송원산은 계속하려던 말을 멈추고 이렇게 묻고 말았다.

“아… 아닙니다. 제가 잠시 추태를 보였군요.”

성철현은 즉시 흩어졌던 기색을 바로잡았지만, 그냥 얼버무리기에는 그가 잠시 보였던 모든 것들이 너무나 강렬했다.

그러나 송원산은 그거에 대해서는 더 이상 묻지 않았다. 대신 그는 고경천이란 이름이 나온 김에 한 가지를 지적하고 나왔다.

“한데 성 대주, 삼양궁에서 보내온 서찰 중에 한 가지 제대로 전달되지 않은 것이 있소."

"그게 무슨 말입니까?"

"고경천에 대한 신상 말이오. 분명 서신과 같이 온 초상화에는 붉은 장발이라고 되어 있는데, 조검장에서 나온 이야기나 수하들의 보고에 따르면, 그놈은 흑발은 물론, 얼굴에는 없던 문신까지 생겨났소. 어떻게 하면 이리도 다른 정보가 전달될 수 있소?"

"그건 잘못된 것이 아닙니다."

하지만 성철현은 단호하게 그의 말을 부정했다.

"잘못된 것이 아니라니?"

"그건 제가 고경천의 얼굴을 직접 봤기 때문입니다. 제가 봤을 때 그는 분명 붉은색의 장발에 얼굴에는 아무런 문신도 없었습니다. 지금의 모습은 일부러 모습을 감추려 변장했을 수도 있습니다."

"그건 말이 더 안 되오. 그렇다면 변장한 자가 일부러 자신의 이름을 공개할 필요가 있소?"

"그 부분은 송 장주님의 말이 맞을 것 같군요. 하지만 지금 중요한 것은 그게 아닙니다. 이번 일도 그렇고, 만일 그의 능력에 대해서 조금만 더 신경을 썼으면 작금의 사태가 벌어지지 않았을 것입니다."

"그 말은 고경천이란 놈의 능력이 그렇게 대단하단 말이오?"

“그건 단정 지을 수 없습니다. 단지, 그의 능력이 우리의 예상과는 너무 다를 수 있다는 것입니다. 아마⋯ 저와 동급 아니면, 그 이상일 수도 있습니다.”

“뭣이오?”

송원산은 그 한마디에 놀라고 말았다.

성철현 하면 후기지수 중의 최고라는 북두칠강의 하나고, 북두칠강에 소속된 자들은 웬만한 중소문파의 장문인들보다 강한 실력을 갖고 있다 알려졌다. 특히, 성철현은 강남의 최강 세력인 삼양궁의 소궁주로 송원산 자신도 장담할 수 없었다. 그래서 송원산은 그 말을 그대로 받아들일 수 없었다.

“하하. 성 대주, 너무 과한 겸손은 오히려 결례라 했소. 북두칠강 내에서도 수위를 다투는 자와 갑자기 무림에 등장한 천둥벌거숭이와 어찌 같을 수 있소? 어쩌면 우리가 모르는 방문좌도의 술수를 그놈이 알고 있을 수도 있는 이야기 아니오. 이번에는 그놈의 암계에 빠져 이렇게 되었지만, 다음에는 이렇게 되지 않을 것이오.”

“……..”

성철현은 그 말에 별다른 대꾸를 하지 않았다.

그건 겪어보지 않은 자들은 알 수 없었다. 막교립도 범산호도 그의 신경을 이렇게까지 건드리지 않았다. 그런데 유독 고경천만 그의 심기를 어지럽혔다. 선하령에서 피를 토하면서도 군웅을 잡아두는 집념. 단 한 번의 만남이었지만, 너무나 강하게 뇌리에 박혔다.

　하지만 성철현의 침묵을 긍정으로 여긴 송원산은 새로운 제안을 해왔다.

　"그보다 성 대주, 나나 성 대주나 이번 사태에 대해 뾰족한 답을 찾지 못했는데, 문안도 드릴 겸 아버님을 찾아뵙는 게 어떻소? 어차피 현재는 잠시 추적자의 꼬리가 끊어져 그들을 놓친 상태니, 그들의 흔적이 나타날 때까지 기다려야 하지 않소. 더욱이 아버님은 옛일에 대해서 기억할지 모르니까 그분을 뵙고 답을 구해봅시다."

　송원산의 이런 제안은 확실히 무시할 수 없었다.

　송일학과 성효명의 관계도 있었고, 어쩌면 그를 통해서 새로운 실마리를 찾을지도 몰랐다.

　"알겠습니다. 그렇게 말씀하시면, 송 장주님의 말에 따르도록 하겠습니다."

　"좋소. 쇠뿔도 단김에 빼랬다고, 지금 즉시 아버님을 뵈러 갑시다. 아마 지금쯤은 기보(棋譜)를 읽고 계실 시간이니 그렇게 결례가 되지는 않을 것이오."

　"예."

　그리고 둘은 시끄러웠던 연무장을 뒤로하고, 항운산장의 진정한 버팀목인 송일학을 찾아 죽선헌(竹仙軒)으로 향했다. 죽선헌은 현재 항운산장의 금지 아닌 금지로 송일학은 외부 일은 일체 신경 쓰지 않고 지내는 중이었다.

그러나 결국 이 둘의 선택은 애초에 원했던 답을 찾는 자리가 아닌 그와는 전혀 다른 엉뚱한 결과를 야기하게 되었다.

항운산장의 후원에 위치한 죽선헌.
그 이름에 어울리게 많은 수의 대나무가 주변을 채웠다. 그리고 그 안에 지어진 한 채의 모옥에 송원산과 성철현, 그리고 흰 털을 자랑하는 고양이를 안고 있는 노인이 앉아 있었다.
가르르룽.
부드럽게 털을 쓰다듬는 손길이 좋은지 백묘(白描)가 울렁거리는 소리를 내었다.
그리고 노인은 잠시 손길을 멈추며 닫혀졌던 입을 열었다.
"이번 일, 내가 처리하겠네."
"예? 노야께서 직접 하신단 말씀이십니까?"
성철현은 참으려 했지만 놀란 표정을 숨기지 못했다.
"그렇네."
"아버님!"
송원산은 그 한마디에 너무 놀라 자기도 모르게 소리쳤다. 그러나 곧 자신의 실태를 깨닫고 고개를 숙였다.
"아버님, 죄송합니다."
"되었다. 나야 이제 일선에서 물러난 노물이나 너는 다르다. 너는 앞으로 이 항운산장을 이끌어갈 중요한 인물이다.

원교나 대암이와는 입지부터 다르다. 그러니 항운산장을 위해서는 네가 아닌 내가 나서는 게 좋다. 그리고 내 한 가지 마음에 걸리는 게 있다. 그렇기에 이 일에 더더욱 내가 나서야만 한다."

"하지만 아버님… 아무리 그렇다 해도 어린 놈뿐만이 아닌 현무칠수 무리까지 있습니다. 현무칠수에게 무슨 일이라도 있는지 주로 어린 놈이 나섰지만, 위험할 수도 있습니다. 게다가 어린 놈을 직접 상대하시다니, 다른 무림인들이 뭐라 그러겠습니까? 그리고 아버님은 남과 다툰 지 근 십 년이 다 되어갑니다. 부디 제발 그 말은 거둬주십시오."

원래는 이런 의도가 아니었다. 그저 경원교의 상태에 대해 하나의 해답을 얻으려 했을 뿐, 이런 결과는 전혀 그가 바란 것이 아니었다. 하지만 그의 간절한 바람에도 송일학은 단호하게 말을 잘라 버렸다.

"나는 이미 결정을 내렸다. 그러니 더 이상 이야기를 하지 말거라. 그리고 노파심에 하는 말이지만, 이 일은 나 혼자 처리할 것이니 절대 내 뒤를 쫓으려 하지 마라."

그리고 단호한 한마디를 흘리며 시선을 천장으로 돌렸다.

"흡정마공… 설마 이십 년 전보다 더한 악몽을 깨우려 하는가? 어찌 그 무공을 익힌 자가 나타났단 말인가?"

하지만 그 흘러가는 한마디에 담긴 뜻이 너무 컸기에 듣고 있던 둘의 눈이 크게 뜨였다.

너무 쉬워 미처 생각해 보지 못했던 해답. 설마 경원교의
그 상태가 흡정마공 때문이라고는 생각해 보지도 못했다.
그러나 그들은 송일학의 말에 완전히 동조할 수 없었다. 그
렇다면 이 문제는 단순히 강서성을 흔든 소란으로 보기에 너
무나 커다란 문제였다.

第七章

마른 가지가 더해지자 모닥불이 다시금 기세를 일으켰다.

그러자 불빛에 반사된 칠 인의 그림자가 토굴 벽 위를 춤추며 괴이한 형상을 만들었다.

그리고 막 나뭇가지로 불을 살린 수천택은 옆에 앉은 광우량의 옆구리를 찌르며 눈짓을 보냈다.

광우량은 성난 표정을 짓다 오히려 수천택의 팔을 치며 그에게 떠넘겼다.

"……!"

하지만 그들의 그런 동작도 토굴의 가장 안쪽에 앉아 있는 고경천의 기척에 원자세로 돌아갔다.

“흐음……..”

고경천은 얼굴을 쓰다듬었을 뿐, 토굴에 들어오고부터 시작된 상념에서 좀처럼 빠져나오지 못했다.

결국 슬쩍 고경천의 눈치를 살핀 수천택은 광우량의 옷깃을 잡고 일어났다.

그걸 눈치 챈 다른 자들이 따라나서려 했지만, 눈짓으로 동생들의 행동을 저지하고 둘만 토굴 밖으로 나갔다.

하지만 그들의 명을 따르지 않아도 되는 희비연은 별생각 없이 그들의 뒤를 따랐다.

그들은 입구 쪽이 조금 꺾어진 토굴에서 나오자마자 일단 길게 심호흡부터 했다.

“후읍!”

“하아…….”

답답했던 가슴을 밤공기로 달래고, 복잡함을 달래려 하늘에 떠 있는 별에 시선을 주었다.

그런데 그들을 뒤따라 나온 희비연은 그들의 심호흡에 대뜸 조롱부터 날렸다.

“호호. 광동오이가 이렇게 남의 눈치나 보는 자라니, 이거 영 실망이네요.”

그러나 그녀의 조롱에 바로 험악한 인상을 쓰는 광우량과 달리, 수천택은 그를 말리며 그도 한마디 뜨끔한 말을 날렸다.

“호오. 남 말할 게 아닌 거 같은데. 비호투(飛狐偸) 희비연하면, 마음먹는 순간 반경 삼 장 안의 모든 전낭을 자신의 호주머니에 담을 수 있다고 하더니, 겨우 삼 보도 떨어지지 않은 자의 품도 어쩌지 못하면서 우리를 비웃어? 무슨 여자가 부끄러움이 없구만.”

“호오. 부끄러움이요? 옥설객(玉舌客)도 어쩌지 못하는 자인데, 기껏 좀도둑질이나 하는 제가 뭘 할 수 있겠어요?”

옥설객은 사기가 전문인 수천택의 혀를 빗대서 지어진 별호였다. 거기다 수천택의 사기는 희비연의 투도술만큼 세간에 잘 알려졌다. 그래서 희비연은 그걸 강조해 지지 않고 대꾸했다.

그래서인지 면박을 주어 기를 꺾으려던 수천택은 조용히 고개를 내저었다.

“허 참, 아무리 내 혀가 옥이라 해도 여우를 어쩌려고 했으니… 내가 실수했군, 실수했어.”

“뭐 실수랄 것 있어요? 차라리 그렇게 인정하니, 언제 속을까 전전긍긍하지 않아도 되겠네요. 그래서 말인데, 앞으로 어떻게 할 거예요? 이대로 저자를 쫓아 팔자에도 없는 뜀박질만 계속하고 있을 거예요?”

그녀의 그 한마디에 둘의 얼굴은 금세 어둡게 변했다.

정말 남성부터 이곳 석정 부근까지 근 사흘을 미친 듯이 달리기만 했다. 그렇다고 고경천이 쉬지도 않고 몰아세운 것은 아니지만, 그 긴장감이 사람의 피를 말렸다.

삼양궁이 현무칠수를 노린다는 소문만 해도 그대로 줄행랑치고 싶은데, 항운산장까지 더해지니 정말 미치고 환장할 노릇이었다. 보물이 좋다 하지만, 이제는 정말 하나뿐인 명줄에 대해서도 심각하게 고민할 필요가 있었다.

"음……."

이 순간 수천택은 사기꾼에 어울리지 않게 신음을 흘리며 그 속내를 드러냈다.

"쉿!"

그런데 광우량이 갑자기 정색을 하며 둘에게 조용할 것을 명했다.

"……?"

"왜요. 혀… 흡!"

희비연은 그저 의문만 표시했지만, 수천택은 괜히 한마디 해 큼지막한 손에 입이 막혀야 했다.

하나 광우량은 풀어줄 생각을 하지 않고, 두 눈에 긴장을 드러낸 채 토굴 전방의 숲을 바라보았다.

오직 보이는 것이라곤 빛이 없어 검은 그림자를 드리워 내는 수목들이 전부였다. 더욱이 밤 짐승들도 조용해 그저 적막만이 느껴질 뿐, 광우량이 긴장해야 할 것은 아무것도 없어 보였다.

한데,

우우우웅.

갑자기 벌레들의 날갯짓 소리 같은 것이 숲 쪽에서 들리며 무언가 활시위를 떠나는 듯한 소리가 들렸다.

퉁.

그아아아앙.

강렬한 회전음이 동반되며 무언가가 어둠을 뚫고 그들을 향해 달려들었다.

"피해!"

광우랑은 한소리와 함께 수천택을 안고 바닥으로 엎드렸고, 놀란 희비연은 장기인 경공으로 솟구쳤다.

퉁퉁.

계속해서 활시위를 놓는 소리와 함께 보이지 않는 암기들이 그들을 향해 날아왔다.

그리고 공중에 뜬 희비연은 좋은 먹잇감이 되어 그녀의 전방엔 십수 개의 기척이 느껴졌다.

그녀는 공중에서 어떻게 할 수 없어 허리에 차고 있던 두 자루의 비수를 꺼내 양손에 들었다. 그리고 입술을 깨물고 날아오는 암기에 휘둘렀다.

깡캉.

"윽!"

요란한 쇳소리와 희비연의 비명 소리가 동시에 들렸다. 거기다 그녀는 충격이 심한지 힘을 못 이겨 뒤쪽으로 날아갔다.

하나 자랑인 경공으로 간신히 신형을 추슬러 토굴 위쪽에 솟
은 나무를 발판 삼아 아래로 뛰어내렸다.

그러나.

슈아아앙.

찌이익.

"악!"

그녀를 노리는 집요한 암기들은 그 순간을 놓치지 않고 그
녀의 옷자락을 찢으며 여러 개의 상처를 만들었다. 그래서 제
대로 착지하지 못한 그녀는 그대로 바닥에 몸을 부딪쳤다.

"에잇! 독이다. 받아라!"

그 순간 엎드려 있던 수천택이 품속에서 하나의 구슬을 꺼
내어 그들의 앞으로 던졌다.

퍼엉.

지면에 부딪친 구슬은 그대로 터져 나가며, 터진 구슬에서
금방 뿌연 연기가 숏구쳐 그들의 전방을 감쌌다.

"굴로 기어서 갑시다."

수천택의 기지로 기회를 찾은 그들은 바닥을 기어 토굴로
향했다.

그 와중에 광우량은 희비연의 곁으로 다가가 그녀를 등에
매단 채 빠르게 포복으로 굴 속으로 향했다.

수천택은 잠시 상대의 기척을 살폈지만, 그의 사기가 먹혔
는지 그들을 공격했던 무리는 아무런 행동도 없었다. 해서 그

도 광우량의 뒤를 따르며 그들을 공격했던 하나의 물체를 들어 안으로 사라졌다.

"무슨 일이오?!"

안쪽에서 소란을 듣고 뛰쳐나오던 귀후(鬼嗅) 장신은 대뜸 밖을 향해 코부터 킁킁거렸다.

"어라, 웬 화약 냄새요?"

"지금 그게 중요한 것이 아니다."

광우량은 장신을 밀치며 희비연을 안고 안으로 뛰어들었다.

"아니. 이 계집은 또 왜?"

장신은 또 의문을 던졌지만, 아무도 그 말에 대답해 주지 않았다. 해서 밖으로 향하려던 그의 목덜미를 수천택이 잡고,

"일단 들어가서 이야기하자."

안쪽으로 꺾어지는 모퉁이를 돌았다.

안으로 들어가자 밖의 소란을 들었는지 모두 궁금한 표정으로 들어서는 자들을 바라보았다.

더욱이 지금까지 생각에 잠겨 있던 고경천도 사색을 마치고 그들이 들어오는 모습을 지켜보고 있었다.

대뜸 수천택은 붕어처럼 큰 눈을 끔뻑거리는 탁통안(濁洞眼) 민강룡을 향해 한마디를 했다.

"막내 너는 입구에 가서 밖의 동정을 살펴라. 지금 연막과

어둠으로 시야가 안 좋지만, 너라면 괜찮을 거다."

"알았수다."

별다른 의문 없이 민강룡은 그대로 입구로 사라졌고, 나머지 사람들만 현 사태에 대한 궁금증을 더욱 키웠다.

"넷째야, 일단 응급조치부터 시켜라."

광우량은 희비연을 내려놓고, 멀대같이 키가 큰 단초에게 희비연의 치료를 맡겼다.

희비연은 팔과 다리에 긴 찰과상을 입어 피를 흘리고 있었다. 너무 갑작스런 공격이고, 공중으로 몸을 날려 꽤 큰 낭패를 당했다. 거기다 찢어진 부위가 짐승이 이빨로 거칠게 찢어놓은 거 같아 그 상처가 더 컸다. 그래서인지 고통을 견디기 어려운 희비연은 눈을 꼭 감고 인상을 쓰고 있었다.

고경천은 그녀의 상세가 생각보다 중한 것 같아 인상을 굳혔다.

"그녀가 어쩌다 이렇게 된 것이오? 설마 싸우기라도 했소?"

"습격을 받았습니다."

"습격?"

고경천은 미간을 굳혔다. 습격이라니 말이 되지 않았다. 분명 가짜 흡정마공으로 추적대를 쫓아버렸는데 이렇게 빨리 추적대가 쫓아올 리가 없었다.

수천택이 하나의 물건을 꺼내 고경천에게 내밀었다.

“이걸 보십시오.”

“이게 무엇이오?”

고경천은 일단 받아서 살펴보았지만, 늑대 이빨처럼 삐쭉삐쭉한 낭아륜(狼牙輪)을 축소시켜 놓았다는 것 말고는 아는 것이 없었다.

“너 그거 어디서 났느냐?”

낭아륜을 보고 광우량의 두 눈이 놀라 크게 뜨여졌다.

“형님도 한눈에 알아보시네요. 역시 제가 잘못 본 게 아니에요.”

수천택은 맥이 빠진 음성을 토해냈다.

그러나 정작 그걸 모르는 고경천만 답답할 지경이었다. 지금도 하나의 문제로 인해 고민이 생겼는데, 여기 갑자기 또 하나의 고민거리가 얹혀졌다.

“두 형님들, 설마 지금 저 낭아륜이 그 지옥야차 같은 놈들의 것이란 말입니까?”

장신의 입이 크게 벌어졌다.

*　　　　*　　　　*

벌컥.

거칠게 미는 손길에 문짝이 떨어져 나갈 듯 흔들렸다.

그래서인지 막 서책의 다음 장을 넘기던 관우운장을 연상시키는 중년인은 미간을 굳히며 나타난 자를 바라보았다.

그러나 상대를 보고 다시금 책으로 시선을 돌렸다.

"대숙(大叔)!"

성월여의 뾰족한 고함 소리가 금방 실내를 휘감았다.

그녀는 한 가지 사실을 듣자마자 삼양궁의 부궁주 소철상
이 있는 곳으로 부리나케 달려왔다. 그녀가 아양을 떨어가며
성사시켰던 일이 소철상으로 인해 완전 바뀌어 버렸다. 그래
서 그걸 다시금 바꾸려 이렇게 찾아온 것이다.

"대숙 귀 안 먹었다."

소철상은 시선을 서책에서 떼지 않은 채 대꾸했다.

"정말 이러실 수 있어요?!"

성월여는 분을 참을 수 없다는 듯 거친 숨까지 몰아쉬었
다.

그러나 소철상은 그런 것은 전혀 개의치 않고, 서책의 다음
장을 넘기며 나직한 목소리를 흘렸다.

"요 근래 밖으로 나다니더니 목소리만 높아졌구나."

찔끔.

별 꾸짖는 것도 아니었지만, 말이 떨어지자마자 성월여의
고개가 움츠러들었다. 평상시에도 제일 어려워하는 사람이
소철상인데, 이런 일로 그를 대하려니 더욱 어려웠다.

그러나 오늘만큼은 물러설 수 없어 숙였던 고개를 다시금
쳐들었다.

“왜 명을 바꾸셨어요. 이미 이번 일은 할아버지께서 명을 내리셨잖아요.”

“명?”

그제야 소철상의 시선이 서책에서 떼어졌다.

성월여는 중년인의 두 눈을 보며, 한자한자 따지듯 말했다.

“현무칠수와 한 청년에 대한 일이요. 왜 그들을 다 죽이라 했어요? 그리고 명을 내린 것도 모자라 왜 단혼살막에 청부까지 하신 거예요?”

그제야 그녀의 말뜻을 알아차린 소철상은 차갑게 그녀의 말을 끊어버렸다.

“그 일이라면, 네가 관여할 일이 아니다.”

“왜 관여할 일이 아니에요? 이번 일은 제 명예와도 관계가 있어요. 저에게 그런 치욕을 준 놈을 편하게 숨을 끊게 할 수 있겠어요? 제 손으로 그놈의 사지를 하나하나 낧지 않는다면, 저는 억울해서 잠도 못 잘 거라구요.”

분노가 극에 달해서인지 어느새 성월여의 눈가에 습막이 차올랐다.

하지만 그녀의 애처로워 보이는 모습에도 소철상은 조금의 표정 변화도 없었다. 그저 미간 사이를 더욱 좁게 만들며 그녀에게 싸늘한 축객령을 내렸다.

“더 이상 들을 가치도 없다. 밤이 늦었으니 돌아가라!”

"대숙!"

"갈!"

결국 참다못한 소철상의 분노가 터져 나왔다. 그리고 일갈엔 내공의 힘까지 담겨져 일순 성월여의 안색이 허옇게 질렸다.

"네가 지금 궁주님을 믿고 방자하게 구는구나. 너는 엄연히 궁주님의 손녀 이전에 나에게는 질녀가 된다. 그런 네가 감히 이 대숙에게 이리도 무례하게 구느냐? 내가 널 그렇게 가르쳤느냐?"

"대숙, 그러나 저는……."

딸을 꾸짖는 아버지의 음성 같은 한마디에 성월여의 목소리에선 점점 힘이 빠져나갔다.

"그만 해라. 내 분명 사형의 무덤 앞에 너나 철현이가 행복한 일생을 살게 해준다고 다짐했다. 그런데 설마 너는 그깟 일개 낭인 나부랭이에게 연정을 품어 이 대숙에게 이리도 버릇없게 구는 것이냐?"

"누… 누가 누구에게 연정을 품었다는 거예요!"

성월여는 너무 놀라 자신도 모르게 말을 얼버무리고 말았다.

그리고 그녀의 그런 행동은 오히려 소철상에게 더한 의심을 불러일으켰다.

"나는 예전 일성이와의 혼사 문제를 너의 의사에 맡긴 바

있다. 그 당시 너는 분명 거절의 뜻을 비쳤고, 나는 그 뒤로 그 일에 대해서는 거론하지 않았다. 한데! 너는 그 당시 일성이를 거부한 게 설마 근본도 모르는 놈에게 정을 주려고 그런 것이냐? 정녕 네가 날 이리도 실망시킬 수 있는 것이냐?!"

"아니, 대숙, 저는… 그게 아니고……."

성월여는 거기까지는 생각하지 않고 있었던지라 그의 말에 점점 대꾸할 거리를 찾지 못했다.

"그리고 그것보다 더 중요한 일이 있다."

"……?"

갑자기 소철상의 전신에서 강력한 기운이 뿜어지자 성월여는 숨도 쉬기 어려웠다. 눈가에 이는 뇌전은 금방이라도 살아 튀어나올 것 같아 그녀는 입술을 붙인 채 조용히 숨만 골랐다.

"일성이가… 그놈들에게 납치되었다!"

"예?"

성월여는 그 한마디에 모든 정신이 아득하게 멀어지는 듯했다.

"그것만이 아니다. 그놈들로 인해 마염성과 녹림과의 관계도 복잡하게 되었다. 또 고경천이란 놈이 우리의 본거지랄 수 있는 강서성을 들쑤셔 놓으면서 우리의 입지도 엉망이 되었다. 이것이 그저 너의 명예와 관련이 되는 일이더냐?"

“…….”

목소리가 추상같지 않았다 해도 성월여는 더 이상 입을 열수 없었다. 일은 어느샌가 그녀가 손댈 수 없을 정도로 변해 있었다.

탁.

더 이상 책을 읽을 기분이 아닌지 소철상은 읽고 있던 책까지 덮었다. 그리고 자리에서 일어나며 마지막 일침을 가했다.

“이제는 일성이가 살아오든 말든 우리는 그놈들을 그대로 두고 볼 수 없다. 삼양궁의 전 능력을 발휘해서라도 그놈들을 제거할 것이다. 그리고 그 시체를 삼양궁의 정문에 걸어 왜 우리가 강남의 패자라 불리는지 보여줄 것이다.”

패도적인 기운 앞에 성월여는 자신의 존재가 얼마나 초라한지 깨달을 수 있었다. 삼양궁의 금지옥엽으로 모든 이들의 사랑을 받아온 그녀라 해도 지금으로서는 그저 한 방울의 눈물 이상의 행동은 할 수 없었다.

‘바보 같은 자식… 흑.’

그녀는 눈물을 닦을 생각도 못하고 그대로 발걸음을 돌려 소철상의 집무실을 빠져나와야 했다.

*　　　　*　　　　*

“젠장! 어디서 저런 놈들이 갑자기 튀어나온 것이야?”

민강룡은 연막 너머의 상황이 보이기라도 하듯, 이리저리 고개를 돌리며 주변을 살폈다.

그리고 언제 다가왔는지 광우량의 목소리가 들렸다.

"어떻게 되었느냐?"

"어떻게 되긴요. 쫘악 깔렸습니다. 한데, 저놈들… 설마 단혼살막 놈들은 아니지요?"

민강룡은 그 큰 눈에 아니기를 바란다는 빛을 담고 물었다.

하지만 광우량은 그의 마음을 모르는지 고개를 내저었다.

"맞다."

"헉!"

민강룡은 곧 헛숨을 토해내며 굉장히 불편한 얼굴을 했다.

"제길! 그냥 광동에 눌러 있을걸. 뭐 하러 여까지 와서 저런 지랄 맞은 놈들하고 상주를 해야 하는지… 아!"

민강룡은 이마를 짚으며 고개를 흔들었다.

광우량은 일단 그에게 암기 다발을 넘겨주며 하나의 임무를 주었다.

"저놈들이 언제 들이닥칠지 모른다. 그러니 일단 이걸로 시간을 끌어. 그리고 대충 준비가 되면 그때 뚫고 나간다."

"아니, 이딴 걸로 어떻게 하라고요?"

연막탄 하나. 거기다 자잘한 비표, 철정, 수리전 등 각자 개성에 맞춘 암기들이 담겨 있었다. 하지만 이걸로 단혼살막의 무리를 상대하기에는 모자라도 많이 모자랐다.

"네놈의 눈이면 연막도 뚫어 보지 않느냐? 그러니 일단 놈들이 접근하지 못하도록 이걸로라도 시간을 벌어라."

"아… 정말!"

민강룡은 툴툴거리면서도 손은 암기를 잡고 있었다.

광우량은 잠시 그의 모습을 보다 다시금 신형을 돌려 안으로 들어갔다. 안에서는 수천택이 고경천에게 단혼살막에 대해 한참 설명을 하고 있는 중이었다.

고경천은 수천택의 이야기를 들으며 얼굴을 굳히고 있었다.

"단혼살막이 무서운 것은 지긋지긋함입니다. 일단 그들의 실력이 어떻고를 떠나서 한 번 목표로 삼으면, 그놈들은 지옥까지도 따라붙는 놈들입니다."

"그럼, 그들이 청부자객이란 말이오?"

"아니요. 그놈들이 청부에 의해서 움직이는 놈들은 맞지만, 자객이니 살수니 이런 말도 아까운 놈들입니다. 그들은 살행을 하는 데 있어 자객술이니 이런 것이 없습니다. 그저 상대의 숨통이 끊길 때까지 시도 때도 없이 지옥낭아구(地獄狼牙具)를 쏴댑니다. 그리고 죽지 않는 상대는 상대가 지칠 때쯤, 단혼객(斷魂客)이란 무시무시한 놈들이 나타나 상대의 숨통을 끊습니다."

"지옥낭아구? 단혼객?"

"예. 지옥낭아구는 바로 이 낭아륜을 쓰는 암기입니다. 기관에 의해서 작동되는 이것은 웬만한 호신강기는 우습게 찢어버립니다. 그리고 단혼객이란 놈들은 투귀들입니다. 일명 전귀라고도 하는데, 이들만큼은 진짜 실력자들입니다. 그들은 지친 상대를 계속해서 몰아붙여 정신없게 만들다 목숨을 빼앗는다고 합니다.”

“웃기는 놈들이군.”

고경천은 코웃음을 쳤다.

하지만 속으로는 새롭게 떨어진 상황에 골머리가 지끈거렸다.

‘정말 일 더럽게 꼬이는군. 괜히 홧김에 흡정마공을 사용해 그것만으로도 골이 아픈데, 뜬금없이 단혼살막이라니. 거기다 청부자객이라면, 도대체 누가 나를 죽이려 한단 말인가?

언뜻 그를 쫓던 추적자들이 떠올랐지만, 그들은 죽이는 것이 목적이 아닌 흡정마공을 빼앗으려는 것이 더 컸다. 물론 그 와중에 그를 살려둘 생각은 없겠지만, 이렇게 처음부터 죽이려는 적은 없었다.

‘젠장. 일이 꼬일 대로 꼬여만 가는구나. 조금 더 적들의 시선을 잡아두려 했는데, 이제 이들과도 헤어져야겠군.’

고경천은 광동오이와 희비연을 바라보았다. 어차피 며칠 안에 이들과 이별을 하려고 했지만, 이 순간이 바로 그때임을 깨달았다.

"이제 헤어집시다."

"예?"

갑자기 튀어나온 말에 모든 이들의 시선이 고경천에게 향했다.

"그동안 본의 아니게 고생이 많았소. 비록 굴지서의 강압에 의해 한 일이지만, 덕분에 나는 한 가지 목적을 이뤘으니 내 당신들에게 빚을 진 것이오. 지금은 비록 그 빚을 갚을 수 없지만, 내 훗날 반드시 그 빚에 대해 보상해 주겠소."

하지만 그 이야기를 듣는 나머지의 얼굴은 '이게 무슨 자다가 봉창 두드리는 소리냐' 였다.

수천택은 이게 무슨 수작인가 생각하다가 광우량을 바라보았다.

그러나 광우량은 그보다 더 사태를 파악하는 데 시간이 필요할 것 같았다.

"일단 작은 보답으로 내가 혈로를 열겠소. 여러분은 이곳에 있다가 포위망이 풀어지면 탈출하시오. 아마 다들 현무칠수가 나와 함께한다고 생각할 것이니 얼굴을 드러내면 큰일은 없을 것이오."

"자… 잠시만요. 설마 혼자서 저놈들을 상대한다는 것입니까?"

수천택은 왠지 말리고 싶은 심정이었다.

한데, 고경천은 깊게 가라앉은 음성으로 반문했다.

“못할 것 같소?”

“그게…….”

평상시라면 너무 잘 움직여서 문제인 혀가 지금만큼은 돌처럼 굳어져 버렸다. 수천택은 고경천의 두 눈을 보며 다음 말을 그대로 삼켜 버렸다. 그 눈 속엔 상대가 누구이던 얼쩡거리면 박살 내버린다는 집념이 서려 있었다.

“그럼 떠날 준비들이나 하시오.”

고경천은 더 이상 다른 말 없이 그대로 신형을 돌렸다.

남겨진 사람들은 이 상황에 대해 어떻게 받아들여야 할지 난감한 얼굴이 되었다. 얼마 전까지는 못 떠날까 문제였는데, 이제는 가라고 하니 그게 문제로 다가왔다.

“형님.”

수천택은 일단 광우량을 찾았다.

“잠깐! 생각 좀 해보자.”

광우량의 입에서 그 말이 나오자 수천택은 체념을 했다.

상대가 단혼살막인 이상, 더 이상 발을 담갔다가는 정말 죽을 때까지 생고생을 해야만 할지도 몰랐다. 게다가 여기서 고집을 부려 고경천을 따르려 한다면, 오히려 의심을 사 그 즉시 숨이 끊어질 수도 있었다.

“빌어먹을 여우 같은 계집. 정말 필요할 때는 팔자 좋게 뻗어 있구나.”

수천택이 답답한 마음에 툴툴거렸지만, 이미 그 자신도 더 이상의 방법이 없음을 깨닫고 있었다.

"젠장! 훗날에 갚을 필요 없이, 뒈질 거면 그냥 흡정마공이나 주고 가지."

그저 이렇게 객쩍은 한마디로 답답함을 풀 뿐이었다.

토굴 입구.

"에라, 이놈들아. 이거나 처먹어라!"

민강룡은 연막을 향해 수리전을 날렸다.

휘익.

아무것도 보이지 않아 아무렇게나 던지는 것 같은데, 밖에서는 비명이 터졌다.

"큭!"

"젠장. 이번에도 엉뚱한 데 맞았군."

민강룡은 툴툴거리면서 다음 암기를 집어 들었다.

그나마 어둠과 연막이 많이 도움을 주었다. 그것이 아니라면, 암기가 전문이 아닌 그로서는 아마 제대로 맞힐 수도 없었을 것이다.

그리고 민강룡이 다시 한 놈을 보고 조준하고 던지려는 찰나,

"되었소. 이제 그만 하시오."

하나의 손길이 민강룡의 어깨를 잡았다.

"어?"

민강룡은 어깨를 잡은 손의 임자를 보고 얼른 던지려는 자세를 추슬렀다.

"안에 들어가 보시오. 나머지는 나에게 맡기고."

"예?"

고경천의 말에 민강룡은 잘 이해를 하지 못했다.

"가보면 알 것이오. 그리고 그동안 수고했소."

"예? 예."

입구를 지킨 수고라 여기고 민강룡은 별생각없이 고개를 끄덕이다 그저 멀뚱한 표정으로 토굴 안쪽으로 사라져 버렸다.

대신 입구를 막게 된 고경천은 연막 너머를 바라보았다. 비록 눈에 띄진 않지만, 그에겐 밖에 있는 자들이 손에 잡힐 듯 느껴졌다.

'빌어먹을 놈들. 흡정마공을 노리는 것도 아닌 청부라니. 그보다 이것도 흡정마공의 효용인가? 보이진 않지만, 저놈들의 위치가 손에 잡힐 것처럼 느껴지네.'

감각과는 또 다른 느낌이었다. 단전에 자리한 흡정마기들이 꿈틀거리며 먹잇감을 찾았다. 그래서인지 고경천은 답답한 시계 속에서도 환히 길이 보이는 듯했다.

'그래. 누군지 몰라도 날 잡으려 이런 놈들까지 불렀다면, 다시는 그런 생각을 못하게 본때를 보여주지.'

고경천은 눈을 빛내며 한 걸음씩 연막 속으로 발을 내디

뎠다.

퉁퉁.

곧 그의 인기척을 느끼고 상대의 공세가 쏟아졌지만 고경천은 현음빙기가 넘실거리는 양손을 들어 날아오는 낭아륜을 쳐냈다. 그리고 배고픈 늑대가 먹이를 덮치듯 흡정마기가 이끄는 대로 몸을 움직여 상대에게 달려들어 가 두 번 다시 경험하기 싫은 지독한 고통과 함께 죽음을 안겨주었다.

"끄아아아악!"

비명 소리가 연기로 뒤덮인 숲 속을 흔들며, 시간이 지날수록 사냥하는 자와 사냥당하는 자의 위치가 점점 바뀌어갔다.

그리고 다음날.

날이 밝기 무섭게 강서성에는 모두가 놀랄 파격적인 소문이 돌았다.

그게 항운산장에서 시작되었다는 이야기가 있는데, 그건 중요한 것이 아니었다. 중요한 것은 새롭게 퍼져 나가는 내용이었다.

흡정마공!

아니, 이미 돌고 있는 흡정마공에 대한 것과는 궤가 달랐다.

누군가 그걸 익혔다는 것이 주된 내용으로 그 주인공이 다름 아닌 현무칠수와 함께 다니는 흑발 청년이란 것이었다. 지금까지 시끄러운 소문 속에서도 간간이 존재감만 비쳤지 아무도 주목하지 않았다. 그런데 그런 청년이 이제 그 모든 것을 누르고 제일 전면에 서게 되었다.

바로 흡정마공의 진정한 주인으로서 모든 이들의 관심을 사로잡았다.

그래서 무림인들은 모였다 하면 이 이야기를 하며 무림을 달구는 하나의 이름을 기억할 수밖에 없었다.

고경천.

그는 흡정마공의 주인임은 물론, 은밀하게 돌던 현무칠수의 주인이라는 소문까지 부각되어 순식간에 그 위상이 치솟았다. 그리고 그 이름으로 인해 은거 후 몸을 드러내지 않은 항운산장의 노주인까지 산장을 떠나게 만들었다고 했다.

그런데 무슨 일인지 강서성이 점점 소문에 달궈지는 사이 그 주인공들이 감쪽같이 사라졌다.

고경천은 물론 현무칠수까지 정말 강서성에 있었냐는 듯 석성 이후론 어디서도 모습을 드러내지 않았다.

그래서 사람들은 지금까지 그들이 보여준 경로를 쫓아 석성부터 광동성까지 이어지는 길을 이 잡듯이 뒤지고 다녔다. 그리고 그것도 모자라 광동성 북부까지 뒤지며 그들의 행방을 찾으려 했다.

그러나 결론은 그들이 하늘로 솟았거나 땅으로 꺼졌다는 것만 확인하는 꼴이 되어 소문의 진위 여부는 완전 미궁 속으로 빠져 버렸다.

그래서 과연 고경천이 흡정마공을 익힌 것이냐? 아닌 것이냐? 하는 억측만 커져 가는데, 또 다른 거대한 소문이 무림 전역을 덮어버렸다.

지금까지 서로를 침범하지 않았던 삼양궁, 마염성, 녹림의 관계에 금이 가기 시작하며 조금씩 무림의 기류가 이상하게 변해간다는 것이다.

녹림과 마염성은 각각 자신들의 후계자를 핍박한 일로 삼양궁을 압박해 왔다.

그런데 그 이유란 것이 이십 년 전 마경쟁탈전을 삼양궁에서 조작했다는 얼토당토않은 이유였다. 그러다 보니 선하령의 일도 자연스레 대두되어 집회 내용도 무림에 퍼져 나갔다.

그러나 이십 년 전 벌어졌던 마경쟁탈전에서 삼양궁주 성효명의 아들이 죽었다는 것은 너무나 잘 알려진 사실이었다. 그런데 그걸 삼양궁이 조작했다니.

하지만 그들은 이번 선하령 사태도 현무칠수를 사주해 벌였다고 주장했다. 그도 그럴 것이, 군웅이 모인 선하령을 삼양궁의 무력대가 포위한 것은 사실이기 때문이었다.

그리고 선하령을 떠난 고경천과 현무칠수가 강서성에서 감쪽같이 사라질 수 있었던 것이 다 삼양궁이 도와줬기 때문이란 이유도 덧붙였다.

하지만 그 자리에는 성월여가 있었다. 그녀는 뒤늦게나마 현무칠수가 삼음교의 후예였단 이야기를 꺼냈다.

현무칠수는 지금은 멸망한 삼음교의 후예고, 삼음교는 삼양궁에 의해 사라진 곳이니 절대 이번 일은 그들이 벌인 일일 수 없다고 이야기했다.

그래서 사람들은 더욱 어디 말을 들어야 할지 혼란에 빠졌다. 거기다 설상가상으로 강남 산하의 문파들도 삼양궁에 대해 조금씩 쑥덕거렸다. 그래서 삼양궁은 마염성과 녹림을 견제하고, 산하 문파를 다독이느라 어쩔 수 없이 강서성에 펼쳐 놓은 포위망에 구멍을 만들 수밖에 없었다.

그리고 이 모든 소문에 가장 분노한 사람은 그 누구도 아닌 바로 그였다.

*　　　*　　　*

삼양궁의 대전.

성효명의 노성이 대전을 날릴 듯 떨어 울렸다.

"왜 그 보고를 하지 않았더냐!"

"그… 그것이……."

이건 조금도 예상하지 않았던 문제였다. 왜 삼음교의 후예란 사실에 성효명이 이렇게 길길이 날뛰는지 알 수 없었다. 삼음교는 이미 사라져 흔적도 남지 않았고, 현무칠수가 삼음교의 후예란 말도 오직 그들의 입을 통한 것인데, 그 속내를 알 수 없는 갈유경으로선 그저 엎드린 자세로 몸만 부들부들 떨었다.

"어서 똑바로 말하지 못하겠느냐?"

"죄… 죄송합니다, 궁주님."

쿵.

갈유경의 이마가 바닥을 때렸다.

성효명은 심한 두통을 느꼈다.

'천하의 성효명이 정말 바보 같은 짓을 했구나. 내 이번 일을 하는 데, 남의 이목만 생각하다 돌이킬 수 없는 실수를 하다니. 현무칠수가 삼음교의 후예면, 흑옥상의 비밀을 알지 않겠느냐? 그럼 흡정마공이 무림에 나오고… 그보다 이미 나왔다는 소문까지 돌고… 거기다 현무칠수 중 만천백변투 허표일지 모를 가짜 방웅풍까지 놓쳐 버리고……'

그렇다고 아직 확실하지 않은데 그가 알고 있는 비밀을 말할 수는 없었다. 그래서 일단 일의 수습에 힘을 실었다.

"명심해라. 내가 너를 총승령의 자리에 앉힌 것은 특별히 네가 뛰어나서가 아니다. 네가 삼양궁의 어느 쪽에도 직접적인 적을 두지 않은 자이기에 총승령의 자리에 앉힌 것이다. 그러니 나를 실망시키지 마라. 나에게 있어 두 번의 실망은 죽음뿐이다. 삼양궁의 모든 능력을 동원해서라도 현무칠수와 고경천이란 놈을 찾아내라. 그리고 항운산장에 연락을 넣어 소문의 진위 여부를 확인해라."

"조… 존명."

쿵.

다시 한 번 갈유경의 머리가 대전 바닥을 때렸다. 그리고 명을 받은 갈유경은 재빠르게 대전에서 사라졌다.

혼자 남은 성효명은 두통이 더 심해지는 것을 느꼈다.

'그러나 한 가지 다행한 일은 송일학이 움직였다는 것이다. 부디 그가 이번 일을 끝낼 수 있기를 현 시점에서 기원해야겠다. 그에겐 충분한 그럴 능력이 있으니……'

성효명은 일단 한시름을 놨지만, 더 이상 태사의나 지키고 있을 때가 아님을 예감했다.

그러나 지금 성효명이 찾으려는 대상은 그의 바람과 달리 강서성을 넘을 준비를 하고 있었다.

*　　　*　　　*

정강산(井崗山).

강서성과 호남성의 경계로 이 산만 통한다면, 언제든지 두 성을 왕래할 수 있었다. 하지만 굳이 산길이 아니어도 다른 방법이 있기에 이곳은 점점 길로서 그 효용성이 떨어졌다. 그저 남들의 눈을 의식해 피하는 자들이나, 아님 피치 못할 사정으로 시간에 쫓기는 사람들 외에는 거의 사용하지 않았다.

그런데 오늘 그런 이유로 정강산을 넘으려는 사람이 있었다. 그는 무림인과 성효명이 혈안이 되어 찾는 고경천으로 어느새 강서성의 남쪽이 아닌 가장 서쪽에 와 이곳을 떠나려 하고 있었다.

"재수가 좋았다고 해야 하나? 포위망에 구멍이 생겨 쉽게 이곳까지 올 수 있었으니. 하나, 무림이란 무서운 곳이군. 아니면 대지서생이 이런 문제까지 예상해서 선하령 일을 벌였다고 해야 하나?"

이유야 어떻든 고경천은 새삼 소문의 무서움을 알게 되었다.

선하령의 문제가 이렇게까지 무림을 뒤흔들 줄은 예상도 못했다. 덕분에 그가 쉽게 움직일 수 있게 되었고, 덕분에 별다른 문제 없이 정강산에 올 수 있었다.

이제 이 산만 넘으면 삼양궁과도 안녕이었다. 그들이 아무리 강남 패자라 해도 강남 전역을 어우를 수는 없을 것이다. 이십 년 전이라면 모를까? 지금은 강서성이 주 세력권이고, 그 외 지역은 어느 정도 영향력을 발휘하는 정도였다.

"자, 그럼 현무칠수와 약속을 지키러 가볼까?"

그러나 고경천은 말처럼 출발할 수 없었다. 대신 얼굴을 딱딱하게 일그러뜨리며 산을 오르는 소롯길에서 조금 벗어난 커다란 소나무 한 그루를 바라보았다.

대충 두 아름은 됨 직한 소나무는 그 뒤에 위험한 무언가를 감추고 있었다.

캬오오오옹.

하나 정작 반응이 나타난 곳은 소나무 뒤가 아닌 그 위였다.

그곳에선 일반 고양이보다 작은 체구에 눈이 피를 머금은 것 같은 설묘가 고경천을 노려보고 있었다. 설묘는 소나무 가지 위에 발톱을 박아 넣으며 금방이라도 덮쳐 올 듯 그르렁거렸다.

'아닌가?'

고경천이 잘못 느꼈나 고개를 갸웃거릴 때,

"이리 오너라."

늙수그레한 음성과 함께 주름이 얼굴을 가득 덮은 노인이 소나무 뒤에서 천천히 걸어나왔다. 노인은 부름에 달려드는 설묘를 안아 들며 지팡이를 들지 않은 손으로 부드럽게 목덜미를 어루만져 주었다.

카오옹.

설묘도 그 손길이 좋은 듯, 고경천에게 흥성을 내보일 때와는 천치 차이로 아양을 떨어댔다.

하지만 노인과 설묘가 보여주는 이런 평화로운 정경에도 고경천은 미소를 짓거나 부드러운 표정을 지을 수 없었다. 오히려 점점 딱딱하게 굳어가는 표정으로 긴장감을 나타냈다.

'지금까지 본 자들 중 최고수다.'

그동안 남들이 고수라 부르는 무림이십팔수나 북두칠강이란 자들도, 노인만큼의 위압감을 주지 못했다.

그래서 고경천은 왜 이런 고수가 갑자기 나타나 자기에게 살기를 보낼까 고민하다 한 사람을 떠올릴 수 있었다.

'설마?'

직접적으로 본 적은 없어도 이곳까지 오는 동안 심심치 않게 듣게 된 이름. 어떻게 보면 그가 고경천을 추적한다는 사실 자체만으로도 무림을 달구는 하나의 이야깃거리였다.

'만날 일 없다 생각했더니……'

고경천은 소문이 어떻든 크게 신경 쓰지 않았다. 남행을 택했다 갑자기 서행을 한 것은 적들의 눈을 속이기 위함 아니었던가? 그리고 대부분 고경천의 의도대로 되었다.

그래서 지금도 삼양궁을 필두로 한 추적자들은 광동성으로 향하는 길을 뒤지고 있었다.

그런데 이 노인만 어떻게 자신을 쫓을 수 있었는가?

"역시 소문대로 벽운노야 어르신은 대단하시군요. 아무도 찾지 못한 제 행적을 미리 알고, 이렇게 기다리고 계시니 말입니다."

그 한마디에 설묘를 안고 있는 노인, 백운노야 송일학은 거의 감겨 있던 눈을 치켜떴다.

"한눈에 나란 걸 알아보다니 어린 놈이 제법 눈썰미가 있구나.”

“눈썰미도 필요없습니다. 귀만 있으면 노야께서 저를 쫓고 있단 소문은 쉽게 들을 수 있으니까요. 그보다 어떻게 절 찾았습니까?”

“허허. 그렇구나. 나이가 들면 남의 말이 잘 들리지 않는다더니, 노부가 그런 간단한 소문도 듣지 못했구나. 그런데 너도 소문을 제대로 듣지 못했구나. 내가 늘 한 마리의 천산설묘(天山雪猫)와 같이 다니고, 그놈이 어떤 추종자보다도 뛰어나다는 것을. 허허허.”

송일학은 잠시 허허로운 웃음을 흘리며 강렬하게 내뿜던 기세마저 지워 나갔다.

고경천은 그의 말로 인해 의문도 풀고, 그의 변화되는 분위기에 거부감도 지울 수 있었다.

‘소문과 많이 다르군.’

소문엔 벽운노야가 굉장히 고집스럽고, 깐깐하며, 집요한 사람이라고 했다. 심지어는 잔인하기까지 하다고 했는데, 지금 보니 그런 모습은 전혀 보이지 않았다.

송일학은 다 웃었는지 웃음을 멈추고 고경천을 바라보며 별 부드럽지 않은 이야기를 부드럽게 해나갔다.

“처음에는 너를 보자마자 죽이려 했다.”

‘역시.’

고경천은 잠시 풀었던 긴장을 다시 끌어올렸다.

"그러나 너를 보고 생각이 바뀌었다. 너와 조금 이야기를 나눠보고 싶구나. 정말 너는 흡정마공을 익혔느냐?"

송일학의 입에서 본론이라 할 수 있는 말이 튀어나왔다. 그는 이미 그 흔적을 발견했지만 다시 한 번 확인하고 싶었다.

"익혔습니다."

"너는 흡정마공이 어떤 것인지 알고 있느냐? 그건 모든 무학과 상극이 되는 무공이다. 아니, 상극 자체도 깨버리는 절대마공이지. 그런 것이 무림에 돌아다닌다면, 그 결과는 어찌 된다고 보느냐?"

"노야께서 말하지 않아도 흡정마공에 대해선 익힌 제가 더 잘 알고 있습니다. 그리고 결정적으로 저는 노야가 염려한 그런 결과를 만들 생각이 없습니다. 제 생각은 먼저 건들지 않으면, 절대 건들지 않는다는 것입니다."

"그건 무리다!"

송일학은 고경천의 그 말을 딱 잘라 버렸다.

"마공을 익힌 순간, 마가 된다. 아니, 제어할 수 없는 힘을 얻는 순간, 어떤 인간도 마가 될 수밖에 없다. 그리고 흡정마공은 너를 계속 마로 끌어들일 유혹을 던질 것이다. 그러니 더 이상 힘이 커지기 전에 중지하는 것이 좋다. 그럼 나는 그냥 발길을 돌리도록 하겠다. 대신 너는 이대로 은거해 다시는 무림에 나오지 마라. 그리고 흡정마공이 절대 후세에 전해지지 않게 해라! 이게 네게 해줄 수 있는 유일한 자비다."

그러나 고경천은 절대 송일학의 말에 동조하고 싶은 생각
이 없었다.

"마공을 익히면 마가 되고, 제어할 수 없는 힘을 얻는 순간
마가 된다라. 저는 절대 노야의 그 말을 받아들일 수 없습니
다. 제가 흡정마공을 익힌 것은 힘을 얻기 위함이 아니라, 뒤
틀린 운명을 바로잡기 위한 어쩔 수 없는 몸부림이었습니다.
그런데 이제 어느 정도 뒤틀린 것이 바로잡힌 마당에 은거하
라니요? 그리고 자비? 노야는 제가 어떤 마음으로 지난 십 년
과 요 며칠을 지내왔는지 아십니까? 그걸 모른다면, 더 이상
우리 둘 사이에 이런 대화는 필요없습니다. 어차피 노야도 이
곳에 대화를 하기 위해 오신 것이 아니지 않습니까? 그러니
저는 제 길을 갈 테니, 노야는 저를 죽이든 막든 마음대로 하
십시오. 하지만 저를 건드리면… 반드시 그 대가를 받으셔야
할 것입니다."

고경천은 말을 마치자 송일학을 외면하고 발걸음을 옮겼
다. 어느새 현음빙기를 끌어올렸는지 고경천의 주변으로 차
가운 한기가 퍼져 나갔다.

쩌저저정.

'빌어먹을, 차라리 말을 말고 그대로 공격이나 할 것이지.
왜 사람 기분을 이리 엉망으로 만든단 말인가?

고경천은 받아들일 수 없다 했으나, 송일학의 말이 어느 정
도 가슴을 파고든 상태였다. 그건 송일학이 말을 하지 않았다

해도 고경천이 알고 있는 이야기였다.

흡정마공을 처음 익힐 때, 그리고 흡정마공을 사용한 상대들의 고통을 봤을 때, 그리고 그들을 통해 그의 몸에 타인의 내공이 쌓여감을 느낄 때, 그는 점점 자신에게 주어진 삶이 뒤틀려 간다는 것을 알고 있었다. 그리고 그건 아버지가 바라던 그 삶과는 다른 삶이란 것도 깨달았다.

'그러나 후회하지 않는다. 후회는 십 년 전, 아버지를 잃은 것만으로 충분하다.'

고경천은 만년빙보다 더 차고 딱딱해진 얼굴로 힘차게 발걸음을 옮겼다.

그리고 그런 고경천을 바라보던 송일학은 노안에 잠시 갈등을 보이다 설묘를 내려놓았다.

"너는 물러나 있거라."

캬오오옹.

설묘가 물러나기 아쉬운 듯 울었지만, 곧 주인의 뜻을 따라 원래 있던 소나무로 올라갔다.

"아이야, 지금은 받아들이지 못한다면 죽음뿐이 답이 없단다."

딸깍.

송일학은 땅을 짚고 있던 지팡이를 들어 중간 어림을 손으로 잡고 비틀었다. 그리고 양쪽으로 잡아당기자 그 안에서 진한 벽록색을 자랑하는 옥소가 나타났다. 송일학은 나타난 벽

옥소(碧玉簫)를 잡으며 허공에 대고 위에서 아래로 한 번 강하
게 그었다.

삐이이익.

‘윽!’

그 소리에 잘 걸어가던 고경천은 걸음을 멈추고, 송일학을
바라봐야만 했다.

“나는 지금부터 독문무공인 벽운옥소검을 혼신을 다해 펼
쳐 너를 막아… 아니, 너의 목숨을 취할 것이다. 그러니 너도
최선을 다해 나를 막아라. 그럼 간다.”

송일학의 노구가 땅을 박차고 움직였다. 지팡이를 짚던 얼
마 전과 달리 그의 신형은 빠르게 고경천을 향해 쇄도했다.

고경천은 너무나 빠른 그의 행동에 평소처럼 묵강수를 끌
어올렸다. 곧 고경천의 손은 먹물에 담근 것처럼 검어지고,
거기서 차가운 한기가 쭉쭉 뻗어 나왔다.

그리고 어느샌가 거리를 좁힌 송일학의 벽옥소가 허공을
갈랐다.

쐐애애액.

삐이이익.

고음과 함께 하나의 기운이 고경천을 향해 쏘아졌다.

고경천은 기운을 느끼자마자 묵수를 들어 전방을 막았다.
피하기도 늦었고, 송일학의 무공엔 그의 행동을 방해하는 괴
이함이 담겨 있었다.

쾅!

기운과 기운이 충돌을 일으켰다.

여파를 이기지 못한 고경천은 뒤로 물러나며 신음을 흘렸다.

"큭!"

결과는 둘 다 뒤로 물러난 상태였지만, 실질적인 손해는 고경천이 더 컸다.

아무리 몸속에 주체하기 힘든 내공이 있다 해도 그게 시기적절하게 움직이지 않으면 소용이 없었다. 지금의 손해도 바로 그것 때문에 생겼다.

옥소음이 고경천의 귀를 자극해 순간적으로 평형 감각을 앗아갔다. 그러며 기의 흐름도 흩뜨려 놔 제대로 공세를 막아내거나 흘리지 못했다.

삑삑삑.

재차 이어지는 벽옥소의 공세를 따라 그 듣기 싫은 뾰족한 소리가 뒤따랐다.

파박.

그리고 두 번은 제대로 막아내던 고경천이 마지막엔 옆구리를 내주고 말았다.

퍼억!

"컥!"

이번에 실린 힘은 전보다 더욱 강했다. 고경천은 옆구리를 부여잡고 그대로 반동에 날아갔다.

'빌어먹을. 이게 무슨 무공인가? 이럴 줄 알았으면 노야의 무공에 대해 조금 알아두는 건데…….'

고경천이 내심 후회를 했지만, 그걸 알고 있는 자는 거의 없었다.

과거 송일학과 싸워 그를 인정한 삼양궁주 성효명 정도나 알까? 그 외는 옥소의 비밀을 말하기 전에 숨이 끊어졌다. 거기다 이 비밀은 오직 적전제자에게만 전해지는 비밀이다. 그렇지 않았으면, 예전 구대암과 경원교와의 싸움을 통해 미리 방비할 수도 있었을 것이다.

하지만 그걸 지금에서야 알고, 문제는 승기를 빼앗긴 상태에 알았다는 것이다. 고수와 고수의 싸움. 승기를 잡고 잡지 못하고가 엄청난 결과를 초래할 수 있었다.

그리고 혼신을 다한다는 말처럼 송일학은 조금의 틈도 주지 않았다. 지금도 밀려나는 고경천의 신형을 쫓아 빠르게 벽옥소를 휘둘러 댔다.

이번에는 제대로 자세를 잡지 않은 상태라 그대로 옥소에 몸을 드러냈다. 어깨, 다리, 허벅지로 이어지는 벽옥소의 공세가 그대로 고경천의 몸을 두드렸다.

퍽퍽퍽.

"크악!"

뼈와 근육이 으스러질 것 같은 강렬한 고통에 벽옥소에 담긴 암경이 더해져 내장을 흔들었다.

그나마 천년화리의 기운으로 단단해진 피부와 문신처럼 남겨진 흡정마기가 어느 정도 힘을 해소해 정신을 잃게 만들지는 않았다.

쿵.

고경천은 그대로 땅에 처박혀 쉽게 일어나지 못했다.

'제길. 이럴 줄 알았으면, 살기를 느끼자마자 공격을 하는 것이었는데. 그러면 이렇게 당하지도… 크윽!'

하지만 후회는 아무리 빨라도 늦는 법이다. 그걸 뒤집기에는 고경천의 몸 상태가 너무 안 좋았다.

"몸뚱이 하나는 단단하구나. 나의 벽옥소에 맞고도 아직 숨이 끊어지지 않는 걸 보니."

어느새 송일학이 고경천의 곁에 와 있었다. 그가 지금까지 펼친 공격들은 일 수 일 수가 혼신을 담은 일격이었다. 웬만한 인간들이라면 단 한 방에 절명할 수도 있는. 그래선지 쓰러져 있는 고경천을 향해 더 이상의 공격은 하지 않았다.

"저는 지금까지 이런 것보다 더한 고통을 당하며 살아왔습니다. 그러니 이 정도로 저의 숨통을 끊을 수 있을 거라 착각 마십시오. 제가 만일 노야의 무공에 대해 미리 알고 있었다면, 노야께선 그런 말을 절대 내뱉지 못했을 것입니다."

그 한마디에 송일학의 눈썹이 꿈틀거렸다. 어디까지나 그도 무인, 아무리 상대가 어리고 무림에 해가 될 존재라 해도 이런 말에 기분이 좋을 리 없었다.

"그 말은 네가 방심을 해 이렇게 되었다는 것이냐? 이 송일학을 상대로 말이냐?"

"그렇습니다. 그게 노야든 아니든, 제가 제대로 하려는 마음만 먹으면 누구에게도 당하지 않습니다."

"건방진!"

송일학의 노안이 부르르 떨렸다.

"한마디 더 해드리도록 하지요. 노야가 말씀하셨던 자비? 그건 강자가 약자에게 하는 말이지, 약자가 강자에게 하는 말이 아닙니다."

"내가 눈이 멀어 미처 너의 이런 광오함을 보지 못했구나. 내 처음부터 이런 놈인 줄 알았으면… 좋다. 내 비록 무림을 위해서라지만, 아직 어린아이의 목숨을 끊는 것이 마음에 걸렸거늘. 내 그 건방진 머리를 부숴놓아 죽어서도 그런 헛생각을 못하게 만들어주마."

송일학은 고경천의 머리를 부수려 한 발 더 다가왔다. 그리고 막 고경천의 머리를 부수려고 하는 순간,

'지금이다!'

고경천은 한 손을 뻗어 송일학의 발목을 잡았다.

"이놈, 이제 와서 살려달라 애원이라도 하려는 거냐?"

"그건 누가 될지 두고 보면 알 것입니다."

고경천은 자신있는 한마디를 하며 모든 정신을 송일학에

게 쏟았다. 그러자 그의 몸에 머물렀던 검은 줄무늬가 꿈틀거
리며 흡정마기가 마치 살아 있는 생물처럼 송일학의 몸속으
로 파고들었다.

第八章

사천무림 정복을 위한 제일보!

“크악!”

송일학의 비명이 바로 터졌다. 이는 고수건 범인이건 도저히 맨정신으로 당해낼 고통이 아니었다. 흡정마기에 잠식당한 부위가 그의 몸이 아닌 듯, 전혀 감당 못할 고통을 몸 전체로 퍼뜨렸다.

두둑! 우두둑!

흡정마기를 이기지 못해 이리저리 뒤틀리는 뼈마디 소리가 으스스하게 퍼져 나갔다.

“크아아아악!”

송일학은 끝내 내려치지 못하고 벽옥소를 떨어뜨렸다. 그

리고 다리에 힘이 풀린 것처럼 그대로 고경천의 몸 위로 엎어
졌다. 그리고 어떻게든 벗어나려 발버둥 치다 그의 팔이 운
좋게 고경천의 목을 감싸 안을 수 있었다.

"컥!"

고경천은 등 뒤에서 감싸 안는 힘에 목이 부서지는 고통과
호흡곤란을 동시에 느꼈다.

그리고 둘은 어떻게든 이 고통에서 벗어나고자 먼저 상대
를 죽이려 혼신의 힘을 다했다.

그러나 모두 필사의 의지라 누구 하나 물러나려 하지 않았
다. 그러다 거짓말처럼 모든 것이 침묵 속에 잠겨 버렸다. 흡
정마기에 비명을 지르던 송일학이나 목을 제압당한 채 고통
에 허덕이던 고경천이나 둘 다 움직임이 멎었다.

그리고 얼마나 흘렀을까?

"쿨럭! 쿨럭!"

고경천은 심한 피기침과 함께 한 팔로 땅을 짚었다. 그리고
몸을 덮고 있는 송일학의 몸을 밀쳐 내며 힘겹게 상체를 일으
켰다.

그리고 그때였다. 그런 기회를 노리고 있었음인가?

캬오오옹!

날카로운 울음소리와 함께 소나무를 박찬 설묘가 맹렬한
기세로 고경천에게 쏘아져 들었다. 한데, 그 속도가 너무나
빨라 온전한 상태의 고경천도 쉽게 피하기 힘들 정도였다.

‘크윽. 산 넘어 산인가?’

결국 고경천은 최대한 몸을 방비하려 기를 끌어올리고, 그대로 설묘의 공격을 맨몸으로 받아냈다.

펑.

“컥!”

캬옹!

두 개의 비명이 터지며 그 둘은 각자 양편으로 떨어져 나갔다.

그러나 고경천이 뿜어낸 반탄력에 설묘는 더한 힘으로 튕겨져 나갔다. 그리고 그 끝에 바위가 있어 그대로 바위를 들이받았다.

쾅!

바위가 깨지며 설묘의 작은 몸뚱이가 돌 더미에 깔렸다.

“크으으. 쿨럭! 쿨럭!”

고경천은 피를 게워내며 간신히 몸을 일으켰다. 질긴 몸뚱이 덕분에 죽지 않았지만, 그렇다고 아프지 않은 것은 아니었다. 단지, 예전부터 고통에는 담담한 몸이 되다 보니 도움이 되어주었다.

잠시 고경천은 송일학의 모습을 보았다.

이미 숨이 끊어졌는지 조금의 미동도 없었다.

“지독한 사람이었다.”

고경천은 흡정을 당하면서도 보인 송일학의 지독함에 까

딱하면 그보다 먼저 황천길에 갈 뻔했다. 고경천은 더 이상 보기 싫어 고개를 휙 돌려 외면했다. 그리고 비틀거리는 걸음으로 정강산을 향해 걸어가며 내심 이를 악물었다.

'노야… 마는 자신이 아닌 타인이 만드는 것이오.'

고경천의 그림자가 정강산의 초목에 가려졌을 때쯤인가?

돌 더미가 들썩거리더니 그 속에서 작은 그림자가 몸을 일으켰다.

쿠우우.

설묘는 힘없는 울음과 함께 비틀거리며 송일학에게로 다가갔다.

아옹. 아옹.

혀를 내밀어 송일학의 볼을 핥아보지만, 그는 조금도 움직일 기미를 보이지 않았다.

그런데 그 동작이 꽤 오래되자 기적처럼 굳게 닫혔던 송일학의 입술이 열렸다.

"백아냐?"

아옹.

"그래. 너는 무사하구나."

아르릉.

"허허. 울지 마라. 어차피 내 항운산장을 떠날 때 이런 것은 다 감안했느니라. 그리고 이미 살 만큼 살았으니 더 이상의 미련은 없다."

아옹.

"아니지. 한 가지 미련이 남는다. 저 아이를 막지 못해 괜히 자극만 준 건 아닌지. 저 아이는 생각보다 마에 물들 아이 같아 보이지 않았다. 그런데 나로 인해 그렇게 될지도 모른단 생각이 드는구나."

아르릉.

"그래. 다 바보 같은 짓이지. 이미 엎질러진 물, 이제 와서 후회해 무엇 하겠느냐? 그래서 너에게 한 가지 부탁을 하마. 저 아이의 뒤를 따라가면서, 얼마 전처럼 흡정마공을 사용하려 할 때 네가 막도록 해라. 그리고 저 아이의 곁에 머물도록 해라."

캬오!

"허허. 그렇게 화내지 마라. 어차피 복수란 어리석은 것이다. 차라리 저 아이가 마에 빠지지 않도록 도와줘라. 그게 바로 나를 위한 일이다. 그러니 부디 이 늙은이의 실수가 마왕을 탄생시키지 않게 마… 마… 막……."

뒷말도 잇지 못한 채, 하나의 미련과 후회를 남기고 열렸던 송일학의 입은 그렇게 닫혔다.

캬아아아아아아앙!

설묘는 목을 놓아 울었다. 자신의 주인의 죽음에 그렇게 소리 높여 슬퍼했다.

그러나 한참 울던 설묘는 주인의 명을 지키려는지, 아님 복수를 하려는 것인지, 송일학의 볼을 한번 핥는 행동을 보이더니 고경천이 사라진 곳을 쫓아 비틀거리며 몸을 움직였다.

*   *   *

호남성(湖南省) 성도 장사(長沙).

장사는 동정호로 흘러드는 상강(湘江) 하류에 있는 성도로서 중국의 주요 곡창 지대 가운데 하나이다. 그래서인지 이곳은 각지로 퍼져 나가는 곡물의 양이 많기에 표국도 성황을 이루게 되었다.

그런데 그중 하나인 동정표국은 오늘 곡식이 아닌 다른 표행을 하려 하고 있었다.

동정표국 정문 앞.

면사 청년이 마차로 오르기 전 의심스럽다는 듯 한마디를 던졌다.

"정말 이대로 보내주는 것이오?"

"후후. 내 비록 기계(奇計)로 선하령에서 여러 무림인을 속였지만, 약속까지 어길 사람은 아니네."

"좋소."

대답을 마친 면사 청년은 하나의 마차에 몸을 실었다.

그리고 그가 사라지는 모습을 보던 덩치 좋은 사내가 마차의 선두에 있는 위맹한 인상의 중년인에게 다가갔다.

"확실한 신변 보호를 부탁하오. 만일 실수라도 있으면, 동정표국(洞庭鏢局)은 금전적 손해 배상 이상의 대가를 치르게 될 것이오."

싸늘한 음성에 담긴 기세는 목에 칼을 들이댄 것 같은 힘을 발휘했다. 비록 도망자 신세라 본래의 모습을 감춘 상태지만, 그 속은 추일학이라 그의 의도는 상대에게 충분히 먹혔다.

꿀꺽!

중년인은 침을 삼키더니 자신의 가슴을 쾅쾅 두드렸다.

"믿으시오. 우리 동정표국은 아직까지 수천 번의 표행에서 한 번의 실수도 하지 않았소. 거기다 강서의 남창(南昌)이라면 주로 관도를 따라 가는 길이니 위험할 것이 하나도 없소."

"좋소. 그럼 최대한 빨리 저 청년을 남창까지 모셔다 주기 바라오."

"알겠소. 그럼. 자! 출발이다."

국주가 직접 이끄는 표행이다 보니 꽤 규모가 컸다. 선두에서 위맹한 중년인이 말을 타고, 그 뒤로 쟁자수 없이 표두와 표사들로만 구성된 인원이 마차를 호위했다.

"큰 오라버니, 정말 이대로 중요한 인질을 보내도 괜찮은 거예요?"

추일학의 곁에 선 변장한 홍아연이 걱정 어린 음성으로 말을 꺼냈다.

"오히려 이게 최선의 수다."

멀어지는 마차의 행렬에서 시선을 뗀 추일학은 부드러운 미소로 그녀의 걱정 어린 맘을 달랬다.

"하지만 아직 교주님의 신변을 알 수 없잖아요."

"나는 교주님을 믿는다. 비록 나보다 기계는 떨어질지 몰라도, 고난 앞에 당당히 맞서 싸우는 그 성미라면 분명 무사히 모든 걸 헤쳐 나갈 것이다. 그리고 선하령의 일이 이미 성 노괴의 귀에도 들어갔을 것이다. 아마 우리가 흑옥마면상을 탈취했다는 것도 알아냈겠지. 그러면 거세게 우리를 압박해 올 것이다. 하지만 우리의 계획대로 선하령의 일이 세 곳의 갈등을 야기시켰다. 그런 와중에 우리 쪽을 억지로 신경 쓰려면, 흑옥마면상의 비밀을 말해야 할 것이다. 그런데 그 일을 말하면, 현재 무림에 떠도는 소문을 진짜로 만들게 된다. 과연 그런 짓을 성 노괴가 할까? 하지만 소일성이 우리에게 있으면 이야기가 다르다. 그들이 우리를 억지로라도 추적할 빌미를 만들지. 그러기에 그를 놓아준 것이다. 그러니 우리는 그들이 정신을 차리고 다시 움직이기 전에 사천의 일을 마무리해야 한다."

"예……."

홍아연은 추일학의 설명에 일단 고개를 끄덕였다.

"우리는 하루빨리 사천에 당도해 기반을 세워야 한다. 동사천은 세 문파의 힘의 균형으로 힘들지만, 서사천은 다르다. 그곳이 비록 흉흉함이 다른 지역보다 높다 하지만, 그들을 끌어들일 수 있는 비책이 있다.”

“그것이 무엇이죠?”

“복수!”

추일학의 두 눈에 빛이 솟아났다.

“복수요?

“그래. 사람을 움직이는 데 있어 복수보다 강한 동기는 없다. 우리가 달랑 일곱이란 숫자로 이번 일을 행한 것도 그것이고, 교주님의 그 강인한 정신력도 그것이 아니라면 설명하기 어렵다. 그리고 서사천에 있는 자들의 마음속에 분명 그것이 있을 것이다.”

“하지만… 정말 서사천의 일이 우리 마음대로 잘될까요? 그곳엔 이십팔수 중 가장 강하다는 백호칠수가 있는데…….”

홍아연의 얼굴에 걱정이 드리워졌다. 추일학의 말이 듣기엔 그럴듯했지만, 서사천무림은 생각처럼 만만한 곳이 아니었다.

일단 서사천무림은 무파무림(無派武林)이란 별칭을 갖고 있을 정도로 무척 복잡한 곳이다. 이십 년 전 마경쟁탈전의 패배자들이 자연스레 흘러들고, 그 뒤 질 나쁜 자들까지 이곳에 몸을 숨기려 찾아들었다. 원래도 사천 서부에는 강대한 세력이 없어 혼란한 양상을 보였다. 그런 것이 더욱 가중되니,

이곳에 필요한 것은 오직 자신의 강함뿐, 그 외는 모든 것이
자유스러웠다.

그리고 그들 중에 제일 강하다 불리는 자들이 무림이십팔
수 중 백호칠수라 불리는 일곱 명이었다. 비록 패륜아란 꼬리
표가 붙었지만, 누가 뭐래도 그들의 무력은 함부로 손을 댈
수 없을 정도였다. 더욱이 그런 이유로 은연중 서사천에서도
꽤 높은 신망을 얻고 있었다.

그러나 추일학의 얼굴에는 조금도 걱정이 담겨 있지 않았
다.

"어렵다면 어렵고, 쉽다면 쉬운 것이다. 현무를 잡은 교주
님께서 과연 백호를 잡지 못하실까? 그리고 서사천무림이야
말로 진정한 힘의 논리가 지배하는 곳. 아마 우리 앞에 나타
날 교주님은 전보다 더 대단한 능력을 갖고 서사천을 발아래
둘 것이다."

추일학은 흡정마공의 위력을 믿기로 했다.

그러나 여인의 심성은 남자와는 달랐다.

"여하튼 걱정이에요. 어서 빨리 교주님이 무사히 돌아오길
바랄 뿐이에요. 그분은 우리에게 교의 재건이라는 새로운 희
망을 주신 분이니까요."

"믿어라. 그리고 강한 믿음은 하늘도 움직일 수 있다. 자,
그럼 동생들과 함께 얼른 사천으로 향하자. 우리는 한시라도
빨리 도착해 교주님이 오기 전까지 더 많은 정보를 모아야 한

다. 지피지기백전불태! 아무리 자신의 강함을 잘 알고 있다
해도 상대를 모르면 위험에 빠질 수도 있다.”

“예.”

추일학은 이 말을 끝으로 홍아연과 함께 동정표국을 떠났
다.

＊　　　＊　　　＊

사천 성도(成都).

고경천은 한 달의 여정 끝에 이곳에 도착할 수 있었다. 만
일 송일학과의 혈투만 없었어도 느긋이 발길을 옮길 수도 있
었지만, 그 후유증을 치료하느라 시간이 걸렸다.

‘저놈 완전히 내 뒤만 따라다닐 생각이군.’

고경천은 막 지붕에서 지붕으로 몸을 날리는 새하얀 그림
자를 보았다.

정강산부터 집요하게 따라붙는 설묘는 그가 어디를 가던
기가 막히게 따라붙었다. 전에 송일학이 행적이 알려지지 않
은 고경천을 찾을 수 있던 것도 설묘의 저 능력 때문일 것이
다.

‘주인의 복수를 하렴인가? 뭐 여하튼 귀찮게만 하지 않으
면 그대로 둔다.’

고경천은 신경을 끄고, 처음 보는 사천의 풍물에 그동안의

꿀꿀함을 날려 버릴 수 있었다.

송일학과의 일이 못내 마음에 걸렸다. 거기다 설묘가 자꾸 주위를 어른거려 더욱 그런 생각에서 벗어나지 못했다.

그런데 지금은 중원의 별세계라 불리는 사천의 이국적인 풍경에 그런 생각을 지울 수 있었다. 그리고 거의 반나체와 다름없는 묘족들의 독특한 의상에 시선이 즐거워지기도 했다. 확실히 그들 말고도 이곳은 여러 민족이 모여 사는 곳답게 조금씩 중원과는 다른 모습을 보였다.

'서봉루라고 했던가?'

고경천은 주변을 둘러보다가 현무칠수와 약속한 장소부터 찾았다.

일단 지금 약속 기한보다 오 일이나 늦은 상태였다. 그들이 약속 날부터 일주일 정도 기다린다고 했으니까 한시라도 빨리 그들을 만나 향후 대책을 의논해야 했다.

추일학의 말처럼 서봉루란 장소는 찾기 쉬웠다. 일층이 없이 이층만 있는 구조로 다른 곳과 다른 모습을 보였다.

그런데 무슨 일인지 입구 근처에 사람들이 모여 웅성거리고 있었다. 마치 줄을 서서 다음을 기다리는 것처럼 그들은 안으로 들어가지 않고 밖에서만 서성였다.

'이곳이 그리도 유명한가?'

문득 그런 생각이 들었지만, 고경천은 사람들을 무시하고 안으로 들어갔다.

"이보게, 면사 총각. 지금 들어가면……."

누군가 참견하기 좋아하는 아주머니가 갑자기 고경천의 발걸음을 막았다.

그러나 고경천은 현무칠수와의 약속이 중요하기에 일단 안으로 발을 옮겼다. 자리가 찼으면 잠시 기다릴 요량으로라도 그대로 이층으로 올라섰다.

그런데 안은 자리가 모자라기는커녕 휑할 정도로 빈자리가 많았다. 단지, 양 귀퉁이에 삼각형으로 사람들이 앉았을 뿐, 그 중앙은 아무도 차지하지 않아 황량했다.

'도대체가…….'

고경천은 선뜻 이해하기가 어려웠지만 일단 빈자리가 있기에 그는 중앙의 빈자리 아무 데나 앉았다.

'이것 봐라.'

특별히 이상하지 않던 실내의 분위기가 그가 가운데 자리 잡자 묘하게 바뀌었다. 더욱이 고경천은 그를 바라보는 세 부류의 시선까지 느껴야 했다.

그건 각기 창 쪽, 주방 쪽, 입구 쪽에 자리 잡은 자들에게서 느껴졌다. 창 쪽에는 청의에 청색 수실이 달린 검을 들고 있는 자들, 주방 쪽에는 손에 녹피 장갑을 낀 자들, 입구 쪽에는 가사를 걸친 승려들이 있었다.

모두 무림인들이란 점만 빼면 별 신경 쓸 것이 없었다.

그런데 그가 앉자마자 과한 관심을·받으니 조금 황당했다.

처음엔 눈길 한번 주지 않은 자들이 지금은 태워 버릴 듯 뜨거웠다.

'이 사람들 혹시 방립까지 쓴 내 정체를 알았는가? 그래서 일부러 중앙 자리를 비워놓은 것이고.'

현 상태는 삼면이 포위된 형국이었다.

각기 밖으로 통하는 통로가 될 수 있는 곳이 다 그들에 의해 점령되었다.

하지만 그건 너무 비약적인 생각이었다. 정강산 이후로 그는 특별히 무림인과 문제가 생기지 않았다. 그가 먼저 시비를 걸지 않는다면 절대 문제가 생길 수 없는 극히 평범한 상태였다. 그동안의 지겹던 추적자들을 생각하면, 조금 허전하단 생각도 들 정도였다.

그런데 이곳에 오자마자 모든 것이 달라졌다.

'민감할 필요가 없지. 저들이 나에게 보내는 기세도 살기가 아닌 그저 관심일 뿐인데……'

고경천은 그래서 모든 걸 무시하고, 일단 조촐한 음식부터 시켰다.

"점소이."

그는 제법 커다란 소리로 점소이를 불렀다.

그러자 주방 입구에서 고개만 빠히 내밀던 점소이가 울상을 하며 안절부절못했다.

"주문 안 받고 뭐 하시오?"

고경천은 그가 왜 그런가 하다 조금 더 크게 말했다.

그러자 점소이는 마지못해 억지걸음으로 고경천에게 다가왔다.

"소… 손님, 주문은……."

그런데 그는 주문을 받으면서 당사자가 아닌 주변에 있는 세 부류의 눈치를 살폈다.

"날 보시오."

"네?"

"주문을 받으려면 사람 얼굴을 봐야지. 경우가 없군."

"죄송합니다."

"죄송할 것까지 없고, 술과 간단한 안주거리나 가져다주시오."

"예."

주문을 받은 점소이는 올 때와는 다르게 빠르게 장내에서 사라졌다.

그리고 그걸 통해서 고경천은 한 가지를 알 수 있었다. 이 묘한 분위기의 정체는 바로 저들 세 부류가 만들어내는 공기. 그걸로 인해 밖의 소란도 시작되었고, 점소이의 그런 행동도 시작된 것 같았다.

그런데 그가 나타날 때부터 침묵을 유지하던 무리들 중 청색을 입은 무리가 처음으로 입을 열었다.

"목소리 되게 크군. 이곳에 있는 다른 사람들은 보이지 않

는가?'

다들 침묵 중이라 딱히 누구라 말을 하지 않아도 알 수 있는 말이었다.

'이젠 시비인가?'

고경천이 이런 생각을 할 때, 그 말에 대답해 준 것은 녹피 장갑을 끼고 있는 무리였다.

"사람 성격 이상하군. 주루에 와서 음식을 시키는 거야 당연한 것인데, 그 목소리가 조금 큰 걸 가지고 시비라니. 역시 성격 이상한 사람답게 별 이상한 걸 가지고 트집 잡는군."

"아미타불. 그건 당 시주의 말이 맞소. 이곳이 청성파(青城派)가 전세를 낸 곳이 아니거늘. 그런 말은 부처께서도 듣기 싫어할 것이오."

가만히 있던 승려 무리가 그 말에 맞장구쳐 줬다.

"뭐야? 지금 네놈들이 손을 잡고 우리와 한번 해보겠다는 것이냐?"

"하하하. 우리가 당신들이 뭐가 무서워 비린 것도 못 먹는 자들과 상대하겠소? 당신들 정도야 우리들 능력이면 충분하오."

"오해하지 마시오. 우린 부처의 말을 좇는 자들이오. 어찌 우리 같은 대자대비(大慈大悲)한 자들이 대오대희(大惡大喜) 함을 위해 독을 사용하는 무리와 함께할 수 있소?"

“대사, 지금 우리가 악한 마음으로 기쁨을 느끼려 독을 사용한다 말한 것이오?”

“아미타불. 그럼 왜 상대에게 극도의 고통을 주는 독을 사용하는 것이오?”

그러면서 이번에는 또 방향이 완전히 틀어져 싸움이 일었다.

그리고 어느샌가 고경천의 존재는 그들의 기억에서 사라졌는지 자기들끼리 상대를 비하하며 싸워댔다.

끄응 하는 신음 소리와 함께 고경천은 손으로 미간을 잡았다. 도대체 아이들도 아니고, 시간이 지날수록 유치한 싸움의 극을 보여줬다.

[교주님.]

“……?”

고경천이 골머리를 싸맬 때 여인의 전음이 들려왔다.

그는 소리난 근원지를 찾으려 이리저리 고개를 돌렸다. 그러다 입구 근처에서 마치 지금 분위기에 무서워서 못 들어오겠다는 듯, 몸을 덜덜 떨며 꽃바구니를 들고 있는 여인을 볼 수 있었다.

그런데 그 여인의 두 눈은 두려움과는 달리 반가움으로 눈물까지 적셔가지 않는가?

[선자시오?]

[예, 교주님.]

홍아연의 전음에 물기가 담겨 있었다.

[무사한 것을 보니 다행이오. 정말 다행이오.]

고경천도 반가움에 음성이 조금 떨렸다.

예기치 않은 만남으로 시작된 인연이지만, 친인이 하나도 없는 그에게 있어 그들은 가장 가까운 사람이나 마찬가지였다. 그들은 교의 율법이란 이유 하나만으로 그에게 터무니없이 잘해줬다. 거기다 생사를 함께하기까지 한 사이. 한 달밖에 안 된 이별이지만, 몇 년 만에 만난 듯했다.

[그보다 교주님, 일단은 밖으로 나오십시오. 아직 저들과 문제가 생기면 안 됩니다.]

[문제?]

[예. 일단 자세한 이야기는 나중에 들으십시오. 그러니 어서 이곳부터 벗어나죠.]

[알겠소.]

고경천은 별 대단할 것이 없는 무리들이라 크게 신경 쓰지 않았는데, 홍아연의 어투에는 다른 뜻이 있는 것 같아 그대로 음식도 기다리지 않고 자리를 털고 일어났다.

지금은 자기들끼리 열을 내느라 그들은 고경천이 나가는 것도 전혀 신경 쓰지 않았다. 저대로 두면 조만간 한바탕 일이 벌어질 기세였다.

고경천이 밖으로 나오자 홍아연이 앞장서서 걸었다.

그는 그 뒤를 따라 서봉루에서 점점 멀어져 갔다. 그리고 성도의 화려한 곳을 지나자 점점 허름해지는 곳에 다다랐다. 그곳은 성도에 있는 빈민촌으로 홍아연은 그중 한곳으로 고경천을 안내했다.

"오라버니들, 교주님이 오셨습니다."

"뭐?"

"막내야, 그 말이 진짜냐?"

안에서 순간적으로 반가움을 참지 못한 목소리들이 터져 나왔다.

그리고 그 목소리에 고경천도 반가움을 참을 수 없었다.

"서생, 쾌도, 굴지서, 수귀, 살검. 오랜만이오."

고경천이 안으로 들어서자 우렁찬 목소리가 터져 나왔다.

"제자들이 교주님을 뵙습니다."

그들은 모두 부복 자세로 고경천을 향해 깊숙이 고개를 숙이고 있었다.

고경천은 그들의 뒷등을 보며 가슴 한가득 차오르는 뜨거움을 맛보았다.

"일어서시오. 우리는 이런 예가 필요없는 생사를 같이한 사이들이 아니오?"

고경천은 일일이 그들의 어깨를 잡고 일으켜 주었다.

그들은 처음에 버티려 했으나 고경천의 떨리는 손길을 느끼고 그대로 일어섰다. 그리고 반가움을 이기지 못한 눈으로 고경천의 얼굴만 바라보았다.

모두 처음 봤을 때 그 모습이었다. 안으로나 겉으로나 특별히 이상한 모습들이 아니었다.

"무사하셨군요."

추일학이 그들을 대표해 제일 먼저 인사를 건네왔다.

"하하. 내 서생만큼의 지략은 없어도 오기는 그 누구보다 자신있소."

"하긴 일부러 생고생을 해가면서도 아직까지 멀쩡하다는 것이 이상할 정도로 교주님의 오기는 남다르지요."

"지금 그 말은 욕을 칭찬으로 느끼게 사기 치는 것 아니오?"

"하하. 사기란 말도 오랜만에 들으니 왠지 정겹게 들리는군요. 하지만 만일 교주님이 저희의 교주가 아니더라도 절대 사기는 안 칩니다. 사기 한번 잘못 쳤다가 제명에 못 살 일 있습니까?"

"뭐 내가 악마라도 되오? 제명에 못 살다니……."

"후후후. 선하령의 일을 생각해 보시지요. 그 악마 같은 계획을 누가 세웠는지……."

"쩝. 되었소. 내가 말로 서생을 이기려 했다니."

고경천은 고개를 설레설레 저었다.

그리고 그 모습에 미소 짓던 추일학이 한 사람을 불러 세웠다.

"그보다 볼 사람이 있습니다. 둘째야."

“예, 대형.”

“인사드려라. 내가 말한 삼음교의 유지를 받들어 새롭게 태어나는 북신마교의 교주가 되실 고경천 교주님이시다.”

“현무칠수의 둘째, 만천백변투 허표가 삼가 교주님을 뵙습니다.”

그는 삼양궁을 빠져나왔다. 비록 임무 완수는 못했지만, 어차피 정해진 날짜 안에 못하면 철수하기로 계획된 일이었다. 그 뒤 현무칠수의 흔적을 쫓아 고경천보다 조금 빨리 도착했다. 그 와중에 지난날에 대한 일들을 다 들은 그이기에 부복 자세는 다른 현무칠수들과 다르지 않았다.

고경천은 맨 처음 한편에 서 있는 사람을 느꼈었다. 그러다 금방 그의 존재를 잊었는데, 지금 소개를 받자 다시 그의 존재를 느꼈다. 그런데 지금 보니 대충 그 이유를 알 듯했다.

허표의 분위기는 별 존재감을 풍기지 않았다. 거기다 생긴 것도 극도로 평범해 얼굴이 잘 기억에 남지 않았다.

“고경천이오. 앞으로 잘 부탁하오, 천투.”

“앞으로 신명을 다해 교주님을 보필하겠습니다.”

평범한 얼굴과 달리 딱 부러지는 인상을 주는 말투였다.

대충 상황이 정리되자 그들은 움막 내에 빙 둘러앉았다.

오염달은 무언가 이야기를 하고 싶었지만, 미리 단단히 주의를 받았는지 여느 때처럼 끼어들거나 하지 않았다. 최

염은 언제나처럼 침묵이었고, 홍해구는 오염달보다 말귀를
잘 알아들으니 조용한 분위기에 이야기를 나눌 준비가 되었
다.

"교주님, 일단 이런 누추한 곳으로 모셔서 죄송합니다."

"신경 쓰지 마시오. 다 서생께도 이유가 있을 것이고, 나는
이보다 더한 동굴 생활도 해왔으니 별로 맘에 두지 않소."

"이해해 주시니 감사합니다. 그럼 일단 저희가 사천에 먼
저 와서 알아본 것들을 말씀드리겠습니다. 지금 이곳에 자리
를 잡은 것도 그 이유 중 하나이고……."

"큰 오라버니, 교주님은 이미 이곳에 오면서 그들을 제일
먼저 봤어요."

홍아연이 빠른 이야기를 위해선지 추가적인 이야기를 꺼
냈다.

"그래? 교주님, 설마 그들과 문제라도 생기신 것은 아니지
요?"

"문제라니? 그보다 혹시 그들이 앞으로 서생께서 말하려는
것과 관계가 있소?"

"예. 지금 성도 주변. 즉, 편의상 동사천이라 부르는 곳은
그들 세 곳의 불화로 점점 험악한 분위기로 변하고 있습니
다."

"그들이라면?"

"바로 세가 중 유일하게 세력을 자랑하는 당가(唐家), 육파

일방의 한곳인 아미파(峨嵋派), 그리고 정사가 무분별한 청성파(靑城派) 이 세 곳으로 언제 터질지 모르게 되었습니다.”

“그건 나도 아까 겪어봤소. 그런데 전엔 사천에선 당가와 아미파만 신경 쓰면 된다고 하지 않았소?”

“예. 전에는 그랬지만, 지금은 상황이 바뀌었습니다. 그게…….”

전부터 사천은 무림인들이 호승심이 강하기로 유명했다. 그래서 사천무림인은 한 번 패하면 끝인 비무엔 약해도 한 번이라도 이기면 승리인 싸움엔 강하다는 말이 돌 정도였다.

그건 불가문파인 아미파도 마찬가지인지라 그들은 승려이면서도 서로 빨리 성취하기 위해 다투는 상무적(尚武的)이란 기풍을 두기까지 했다. 거기다 사천당가는 예로부터 독하기로 따지면 둘째가라 하는 문파다 보니 이들이 갈등하자 금세 살얼음판으로 변했다.

하지만 이 둘이 애초부터 이런 것은 아니었다.

“이 둘이 비록 성도의 이권을 두고 처음에 갈등을 벌였지만, 성도는 이 정도의 문파 둘 정도는 충분히 감당할 수 있었습니다. 하지만 문제는 이곳에 청성파가 머리를 들이밀며 점점 그들에게 돌아올 몫이 작아진 것입니다. 바로 청성파가 감숙성의 공동파와 손을 잡고 연합전선을 펼친 것이지요.”

청성파와 공동파는 전부터 정사 간을 오락가락하는 문파

들이었다.

둘 다 도교가 근간이라 어느 정도 정파색을 냈지만, 청성파는 도가의 방중술과 부적술을 따르던 곳이라 점점 그러한 것을 버려 속가문파로 바뀌었다.

그러나 때로 이 두 가지를 신봉하는 자들이 나와 청성파는 사파로 인식받기도 했다.

공동파는 동굴이 많은 공동산의 특성에 따라 주로 폐쇄적인 생활을 하며 도를 닦는 자들이 근간이었다. 그러다 보니 너무 폐쇄적인 생활로 인해 점점 성격이 협소해져 가며 때론 음험해지기도 했다.

그런데 이 둘이 이번에 손을 잡았다. 비록 혼자의 힘으로 당가나 아미파를 당해낼 순 없지만, 둘이 손을 잡자 엇비슷해지거나 상대를 압박할 수준까지 도달했다.

그렇다고 아미파와 당가가 손을 잡기에는 이미 그들은 많은 갈등을 겪어왔다.

"그래서 지금은 셋 다 사이가 좋은 편이 아닙니다. 억지로 당가와 아미파가 손을 잡는다면 여력이 없는 것도 아니지만, 각자가 자부심이 대단해 쉽게 고개를 숙이려 하지 않을 것입니다. 그래서 셋의 이런 관계로 성도 주변은 점점 화약고가 되어가고 있습니다. 그리고 전에는 하지 않던 자신들의 조력자들을 구해가며 지금은 세 불리기에 들어섰습니다. 그런데 그 와중에 서사천의 인물들이 자연스럽게 그들 아래로 흘러들었습니다. 자신들의 주력을 소모시키지 않고, 이득을 취하려는 술수로 그들을 유혹했지요.”

“자신들의 손이 아닌 남의 손으로 말이오?”

“예. 무림은 이런 곳입니다. 이는 무류가 생기고, 문파가 형성되며 자연스럽게 생겨난 현상이지요. 그리고 그걸 바라고 생긴 곳도 있습니다. 그중에 대표적인 곳이 단혼살막이란 곳이죠.”

“단혼살막?”

고경천의 표정이 안 좋게 변했다.

“그들을 만나신 적이 있습니까?”

“그렇소.”

고경천은 추일학에게 석성에서 있던 일에 대해 이야기를 해주었다.

“음. 그들이 움직였다면 분명 삼양궁이 사주했을 가능성이 큽니다. 그런데 갑자기 추적이 사라졌다면 단혼살막의 의도일 수도 있습니다.”

“그 말은 또 무슨 소리요?”

고경천은 이해할 수 없었다. 그는 그저 정체를 숨기고 이동해서 광동오이의 호언과 다르게 추적을 피할 수 있었다고 생각하고 있었다.

“단혼살막주인 단혼염라(斷魂閻羅) 손불이(孫不利)는 그런 자입니다. 그는 늘 평화보다 혼란을 바랍니다. 아마 돌아가는 정세가 더 큰 이문을 불러일으킨다 여겨 중지시켰겠지요. 그리고 그는 당가의 가주 파죽풍(破竹風) 당진용(唐震勇), 소림 장문인 혜덕대불(慧德大佛) 허공(虛空), 무당 장문인 상낙자(常樂子) 태허(太虛), 녹림 총채주 만산군자(萬山君子) 범문동(範門東)과 더불어 중원오주라 불리고 있습니다. 만만히 볼 존재가 아닙니다. 또, 우리가 나중에 부딪쳐야 할 당가도 현재 수에서 밀리면서도 삼파전에서 건재할 수 있는 이유가 현 가주 당진용의 능력 덕분이라고도 할 수 있습니다. 그러기에 우리는……."

하지만 지금 고경천의 귀엔 추일학의 이야기가 들리지 않았다.

'태허 장문인……'

늘 즐거운 사람처럼 미소가 떠나지 않는 자였다. 그리고 그가 고경천을 무허의 제자로 정식으로 소개시켜 준 자이기도 했다.

고경천은 그를 떠올리자 무당의 일도 자연스레 되살아나 얼굴 표정이 굳어졌다.

"교주님! 교주님!"

"아! 미안하오."

"무슨 일이 있습니까?"

"아니오. 내가 잠시 다른 생각을 했소. 계속 이야기를 하시오."

“예.”

그러나 추일학은 바로 이야기를 꺼내지 못했다. 그건 나머지 현무칠수도 같은 마음으로 그들은 서로에 대해 너무나 몰라 무슨 말을 해줄 수 없었다.

그래서 그들은 한시라도 마음 편히 서로가 대화할 수 있는 근거지를 만드는 게 중요했다. 그때까지는 각자의 아픔은 묻어버리는 것이 좋았다.

“그럼 다시 시작하죠. 제가 이야기하려던 것은 한 가지입니다. 현 상황을 최대한 이용해 선수를 치자는 것입니다. 원래 계획은 동사천을 자극하지 않는 한도 내에서 은밀히 서사천을 잠식하는 것이었습니다. 그렇지만 이제 그럴 필요 없이 이번 기회를 이용해 두 마리의 토끼를 한꺼번에 잡도록 하지요. 어차피 서사천에 결집된 세력이 나타나면, 동사천도 그저 강 건너 불구경하진 않을 것입니다. 자기 옆에 거대한 집이 들어서면 햇빛이 들지 않는 것부터 시작해 이래저래 신경 쓰이지 않겠습니까? 그래서 우리들 일부는 동사천에 남고, 나머지와 교주님만이 서사천을 하나로 묶어야 합니다.”

“그럼 누가 남고, 누가 가는 것이오?”

“저와 막내, 교주님만이 서사천으로 향하고, 나머지는 이곳에 남아 각각 세 곳에 잠입합니다. 셋째와 여섯째가 당가로, 넷째와 다섯째가 청성파, 마지막으로 둘째가 아미파로 갑니다.”

“그런데 왜 아미파에만 하나를 보내는 것이오? 위험하지 않소?”

“하하하. 그건 어쩔 수 없습니다. 여기서 거짓으로라도 중놈을 해낼 놈이 누가 있습니까? 셋째는 도사고, 여섯째는 얼음 덩어리, 넷째와 다섯째는 저 성격으로 어림도 없지요. 그래서 할 수 없이 둘째만 아미파로 가게 되었습니다. 그의 능력은 이미 삼양궁에 잠입했다 무사히 나온 것으로도 충분합니다. 그에 비해 아미파 정도는…….”

고경천은 그 말에 허표란 사람을 다시 한 번 바라보았다. 여전히 백지와도 같은 분위기. 하지만 저 분위기는 그 어떤 것으로도 바뀔 수 있었다.

“일단 모두 변장을 하게 될 것입니다. 무공도 되도록 우리라는 것이 드러나지 않게 다른 걸 사용할 것이고. 그렇다면 크게 문제될 것이 없습니다. 어차피 서사천에 오는 무리로 변장해 들어갈 것이고, 서사천은 무파무림이라 불릴 정도로 혼란한 곳이니 굳이 우리의 정체에 대해 심각하게 파고들진 않을 것입니다. 그리고 어차피 그들의 움직임을 파악하는 정도니 크게 문제될 것은 없습니다.”

“알겠소. 그럼 언제 시작할 것이오?”

“빠를수록 좋습니다. 만일 이 사태가 제삼자의 개입으로 정리가 되어버린다면, 우리 쪽에 별로 좋을 것이 없으니까요. 그리고 단혼살막이 움직였다면, 조만간 더 많은 세력들도 움직일 수 있기에, 우리는 빠른 시일 안에 그들을 맞을 준비를 해야 합니다.”

“으음…….”

그 말에 고경천은 잠시 신음을 삼켰다.

“무슨 일이십니까? 교주님.”

“다른 것이 아니고, 잠시 동안 폐관 수련할 필요가 있을 것 같소. 내가 비록 흡정마공을 익혔다지만, 그건 상대를 공격하려면 이래저래 위험성이 동반되오. 그래서 그걸로 강한 적을 상대한다는 것은 무리요.”

“예예? 그 말이 사실입니까?”

고경천의 말에 모두 이상한 표정을 지었다.

그건 아마 흡정마공을 알고 있는 자들이라면, 다들 이들과 다르지 않을 것이다. 그도 그런 것이 흡정마공은 소문만 무성하지 실제로 본 사람들이 없었다. 그저 이름에 나왔듯이 흡정을 통해 무한대로 내공을 키워 강해질 수 있는 무공이라고 생각한 것이다.

그런데 가령 흡정마공만 익히고, 다른 무공이 없으면 그저 딱 맞아 죽기 쉽상이다. 세월이 흐르면서 무공은 근거리박투에서 원거리격공으로 변해갔다. 그래서 검기니 검강이니 하는 종류의 무학이 현재 최고로 불리고 있었다.

하지만 흡정마공은 일단 효과를 보려면, 상대에게 달라붙어야 했다. 그리고 흡정마기라는 검은 기운을 몸에 불어넣어야 하는데, 약자라면 모르지만 강자라면 이야기가 달랐다.

이번 송일학과의 결투에서 그걸 철저히 깨닫게 되었다. 그래서 고경천은 잠시 무공에 대해 다시 생각할 필요성을 가졌다. 그의 몸속에 내공은 많지만, 이건 섞이지 않고 머물러 있는 것들이었다.

본래 가지고 있던 현음빙기, 천년화리의 기운, 소일성에게 뺏은 벽뢰진기, 그리고 항운산장의 이장주 경원교와 송일학에게서 얻은 기운이 따로 존재했다. 그러다 보니 종류는 많지만, 그저 많은 것뿐이었다.

지금은 버릇처럼 현음빙기를 사용하지만, 아무래도 더 강해지기 위해서는 무슨 방법을 찾을 필요가 있었다. 그래서 그는 현재 자신의 상태에 대해 차분히 생각을 하고 싶었다.

"그렇소. 현재는 내 자신의 상태를 알아야 상대와의 싸움도 가능하오. 그렇지 않으면 점점 강해질지도 모르는 상대와의 싸움에 대처해 나갈 수 없을 것이오."

"으음……."

이렇게까지 말하니 추일학으로서도 할 말이 없었다.

고경천의 무공 수위가 그들보다 강하다는 것은 알고 있다. 그러나 중요한 것은 얼마나 강하냐다. 앞으로 상대할 적들은 그들보다 상위에 있는 자들이다. 서사천에 있는 백호칠수도 그렇고, 앞으로 부딪쳐야 될지 모르는 당진용, 그리고 무림이란 곳엔 알려지지 않은 자들 중에서도 어떤 고수가 있을지 몰랐다.

더욱이 그들이 행하려는 일은 삼음교의 재탄생이라는 의미의 문파 건립이다. 그러면 자연스레 다른 이들의 이목을 끌수 있다. 이는 개인과 개인의 문제가 아니라 문파 대 문파로의 일로 발전할 소지가 있다. 그럼 신생문파가 살아남는 길은 하나다.

함부로 손댈 수 없는 강력함. 그게 비록 한 사람이라 해도 그 의미는 충분했다.

"기간이 얼마나 필요하십니까? 현재 상황이 비록 쉽게 종결될 것은 아니지만, 아미파의 뒤에는 같은 소속의 육파일방이란 존재가 있습니다. 그리고 당가의 가주, 당진용의 힘도 얕볼 수 없고. 어쩌면 이 모든 일이 순식간에 해결날 수도 있습니다."

"길게 필요없소. 어차피 나는 무학을 익히려는 것이 아닌 지금 현재의 내 상태를 확인해 두려는 것이오."

"알겠습니다. 그럼 동생들이 맡은 일은 그대로 시작하고, 저와 막내는 다시 한 번 서사천의 변화를 살피겠습니다."

"알겠소. 나도 최대한 시간을 단축하도록 하겠소. 그리고 다시 나오는 날엔 여러분을 실망시키지 않겠소."

"예."

"그럼 앞으로 연락은……."

"앞으로 연락할 연락책을 보내주겠소. 담판만 제대로 지으면 세상 그 어떤 연락책보다 안전하고 확실하니까.”

“연락책이요? 감히 교주님께서 담판까지 지어가며 써먹어야 할 놈입니까? 내 그놈을 당장 주리 틀어서 교주님 앞에 대령시켜 놓습지요.”

오염달이 얼굴이 벌게져 씩씩거렸다.

“놈이라… 후후. 아니, 그건 아무도 할 수 없소. 그건 나와 그 존재만의 문제니까.”

“알겠습니다. 그런데 그 연락책이 믿을 만합니까?”

추일학은 오염달이 더 이상 말을 못하도록 막아버렸다.

“믿을 만할 것이오. 한 번 모신 주인에 대해서는 절대 충성하는 모습을 보이는 존재니까. 나중에 서생도 보면 확실하다는 것을 알 수 있을 것이오.”

“뭐 그건 그렇고, 교주님이 연공할 공간도 구해야 하지 않겠습니까? 성도 내에 구하면 좋겠지만, 지금은 세 곳의 갈등으로 딱히 편한 곳이 없습니다. 그래서 우리도 이 움막촌까지 흘러오게 되었고. 아무래도 심산유곡이나 동굴을 알아보시는 편이…….”

“그런 것은 신경 쓰지 마시오. 동굴이나 산속이라면 이제 지긋지긋하고, 너무 멀리 떨어지면 문제가 생겼을 때 대응이 어렵지 않소. 차라리 그런 것보다 좋은 가깝고 안전한 곳이 있소. 이건 돌아가신 아버지가 종종 이용하던 곳인데, 아버지 말로는 종종 귀찮음을 피해 지내기엔 더할 나위 없다고 했소.

사람들이 일부러라도 찾지 않기에 오히려 가장 좋은 은신처가 될 수 있다 했소."

고경천은 묘한 미소를 지었다.

그런데 그 미소에 무언가 눈치를 챈 듯, 추일학은 잠시 생각해 보는 눈치더니 별로 좋지 못한 표정으로 물었다.

"설마… 거기입니까?"

"후후후. 역시 서생이오. 바로 거기요."

"끙."

추일학은 앓는 소리로 장소에 대한 반응을 마쳤다.

"어디요? 대형? 좋은 데라면 나도 좀 압시다. 가서 진득하니 한 몇 년 동안 지내다 나오게."

오염달은 궁금함을 참지 못하겠다는 표정이었다.

"쯧쯧. 네가 눈치가 조금만 더 있었어도 내 너에게 하는 구박이 반은 줄었을 거다. 남들은 들어가면 기를 쓰고 빠져나오고 싶어 안달하는 곳에서 몇 년이나 지낸다는 말이나 해대고……."

"제 눈치가 어때서 그럽니까? 그리고 좋은 은신처라면 몇 년 지낼 수도 있는 것 아닙니까?"

"아이고. 내가 너 땜에 제명에 못 죽을 거다."

"그건 다 형님이 살이 쪄서 그런 것입니다. 비만은 만병의 근원이라고 하지 않습니까?"

"뭐라고!"

추일학이 기가 막히단 표정으로 오염달을 봤지만, 오염달은 자신의 말이 정곡을 찔렀다고 여겼는지 혼자 고개를 끄덕였다.

"호호호. 큰 오라버니, 놔두세요. 이번 일 끝나고, 넷째 오라버니 소원대로 보내 드리면 되지요. 안 그래요?"

"하하하."

그 말에 눈치가 있는 자들은 웃음을 터뜨렸다.

눈치가 꽝인 오염달과 최염은 웃지 않았다. 그리고 아직 결론을 내리지 못한 홍해구만이 고민에 빠졌다.

"하하하. 일단 그렇게 알고, 헤어지도록 합시다. 그리고 교주로서 여러분에게 두 번째로 명을 내리겠소."

"하명하십시오."

명이란 말이 떨어지자 현무칠수는 모두 부복 자세를 취했다.

고경천은 그런 그들의 등을 바라보다 천천히 명을 내렸다.

"내 두 번째 명은 첫 번째와 같소. 절대 내 허락 없이 다치거나 죽지 마시오. 만일 내 허락 없이 그런 짓을 벌인다면… 내 지옥 끝까지 쫓아가서라도 당신들을 가만히 두지 않을 것이오. 그럼 이만 가겠소."

고경천은 이 말을 끝으로 멋있는 인사도 없이 그대로 움막을 벗어났다.

현무칠수도 따로 무사히 잘 다녀오란 소리는 하지 않았다.

그러나 그들은 잠시 굳은 모습으로 그대로 그 자세를 유지했
다.

그런 그들 중 추일학이 입을 열었다.

"둘째야, 어떻느냐?"

"강력한 지도력은 없지만… 목숨을 맡겨볼 만하군요."

"그렇지. 우리에게 필요한 것은 절대적인 영도력보다 저런
사람이지. 우리는 누가 뭐라 해도 현무칠수라 불리는 자들이
니까. 교주님의 부족한 부분은 우리가 채우면 된다."

"예. 우리는 현무칠수니까요."

그들 모두 스스로도 충분히 능력이 있는 자들이기에 그 말
을 끝으로 모두 각자의 길을 갔다.

第九章
까다로운 친구

　고경천은 움막을 벗어나자마자 맨 처음 왔었던 성내로 나섰다. 그리고 찾으려고 하는 곳의 위치를 확인하려 이곳저곳 헤매고 돌아다녔다.

　그리고 그는 얼마 지나지 않아 발견할 수 있었다.

　높다란 정문과 단단해 보이는 성벽. 그리고 그 위에 걸린 용사비등한 필체로 써 있는 현판이 이곳이 일반 곳과 다르다는 것을 알려주었다.

성도부(成都府).

고경천은 현판을 바라보며 미소를 지었다.

'밤에 다시 와야겠군. 아무리 나에게 천하를 오시할 무공이 있다 해도 이곳은 관아이니 일개 낭인으로서 예의는 갖춰야지. 그전에 향후 조력자가 될 존재하고 담판이나 지으러 가자.'

그는 대충 밤까지 시간을 때울 요량으로 다시 성내로 들어갔다. 그리고 대충 어물전에서 몇 마리의 생선을 사 가지고, 인적이 없는 곳으로 발길을 옮겼다.

점점 성도와의 거리가 멀어지고, 한 야산에 들어서고 나서야 그는 걸음을 멈췄다.

"이제 그만 졸졸거리고 나타나지 그러냐?"

고경천은 그와 떨어진 한 바위 뒤를 보고 말을 했다.

"만일 안 나오면 다시 돌 더미에 깔리는 경험을 하게 해주마!"

그제야 그 뒤에서 작고 하얀 존재가 나왔다.

캬오오옹.

설묘는 모습을 드러내자마자 이빨과 발톱을 드러내며 흉성을 내보였다.

고경천은 설묘의 그런 행동에 씁쓸한 미소를 지었다.

미물이라 해도 주인을 해한 자에게 살기를 드러내는 모습에 왠지 가슴 한구석이 아려왔다.

그리고 그는 알고 있었다. 그가 송일학에게 당한 상처를 치료하느라 운기조식하는 동안 그 주변에서 독사와 맹수들로부터 지켜준 것을. 때론 짐승을 잡아다 주기까지 했다.

"주인의 복수를 하고 싶은 거냐?"

캬옹.

그러나 설묘는 우는 소리와 함께 한 발 뒤로 물러났다. 마치 그 행동이 아니라고 말하는 듯했다.

"말귀를 알아듣느냐?"

캬옹.

"처음 볼 때부터 예사 짐승이 아니라고 생각했더니…….좋다. 그런데 복수도 아니면서 나를 졸졸 따라다니는 이유가 뭐냐? 설마 내 인물에 반하기라도 한 것이냐? 혹시 암놈?"

캬오오오옹.

시답잖은 농담은 짐승에게도 통하지 않는지 설묘가 화가 났다는 듯 크게 울어댔다.

'진짜 말귀를 알아듣나 보네.'

고경천은 농담도 알아듣는 설묘의 모습에 어처구니가 없음을 느끼며 본래 계획했던 것을 행했다.

미리 준비했던 생선을 꺼내 설묘 앞으로 내밀었다.

"자, 우리 협상하자. 어차피 네 목적이 복수도 아니고, 나도 누가 내 뒤를 졸졸 따라다니는 것도 싫으니까. 어떠냐? 친구가 되는 것이."

고경천은 진지한 눈빛으로 설묘를 바라보았다.

그리고 보면 불행하게도 그에게는 지금까지 친구가 없었

다. 친구가 생기기도 전에 아버지에 의해 무당으로 보내졌고,
무당에서는 친구를 사귈 수도 없게 사부와 무당에서 떨어져
지냈다. 그렇다고 그와 가까운 현무칠수를 친구라고 부르기
는 뭐했다. 그들 스스로 늘 수하이기를 자청하느라 그건 고경
천의 마음대로 되지 않았다.

그리고 이제 처음으로 친구를 사귀려 했다. 그것도 사람이
아닌 동물로.

설묘는 잠시 생선을 들고 있는 고경천의 모습을 바라보았
다. 그리고 앞으로 나아가다 말다를 반복하다가 천천히 고경
천에게 다가왔다.

'후후. 드디어 친구가 생기는가?

고경천은 설묘가 다가오는 모습에 아이처럼 즐거운 얼굴
을 했다.

그리고 설묘가 내미는 생선을 잘 먹을 수 있게 앉은 상태로
기다렸다.

가까이 다가온 설묘는 생선 바로 앞에 서서 작게 울었다.

캬옹.

그리고 작은 앞발을 들어 그대로 생선을 날려 버렸다.

"어?"

고경천은 설묘의 행동에 눈이 커졌다. 나름대로 기대도 하
고 있었기도 하지만, 감히 미물이 그의 성의를 거절하는 모습
에 화가 났다.

“이놈이!”

캬오옹.

설묘는 고경천의 큰 소리에 몸을 날렸다. 그리고 빠르게 그와 거리를 벌렸다.

“내 이놈을…….”

고경천은 현음빙기를 끌어올려 손으로 집중시켰다.

그러나 곧 기운을 풀며 그대로 설묘의 뒤를 따랐다.

“잡히면 허연 털이 퍼렇게 될 때까지 패주마.”

고경천은 한소리를 내지르고 설묘의 뒤를 따랐다.

그리고 짐승과 인간의 쫓고 쫓기는 추격전이 되었다.

설묘는 영물답게 행동이 무척 빨랐다. 전에도 그 행동하는 모습이 빠르다 여겼지만, 지금은 고경천이 경공을 극성으로 발휘해도 그 거리를 좁힐 수 없었다.

어찌 보면 마치 설묘가 고경천이 쫓아오게 속도를 맞추는 모습 같았다.

‘빌어먹을. 그 많은 내공을 가지고 고양이 한 마리 못 쫓다니.’

고경천은 머리끝까지 치솟는 분노에 더욱 기를 내어 설묘의 뒤를 쫓았다.

설묘는 야산을 벗어나자마자 점점 울창한 산으로 달렸다. 그래서 둘은 성도에서 벗어나 점점 청성산 산자락과 가까워지고 있었다.

'저놈이 나와 현무칠수가 세우는 계획을 듣기라도 했는가? 일부러 나를 청성산으로 끌어들이게……'

만일 이대로 설묘가 청성산을 차지한 청성파로 간다 해도 고경천은 포기할 수 없었다.

동굴 수련 이후로 그는 절대 포기란 생각을 하지 않았다. 그가 모든 것을 쉽게 포기하는 성격이었다면, 지금의 그는 없었을 것이다.

'좋다. 네놈이 이기나 내가 이기나 오늘 끝장을 보자. 만일 이대로 청성파로 간다 해도 청성파를 없애 버리고라도 네놈을 잡겠다.'

고경천은 어금니를 악다물면서 설묘의 뒤를 쫓았다.

청성산은 서촉제일산이라는 별칭답게 그 산세가 엄하고, 그 넓이도 방대했다. 정확히 어느 쪽에 청성파가 있을지 알 순 없지만, 지금 가고 있는 곳에는 절대 없을 거란 확신이 들었다.

점점 울창해지는 주변 풍경이 그것을 말해주었다. 심산이면 있는 특유의 짙은 안개가 점점 사방을 가득 채워갔다.

'장독?'

몇 모금 마신 것만으로도 속이 울렁거리고 가슴이 답답했다.

그런데 그 정도일 뿐, 뱃속에서 뜨뜻한 기운이 온몸을 한번 휘돌고 나자 그런 기운이 가셨다. 독과 상극인 화의 정화인 천년화리의 기운이 몸속에 들어온 독을 태워 없앴다.

그러나 그런 것을 알지 못하는 고경천은 별 신경 쓰지 않고 계속 설묘의 뒤를 따랐다.

그런데 문제는 다른 데 있었다. 점점 짙어지는 장독으로 인해 시야가 흐려져 갔다. 그나마 설묘가 바닥을 밟고 달리는 소리를 쫓는데 그것도 점점 희미해져 갔다.

'빌어먹을.'

고경천은 일단 멈추고 내공을 귀로 돌렸다. 설묘 자체가 덩치도 작고 땅을 가볍게 달리는지라 이렇게라도 하지 않으면 위치 추적이 불가능했다.

카아아아웅.

캬아아아.

고경천은 한참 귀 기울이다 놀란 얼굴이 되었다.

분명 설묘의 포효성을 들었다.

그런데 지금 설묘의 포효성에 이어 또 다른 짐승의 울부짖음이 들렸다.

"망할 고양이, 기껏 내 성의를 무시하고 도망치더니 싸움질인가?"

고경천은 황당하다 못해 화가 났다. 재빨리 장독을 헤치며 소리가 들리는 곳으로 달렸다.

"기가 막히군."

고경천은 도착하고 처음 본 광경에 입부터 벌어졌다.

장독이 비교적 엷게 깔린 늪지.

늪지 주변으로는 빽빽하게 나무들이 둘러싸여 있었다.

그리고 지금 늪지에서는 평생 두 번 보기 힘든 기괴한 싸움이 벌어졌다.

주먹 두 개 합쳐 놓은 듯한 설묘와 길이가 이 장은 넘을 듯한 검은색 독망(毒蟒)의 대결.

캬아아아옹.

캬아아아.

각기 흥성을 자랑하기라도 하듯 기세를 올리는데, 눈으로 보여지는 것과는 달리 덩치 작은 설묘는 전혀 덩치에 굴하지 않았다.

"이봐! 객기도 적당히 부려."

고경천은 아무래도 불리할 듯한 싸움에 한발 나서려 했다.

캬아앙.

그가 나서려는 것을 느꼈는지 설묘가 크게 울부짖으며 그가 다가오는 것을 막았다.

휘이익.

그러나 그 틈을 놓칠 독망이 아니었다. 독망은 설묘가 잠깐 멈칫거리는 사이 거대한 꼬리를 휘둘러 그대로 내리찍었다.

촤아아악.

강렬한 일격에 사방으로 늪의 진흙이 튀었다.

고경천은 손을 뻗어 날아오는 진흙들을 빙무로 막으며 소리쳤다.

"젠장. 한 방에 뒈지려고 큰소리친 것이냐?"

한 방에 으스러지기라도 하듯 그 자리에 설묘의 모습은 보이지 않았다.

캬아아옹.

하지만 그런 고경천을 비웃기라도 하듯 허공에서 설묘의 울부짖음이 들리더니 작은 동체가 독망의 머리로 떨어졌다.

푹.

떨어지기 무섭게 설묘는 발톱을 독망의 껍질에 박아 넣었다.

보기엔 무척 질기고 단단해 보이는 껍질인데, 유난히 긴 설묘의 발톱은 그런 걸 무시하고 찍어버렸다.

캬아아아아.

독망은 벌레 한 마리 붙은 기분이었지만, 무언가 달라붙어 있는 것이 기분 나쁘다는 듯 미친 듯이 머리를 흔들었다.

그러나 설묘는 그 와중에서도 떨어지지 않고 커다란 포효성과 동시에 공격을 했다.

캬아아오옹.

찌이이익.

껍질이 갈라지는 소리가 먼저 시작되고, 그 다음에 살갗이 터지는 소리가 들렸다. 그리고 사방으로 독망의 선혈이 분수처럼 튀었다.

치이익.

선혈 자체도 강한 독기를 가졌는지 주변의 동식물을 태우며 녹여 버렸다.

그러나 설묘는 그런 것에 영향을 받지 않는지 붉은 피를 뒤집어쓰고도 계속해서 공격해 들어갔다.

하지만 고경천은 독혈이 튀는 사정권에서 벗어나 그저 방관자가 되어 두 짐승의 싸움을 지켜보았다.

'대단하다……'

설묘의 공격은 특별히 강력하다거나 그런 것은 없었다. 그러나 빠르고 효과적이며 집요한 면이 있었다.

파바바박.

날카로운 발톱으로 살갗이 드러난 머리를 이빨을 들이밀어 물어뜯었다.

캬아아아.

독망은 손이라도 있으면 떨어뜨리겠지만, 머리에 있는 것이라 어쩌지 못하고 그대로 몸부림만 쳤다.

콰드드득.

무언가 단단한 것이 부서지는 소리가 들리며 선혈과 함께 허연 것들이 사방으로 튀었다.

"살벌하군."

이제 더 이상 손톱으로 어쩔 수 없자 설묘는 이빨로 두개골을 부수고 그 안의 뇌수를 파헤쳤다.

그리고 싸움은 급속도로 종국으로 치달으며, 결국 뇌의 절반이 날아간 독망은 그 큰 덩치를 제대로 써먹지도 못하고 늪에 머리를 처박았다.

풍덩.

캬오오오옹.

그리고 승자의 함성을 알리려는지 설묘는 피를 뒤집어쓴 상태로 크게 포효했다.

꿀꺽.

고경천은 자신도 모르게 침을 삼켰다. 한낱 미물들의 싸움이라 하기에는 둘의 싸움은 그런 범주를 넘어섰다. 자신의 능력을 십분 발휘한 싸움을 보여주었다.

설묘는 포효를 마치더니 그대로 미물의 허리 부분이라 생각되는 곳에 타고 올라 머리를 공격할 때처럼 거침없이 파헤쳤다. 그러자 설묘의 작은 몸체는 거대한 독망으로 사라졌고, 조금 있다 완전 붉은색으로 변한 설묘가 밖으로 튀어나왔다.

그리고 설묘는 그 상태로 고경천에게 다가왔다.

고경천은 설묘가 적묘가 된 모습에 잠시 물끄러미 바라보았다. 그러나 어디 크게 다치진 않은 모습에 미소를 보냈다.

"네놈도 상대가 어떻건 극복해 이겨내는구나."

왠지 무슨 벽이 있더라도 일단 넘고 보자는 고경천의 정신과도 비슷한 면이 있었다.

설묘는 칭찬을 알아들었는지 못 알아들었는지 상관없다는 듯 입에 물고 있던 두 가지를 뱉어냈다.

하나의 쓸개와 칙칙한 검은색을 자랑하는 손가락 한 마디만 한 구슬.

그중 설묘는 검은 구슬을 앞발로 들어 고경천 앞으로 툭 밀었다.

"주는 거냐?"

캬옹.

그리고 설묘는 자기 앞에 있는 쓸개를 그대로 삼켰다.

고경천은 일단 별로 보기 좋지 않은 모습에 썩 반갑지 않았으나 선물이라 여겨 검은 구슬을 들어올렸다.

치익.

손이 닿자 닿은 부위가 검게 물들며 타는 듯한 소리가 들렸다.

그러나 곧 천년화리의 기운이 그 모든 것을 해소하며 본래의 색깔로 만들었다.

꿀꺽.

고경천은 영 내키지 않았으나, 주는 것이라 눈을 감고 삼켰다. 역시 예상대로 맛도 별로라 고경천의 얼굴은 금방 찌그러졌다. 그리고 독 기운이 몸으로 퍼지는지 곧 그의 얼굴은 검게 물들었다.

"독살이……."

고경천은 설묘에게 한마디를 해주려 했으나, 곧 천년화리의 기운이 독을 해소해 주는 것을 느끼며 뒷말을 잇지 않았

다. 오히려 독의 기운이 단전 한가운데 자리를 잡으며, 그의
몸속에 또 하나의 기운을 만들어냈다.

이로서 빙(氷), 화(火), 뇌(雷), 독(毒)의 기운에 특성이 없는
무(無)의 내공까지 그의 몸에는 종류가 다른 다섯 가지의 기
운이 생겼다.

설묘는 고경천이 먹는 모습을 지켜보다가 제자리에 쪼그
리고 앉아 앞발을 내밀었다. 마치 인간이 악수를 청하는 듯한
모습이었다. 그리고 시험을 통과해 축하한다는 느낌도 들었
다.

"훗. 점점 하는 짓이 맘에 드는구나. 앞으로 널 노야가 부
르던 대로 백아라고 부르겠다."

캬오옹.

그리고 둘은 악수를 나누며 그동안의 관계를 종결시켰다.

모든 것이 정리되자 둘은 빠르게 청성산을 벗어났다. 고경
천의 기우와는 달리 청성파의 무리들을 만나는 일 없이 그들
은 원래의 성도로 도착했다. 오는 도중 적묘는 다시 백묘로 바
뀌고, 해가 있을 때 떠난 성도가 어느덧 어둠에 잠겨 있었다.

"자, 그럼 우리가 잠시 지낼 곳으로 가자."

캬옹.

설묘는 대답과 동시에 그대로 몸을 날려 고경천의 품으로
들어갔다. 이제 친해졌으니 신세 좀 지자는 뜻 같았다.

고경천은 뭔가 화나는 기분이 들었으나 가슴을 따뜻하게

하는 기분에 그대로 성도부로 몸을 날렸다.

성도 성도부.

밤이 되어도 이곳은 여느 곳과 다르게 어둠에 잠기지 않았다. 사방이 횃불에 밝혀져 한낮을 방불케 했다.

그러나 고경천에게 그런 것은 전혀 문제가 되지 않았다. 미리 기척을 느껴 사람들이 없는 곳으로 몸을 움직였다. 그리고 전각과 전각을 넘어 다니며 한곳을 찾았다.

'집에 기거하려면 주인에게 인사라도 해야지. 염치없이 그냥 지낼 수는 없지.'

고경천은 성도부의 주인인 정사품 성도지부(成都知府)를 찾으러 다녔다. 하지만 넓은 성도부에 건물이 한두 가지가 아니고, 더욱이 몇몇 곳은 불이 꺼져 있어 확인해 볼 수도 없었다.

'저 마지막 건물만 확인해 보고 없으면 보초라도 잡고 물어봐야겠다. 될 수 있으면 내 존재를 드러내지 않으려 했는데… 이런 식으로는 날이 새야 될 것 같다.'

고경천은 저 멀리 보이는 이층 누각을 바라보며 몸을 날렸다.

그곳은 멀리서 보기에도 가장 높고 좋아 보였고, 창문이라도 열어놓았는지 환한 불빛이 멀리까지 퍼졌다.

그는 이층 누각과 가까운 한 전각의 어둠에 몸을 숨겨 불빛이 새어 나오는 것을 바라보았다.

그곳에는 신수가 훤한 중년인이 유등 아래서 책을 읽고 있었다. 그러다 그는 장시간 책을 본 눈의 피로를 풀려는지 잠시 창밖의 밤하늘을 보며 긴 탄식을 터뜨렸다.

"휴우."

'어? 지부가 한숨을 쉬다니…….'

고경천은 그의 한숨에 깊은 고뇌가 담겨 있는 것을 느꼈다. 그래서 몸을 드러내는 것을 잠시 미루고 그의 다음 행동을 기다렸다.

그리고 고경천의 예상대로 지부는 한숨 뒤에 무거운 상념을 토해냈다.

"아무리 태조께서 무인의 힘으로 명을 건국하셨다 하지만, 지금에 와서는 그 무인들이 관조차 두려워하지 않는 무법자로 변해 민생을 어지럽히고 있으니. 한 나라의 녹을 받고 민초를 품어주어야 할 관인이 아무것도 하지 못하고 한숨만 쉬고 있으니 이를 어이할꼬. 어이해."

고경천은 그 말을 듣자 무언가 예감이 들었다. 왠지 그가 알고 있고, 하고자 하는 일과 그의 한숨이 깊은 관련이 있어 보였다. 그래서 기다리지 않고 바로 실행에 옮겼다.

[야심한 밤에 실례인 줄 알지만, 민생을 걱정하는 지부대인의 한숨이 비록 야인인 저의 마음까지 심란하게 만드는군요. 만일 지부대인께서 저와 이야기를 하고자 할 마음이 있다면,

그저 유등의 불빛을 끄십시오. 만일 저의 존재에 대해 수하들에게 알리신다면 저는 이대로 떠나겠습니다.]

고경천은 전음을 마친 후, 지부대인이라고 생각하는 자의 행동을 관찰했다. 만일 그가 소리를 쳐 수하들을 부르거나 아님 귀신의 장난질이라 여겨 허둥대면 본래의 계획대로 협박을 하던 뭐를 하던 간에 강제로 행동을 하려 했다.

그러나 그는 흠칫하는 기색이었지만, 주변을 한번 둘러보더니 그대로 조용히 유등을 껐다.

고경천은 그의 그런 행동에 미소를 지으며 품에서 백아를 꺼내 조용히 말을 했다.

"백아야, 나는 잠시 저 안에 들어가서 이야기를 나눌 것이니, 혹시라도 이상한 일이나 신경 쓸 일이 있으면 네가 주변에 있다 나에게 연락을 해다오."

캬옹.

고경천은 설묘의 대답을 듣자 설묘를 지붕에 내려놓고 한 줄기 연기가 되어 중년인이 있는 실내로 들어섰다. 그리고 조용히 열린 창을 닫았다.

"이제 불을 켜십시오."

고경천의 말에 중년인은 별다른 이야기 없이 꺼뜨렸던 유등에 다시 불을 붙였다. 그러자 그는 그의 앞에 부복하고 있는 한 청년을 볼 수 있었다.

"불초 야인이 지부대인께 인사드립니다."

고경천은 인사를 한 후 고개를 들어 중년인을 바라보았다.

중년인은 고경천이 멀리서 볼 때보다 더 뛰어나 보였다.

위엄있는 두 눈과 고집스런 입. 그러나 넓은 귓불로 인해 왠지 인자해 보이기도 했다. 정말 밤하늘을 보며 쉰 한숨이 그의 진심인 듯, 그는 진정한 관인다운 풍모를 갖추고 있었다.

"나는 네가 나의 한숨에 대해 응답해 준 것 전에 감히 겁도 없이 관아를 무단으로 침입한 네 죄부터 묻고 싶구나. 아무리 무림인이 하늘을 날고, 땅을 뒤집는 능력이 있다 해도 어디까지나 대명 백성. 천자의 인가를 받아 뜻을 대행하는 나를 무림인들은 이렇듯 무시할 수 있는 것이냐?"

분노하니 그 위엄이 가슴을 떨리게 만들 정도였다. 상대가 그의 목을 단칼에 날릴 수 있는 존재라도 그는 이런 위엄을 보일 것 같았다.

"죄송합니다. 저는 지부대인을 무시하려 이렇듯 찾아온 것이 아닙니다."

"그럼 협박이라도 해 나를 쥐락펴락이라도 해보겠다는 뜻이더냐?"

무언가 중년인의 말속에 뼈가 있는 듯했다.

"감히 제가 그런 마음을 어떻게 먹겠습니까? 저는 단지 모종의 이유로 이 한 몸 잠시 쉴 곳을 찾고 있었습니다. 그러다 갑자기 지부대인의 한숨을 듣고 무례인 줄 알지만 이렇게 모습을 드러냈습니다."

최대한 공손하고 예의 바른 말투를 유지했다. 본래 의도에서 몇 가지는 숨기고, 몇 가지는 보탰지만, 여하튼 그 줄기는 대충 고경천이 한 말과 같았다.

중년인은 잠시 고경천의 본심을 알아보려는지 가만히 바라보았다. 그러다 무언가 결정을 내렸는지 불같은 위엄은 가라앉히고, 대신 호기심이 동한다는 듯 말을 건네왔다.

"몸을 쉬어? 그럼 관에라도 들겠다는 말이냐?"

"아닙니다. 말뜻 그대로 잠시 조용한 곳에서 지내고 싶어 그랬습니다."

"허… 언제부터 관아가 조용히 쉴 곳이 되었더냐? 너 같은 무림인들이 이리도 제집처럼 자유롭게 드나드는데."

"그 말씀은 저 말고도 그런 무림인들이 있다는 말입니까?"

하지만 중년인은 그 부분에 대해서는 답을 하지 않고, 대신 다른 질문을 해왔다.

"그보다 네 말에 흥미가 도는구나. 관아가 조용한 곳이라니. 늘 아문을 들락날락거리는 포졸들과 죄인들로 하루도 조용할 날이 없는 이곳이 가장 조용하다니……."

"대신 무림인들은 올 일이 없지 않습니까? 그리고 죄지은 자 이외에 어느 누가 관아에 오려고 하겠습니까? 그런 의미에서 보면 이곳보다 조용한 곳은 없지요. 과거에 제 선친께서는 그런 이유로 종종 일부러 옥살이를 하신 적도 있습니다."

"허허. 정말 특이한 말을 하는 놈이구나. 그리고 네 선친도

참 별난 사람이다. 도대체 전에 무슨 일을 하셨더냐?”

“도굴꾼입니다. 도굴꾼은 때론 도굴한 보물을 노리는 자들로 인해 귀찮은 일에 빠지는 일이 있습니다. 그때는 관아에 몸을 숨겨 일부러 그런 자들의 손길을 피했지요.”

“그거참. 말이 무언가 이상하면서도 무언가 아귀가 맞아 들어가는구나. 그보다 네 이름이 무엇이냐? 일단 침입자라 해도 특별히 무슨 위해를 가할 것 같지 않고, 만난 것은 다 인연이라 했으니 이름이라도 들어보자.”

“고경천이라고 합니다. 선친께서 하늘을 놀라게 하라는 훌륭한 이름을 주셨는데, 아직 사람도 제대로 놀라게 하지 못하고 있습니다.”

“그건 아니다. 이미 나는 너로 인해 충분히 놀랐으니까. 그런데 참 묘한 인연이구나. 나도 고(高)란 성에 문량(文良)이라는 이름을 갖고 있는데, 족보를 잘 뒤져 보면 어쩌면 우리는 친척 관계가 될지도 모르겠구나.”

“무슨 말씀입니까? 어찌 삼류인생이나 다름없는 도굴꾼의 자식과 천자의 명을 실행하는 대인 어른이 친척이 될 수 있겠습니까? 그리고 저는 족보까지 있는 거창한 집안의 자식이 아닙니다. 그런 말은 마십시오.”

“후후. 다른 것은 몰라도 말하는 투를 보니, 몸가짐에 대한 교육은 제대로 받은 것 같구나.”

“예……”

고경천은 이 칭찬에 마냥 좋은 기분이 아니었다.

이런 것은 다 무당에 있던 시절 사부를 통해서 배운 것들이었다. 그의 사부 무허는 무공보다 주로 글과 예도에 대해서 가르쳤다. 그래서 무공을 배우러 왔다가 실망감에 무당파를 뛰쳐나오게 된 것이었다.

잠깐 어두워지는 고경천의 표정에 고문량은 오히려 밝은 얼굴 표정이 되었다.

"좀 늦은 감이 없지 않아 있지만, 술 한잔해도 괜찮을 듯하다. 여봐라. 아무도 없느냐?"

"예, 지부대인."

시비인 듯한 여인의 목소리가 들리며 어느새 안으로 한 여인이 들어왔다. 그 여인은 낯선 사람의 모습에 놀란 표정을 지었으나, 곧 표정을 감추고 공손히 고문량의 명을 기다렸다. 평소 행실에 대해 교육을 단단히 받은 모습이었다.

"대인 어른, 괜찮습니다. 저는 그럴 의도가……."

"되었다. 사내와 사내의 대화에 술보다 더 좋은 것은 없고, 너와 내가 정국에 대해 논할 것이 아니라면, 그저 가볍게 세상 돌아가는 이야기나 하는 것도 나쁘지 않지. 그리고 나도 시름에 술 한잔이 생각나던 때였다. 너는 가서 간단한 주안상이라도 준비해 오거라."

"예, 지부대인."

시비는 명을 받고 방을 벗어났다.

'음… 이거 생각보다 더 대단한 사람이군. 불쑥 찾아온 낯선 자와 술까지 함께 마신다 하고.'

고경천은 분란이 생기는 것은 바라지 않았지만, 이렇듯 일이 좋게 돌아가는 것도 여간 불편했다. 어차피 추일학에게 들은 이야기와 그의 한숨이 관계가 있으면, 각자 필요한 도움만 주고받을 셈이었다.

그러나 이미 모든 것은 떠나간 화살과 같았고, 얼마 후 시비가 탁자에 술상을 차려놓자 고경천은 그와 마주 앉아 술잔을 들었다.

"자, 마셔라."

"예."

고경천은 울며 겨자 먹기 식으로 그가 따라주는 술을 연거푸 석 잔을 마시고서야 잠시 쉴 틈을 찾을 수 있었다.

그리고 고문량은 본론을 꺼냈다.

"그 옛날 송나라의 포 공(包公)께서는 남협(南俠)이라 불리던 전조(展昭)란 걸출한 인물을 거두어 그 뜻한 바를 훌륭히 이뤄낼 수 있었지. 하지만 태조 이후로 관과 무림은 별개의 존재로 분리되었고, 성조께서 무림을 탄압한 이후로는 완전물과 기름과 같은 사이가 되었다. 그래서 관은 무림을 골치 아프게 여기고, 무림은 관을 우습게 여기게 되었지. 개중에 관에 뜻을 품는 무림인들도 있었으나 그들은 조정에 뿌리 깊이 박힌 무림인들 배척 사상에 의해 별 큰 뜻을 펼치지 못했다. 그러나 관에도 무공을 연마하는 사람들이 없는 것은 아니다. 군부 출신들도 있고, 황실에서 친위를 주로 하는 자들은 황실무공이란 것을 익히기도 한다. 하나 이들은 어디까지나 관인들이다. 또, 관인들의 자제가 무림문파에 적을 두어 무공을 배우는 경우도 있지만, 그저 관의 체면을 봐주어 받아주긴 해도 비전을 전하지 않아 순수하게 무를 추구하는 무림인들에게는 상대가 거의 되지 않는다. 그래서 결국 관은 무림에겐 무방비로 노출된 거나 진배없다. 그러다 보니 성도 주변에서 난리를 일으키는 무리들에게도 뾰족한 수를 쓸 수 없게 되었다. 내 밑에 있는 어떤 자들은 오히려 그들에게 금전을 받으며 눈을 감아주는 이유를 만들기도 했다. 그렇다고 처벌하려니 무림인들을 자극할 수 있지."

길게 말을 하기도 했고, 답답한 마음도 들었는지 고문량은 술을 연거푸 석 잔을 마셨다.

고경천은 그런 모습을 보자니 조금 이해가 가지 않았다.

지부는 정사품의 벼슬이다. 정사품은 십팔품계 중 일곱 번째다. 한데, 정일품부터 종삼품까지는 주로 중앙에 있거나 지방에서도 전체 통괄을 하는 위치라 직접적인 권력과는 거리가 멀었다. 오히려 지부와 같은 정사품들에게 즉결심판권이 있어 빠른 처벌이 가능했다. 만일 그것이 불가능하다 해도 방법이 없는 것은 아니었다.

"지부대인, 그런데 왜 도지휘사 대인께 협조를 구해보지 않았습니까? 관의 힘으로 안 되면, 군을 통해서도 가능하지 않습니까?"

"그건 바보 같은 소리다. 가뜩이나 혼란한 곳에 군인들까지 들이닥치면, 그 몫은 다 누구에게로 돌아가겠느냐? 그리고 무림인들에 대한 탄압이 한번 시작하면, 그건 전체로 퍼져 나가야 한다. 그럼 아무리 군졸들의 숫자가 많다 해도 무림인들과 부딪치면 결국 결과는 뻔하다."

"제 생각이 모자랐습니다."

잠시 두 사람은 말없이 술만 마셨다. 그러다 마치 짜기라도 한 것처럼 동시에 입을 열었다.

"지부대인."

"이봐."

"예? 지부대인, 먼저 말씀하십시오."

"아니, 네가 먼저 말해보거라."

"아닙니다. 나이로 보나 위치로 보나 먼저 말씀하십시오. 혹시 제 생각과 지부대인의 생각이 같을 수도 있습니다."

"그래, 그러느냐?"

고문량이 좋아하는 게 고경천의 예상을 웃도는 반응을 보였다.

"예……."

고경천은 대답을 하면서도 무언가 찜찜했다. 마치 교주가 되어달라고 떼쓰던 현무칠수의 그 얼굴과 비슷해 보였다.

"그럼 내가 먼저 말하지. 일단, 너의 생각이 나와 비슷하다고 하니 나로서는 무척 기쁘다. 해서 거두절미하고 단도직입적으로 말하마. 네가 내 곁에서 포공을 보필한 전조가 되어달라. 나의 양아들로서 말이다."

"그런 것이라면 제가 도와드리고 싶었습니다. 그리고 양아들까지 삼아주신다니 더더욱 고맙… 에?"

"허락하는 것이냐?"

"자… 잠깐. 제가 지금 뭘 잘못 들은 것 같습니다."

"뭘 잘못 들었느냐? 너와 나의 성이 같고, 나는 딱히 아들이 없이 느지막이 얻은 열 살도 안 되는 딸아이만 있을 뿐이다. 그래서 장성한 아들을 얻겠다는 말인데 뭐가 틀렸느냐? 마침 너도 혼자라니 이보다 더한 인연이 어딨느냐?"

"하지만 지부대인, 저와 대인은 본 지 몇 시진도 되지 않았……."

"사람과 사람의 만남은 평생을 가도 이뤄지지 않지만, 일순간에 이뤄지는 것도 있다. 네가 이렇게 밤손님으로 날 찾아온 것이 다 하늘이 우리가 부자지간이 되게 점지해 준 것이 아니냐?"

고문량은 모든 것이 하늘이 정해준 것이란 말로 못을 박았다.

고경천은 그의 얼굴을 보며 하늘이 노래지는 기분을 느꼈다. 여기서 거절하면, 애초에 의도했던 것도 날아가고 오히려 더 큰 불행을 불러올 수도 있었다.

'아……! 팔자에도 없는 잔머리를 쓰려다가 오히려 덤터기 쓰는구나. 도대체 서생은 그동안 어떻게 수없이 잔머리를 써 왔던가?'

고경천은 이러지도 못하고, 저러지도 못하고 그저 혼이 나 간 사람처럼 즐거운 기분에 고문량이 따라주는 술을 받아 마셔야 했다. 그리고 그 와중에 그가 시키는 대로 아버님이라고 불렀던 것도 같았다. 그 다음은 아무 생각 없이 술만 마시며, 지부의 첫날밤을 술판으로 지새게 되었다.

다음날.

"으으! 머리야."

고경천은 지하 통로로 걸어 들어가며 괴로운 듯 이마를 짚었다.

그는 고문량에 대한 예의로 술을 내공으로 태워 버리는 짓거리는 하지 않았다. 그저 맨정신으로 버티는데, 도대체 그는 벼슬을 주량으로 따내기라도 했는지 완전 밑 빠진 독이었다. 결국 그를 살려준 것은 아침을 알리는 닭의 홰치는 소리였고, 업무를 봐야 한다는 그의 말에 고경천은 내심 만세를 부르기까지 했다.

그런데 고문량은 집무를 보러 가기 전 아쉬운 듯 그에게 말을 했었다.

“굳이 그럴 필요가 있느냐? 네가 나의 양아들임을 밝히면, 성도 내에서는 함부로 손을 쓸 수 없을 텐데.”

“그런 말이 있지 않습니까. 구름이 머물고 싶어도 움직이게 되는 것은 바람이 가만히 두지 않아서이다. 지부대… 아니, 아버님이 말씀하신 것을 보면, 분명 그들이 성도부도 마음대로 오가지 않았습니까? 그것이 다 관의 움직임을 보려는 술수인데, 만일 난데없이 무림인이 양아들이 되었다면 그들은 분명 제삼의 세력이 개입했다고 생각할지도 모릅니다. 그럼 그들은 그들과의 싸움에 신경 쓰는 것보다 이쪽에 신경을 쓸 거란 건 삼척동자도 다 알지 않겠습니까? 아무리 무림이 관을 두려워하지 않는다 해도 무시할 수는 없습니다. 그러니 저의 존재를 정 밝히시겠다면, 성도부를 무단으로 침입한 악독한 도적을 독방에 감금시켰다 하십시오. 그럼 부내의 사람들도 이상하게 여기지 않을 것이고, 다른 자들도 신경 쓰지 않을 것 아니겠습니까?”

“그건 네 말을 듣고 보니 그렇지만, 영 내 마음이 편하지 않구나. 나의 아들이 되어주기까지 하고, 향후 성도 주변을 어지럽히는 무림인들까지 정리한다고 하니… 이는 귀빈의 대접을 받아도 모자라다.”

“신경 쓰지 마십시오. 어차피 이번 일은 다 저를 위한 일이고, 원래 의도도 뇌옥의 한 귀퉁이를 원한 것입니다. 그런데 따로 독방까지 내주시니 그것만으로도 충분합니다.”

"음… 좋다. 네 뜻이 정녕 그렇다면, 그 안에서 부족하지 않게 조치를 취할 테니, 원하는 것을 이루고 빨리 나오도록 해라. 그리고 다시 한 번 날이 새하얗게 새도록 술잔을 나눠보도록 하자꾸나."

"아……."
여기까지 생각하자 고경천은 골이 다시 아파졌다. 이제 술이라면 지긋지긋하다 못해 진절머리가 났다.
"이곳입니다."
고경천을 안내한 자는 뇌옥의 가장 아래층 철문으로 된 하나의 독방을 가리켰다.
들은 바로는 가장 악질 죄수를 잡아놓기 위해 만들어둔 곳인데, 아직까지는 사람이 든 적이 없다고 했다.
"수고하셨소."
고경천은 이끈 자에게 한마디를 남기고, 보무도 당당하게 안으로 들어갔다.
안내한 자는 그런 고경천의 모습을 보다 고개를 저었다. 분명 극악 죄수라 그러면서 그 처우는 극빈으로 대접하라고 했다. 뭔가 말이 안 맞는 내용이지만, 그는 명에 의해 움직이는 자인지라 더 이상 생각 않고 문을 닫고 기관을 작동했다.
철컹. 철컹. 철컥.

잠시 요란한 쇳소리가 들리다 그 소리가 사라졌다.

"그럼 끼니때마다 찾아오겠으니 필요한 것이 있으면 그때 말하십시오."

"알겠소."

"예. 물러가겠습니다."

고경천은 안내한 자가 멀어지는 소리를 들으며 찬찬히 내부를 살폈다.

대충 사람이 지낼 공간에 한곳은 용변을 가릴 수 있는 곳이 있었다. 그런데 그곳은 아직 사용한 적이 없어 깨끗하기 그지없었다. 모양은 이 장 반경의 원통형 벽을 위까지 만들어놓은 것으로 그 끝에서 빛이 들어오는데, 그곳이 땅과 만나는 곳인 듯했다.

"나오너라."

캬옹.

고경천은 품에서 설묘를 꺼냈다.

설묘는 지금까지 답답했다는 듯 기지개를 켜다가 실내를 뱅글뱅글 돌았다.

고경천은 그 모습을 보다가 설묘에게 말을 꺼냈다.

"백아야, 너 저기 보이는 곳으로 나갈 수 있겠느냐?"

설묘는 고경천의 손길을 따라 위쪽을 바라보았다.

유일하게 빛이 들어오는 작은 쇠창살. 그 사이가 넓지 않지만, 설묘라면 충분하고도 남는 모습이다.

캬옹.

설묘는 대답과 동시에 땅을 박차고 그대로 공중으로 치솟았다. 그리고 반대편 벽을 짚고, 다시 반대편 벽으로 몸을 날리면서 갈지자 형태로 공중으로 올라갔다.

"호오."

고경천은 그 모습에 감탄을 했다. 몸이 빠르고 탄력이 좋은 것은 알았는데, 매끄럽기 그지없는 벽을 타고 오르는 것을 보고 있자니 새삼 영물은 영물이란 생각이 들었다.

설묘는 그 끝에 다다르자 공중에서 몸을 한 바퀴 틀더니 그대로 바닥으로 떨어져 내렸다. 고양이과 짐승이 그러하듯 가볍게 뛰어내린 후 발로 털을 골랐다.

"나중에 연락할 걱정은 없겠군."

고경천은 그 일이 끝나자 바닥에 털썩 주저앉았다. 그리고 턱을 괸 상태로 생각에 잠겼다.

'이제부터 빠른 시일 안에 흡정마공의 묘용을 알아내야 한다. 그래서 지금보다 몇 배는 강해진 상태가 되어서 밖으로 나가야 한다. 서생 말대로 앞으로의 일은 조금이라도 약하면 이뤄낼 수 없다고 하니 반드시 이뤄내야 한다. 그리고 노야가 말한 '마공을 익힌 순간, 마가 된다. 아니, 제어할 수 없는 힘을 얻는 순간, 어떤 인간도 마가 될 수밖에 없다' 는 말이 진실이 아니란 것을 밝혀내기 위해서라도 반드시 이 일은 해결되어야 한다.'

고경천은 그동안 벽을 만났을 때 이겨낸 것처럼 이번에도 반드시 넘어서리라 결심을 했다.

"그런데… 흡정마공이란 자체가 단지 타인의 내공을 빼앗고 여러 종류의 내공을 단전에 담아놓는 것이 전부라면, 이건 그다지 뛰어나다 볼 수 없다. 거기다 온몸에 새겨진 이 흔적들이 일종의 호신강기 역할을 해주는 것도 나쁜 것은 아니지만……."

고경천은 골머리를 싸매며 고민에 들어갔다.

호신강기는 어느 정도 성취를 이룬 자들은 대부분 사용할 수 있는 무공이었다. 반탄강기야 또 다른 묘용이 첨부되어야 하는 무공이므로 번외로 치더라도, 이걸로 특별한 것이 될 수는 없었다.

"만일 내가 무당의 양의분심신공(兩意分心神功)이라도 익히고 있다면, 분명 흡정마공은 커다란 능력이 될 텐데……."

양의분심신공은 동시에 두 가지의 무공을 사용할 수 있다고 한다. 그런데 만일 두 가지 무공에 두 가지 내공을 사용한다면, 그 위력은 몇 배가 될지 알 수 없었다.

그러나 그건 무당에서도 비전으로 내려온 신공으로 아무에게나 전수해 주지 않는다. 그리고 당대에 와서는 익힌 사람이 없다고까지 하는 현묘한 무공이었다.

"음……."

고경천은 그때부터 앓는 신음 소리를 내며 본격적인 고민에 착수했다.

캬오오옹.

설묘는 그런 고경천을 보다 재미가 없는지 하품을 하며 작은 몸을 동그랗게 말아 잠을 청했다.

"그래. 일단 기본부터 하자. 흡정마공의 운용부터 시작해 보고, 내가 아는 현음진결인가 망할 무경인가 하는 것도 다시 한 번 정리해 보고, 그러다 보면 새로운 수가 생기겠지."

그러며 고경천은 본격적인 무공연구에 들어갔다.

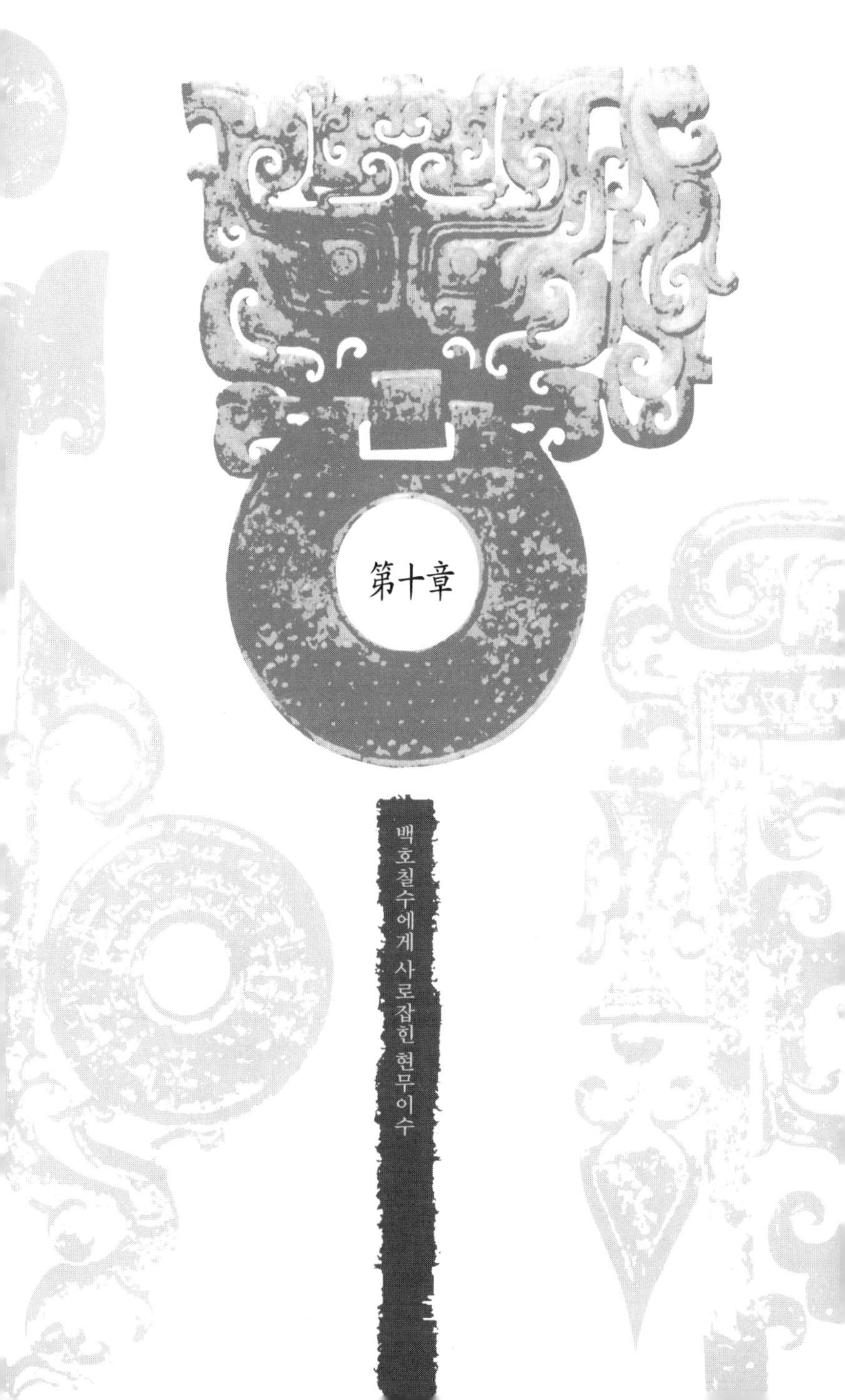

第十章

사천의 서부는 중원보다 서장에 더 가까이 붙어 있기에 더욱 이국적인 풍취를 보였다. 그래서 사천 서부의 중요 도시로 조금 북쪽에 치우친 송번(松藩)엔 머리에 천을 두른 사내들과 온몸과 얼굴을 천으로 감싼 여인네들을 볼 수 있었다.

그중 덩치가 좋은 사내와 눈만 내놓은 여인은 특별히 눈에 띄지 않는 가운데에서 그 둘만의 대화를 나누었다.

"큰 오라버니, 그런데 전보다 송번 분위기가 달라진 거 같지 않아요?"

"그런 것 같구나. 전에는 주루에 가면 심심치 않게 동사천 무림에 대한 이야기가 흘러나왔는데, 오늘은 어딜 가도 그런 이야기를 나누는 자들이 눈에 띄지 않는구나.”

“그러게요. 그리고 무기를 찬 자들의 모습도 길거리에서 자주 볼 수 없네요.”

“뭐, 일단 서사천의 무림인들이 대부분 송번의 한 회교사원으로 모여들고 있다니 우리도 일단 가보도록 하자. 듣기에 그 모임의 주재자가 백호칠수의 공동전인이라는 무류검(無流劍) 호군평(胡群平)이라는데, 그렇다면 백호칠수가 뒤에 있다고 봐야지. 그동안 그들의 위치를 찾지 못해 애를 먹었는데, 일단 이 모임이 동사천과도 무관하지 않을 테니 가서 사태를 지켜보도록 하자.”

“예.”

송번의 가장 큰 회교사원.

다른 때 같으면 신을 찾는 무리들의 요람인 이곳이 험한 인상에 허리 한편에 각자 개성적인 무기를 찬 무리들로 북적거렸다.

그러나 그들은 자기 멋대로 떠들거나 하는 것이 아닌, 제법 정숙을 유지하며 앞의 단상에서 떠드는 한 청년의 말을 듣고 있었다.

“여러분도 잘 알고 있을 것입니다. 우리가 더 넓은 세상으로 나가지 않고 이곳에 있는 이유. 그건 바로 무림의 진정한 이상을 이룩하기 위함 아닙니까? 누구에게 구속되지 않고, 문파나 집단의 힘이 아닌, 오직 자기만의 능력으로 모든 것을 이루자는 것이 아닙니까? 물론, 그게 남들의 눈에 보이기엔 방종이고, 무법으로 여겨질 수 있습니다. 하지만 우리는 남을 속여 무엇을 빼앗지 않습니다. 차라리 정정당당히 힘으로 빼앗았으면 빼앗았지, 음모니 계략이니 이런 것은 모르지 않습니까? 자고 싶을 때 자고, 싸우고 싶을 때 싸우고, 술 마시고 싶을 때 술 마시고, 여자와 질펀하게 놀고 싶을 때 놀고, 스스로의 위치나 권위가 필요없이 인간 본연의 모습으로 살아가는 자들이 우리……."

청년의 음성에는 열기가 있었다. 아무렇지 않게 뒤로 묶은 머리가 그의 음성이 높아질수록 이리저리 흔들렸다. 높은 코와 선이 분명한 얼굴이 조금 이국적인 정취를 풍겼다.

"흠……."

머리에 흰 천을 두른 덩치 좋은 사내가 군웅의 한편에서 그 모습을 보며 턱을 매만졌다.

"왜요?"

눈만 내놓은 여인이 그의 콧소리에 질문을 던졌다.

"꽤 괜찮은 놈이란 생각이 드는구나. 북두칠강의 다른 아이들은 어딘가 뒷배경에 대한 자부심과 그로 인해 무언가 오만한 모습이 있는데, 저 아이는 그런 것이 느껴지지 않아. 다른 곳은 몰라도 이곳에서 백호칠수의 공동전인이라면 어느 정도 목에 힘을 주고 다녀도 되지 않느냐?"

"그거야 그렇지만, 그런 거야 천성이죠. 저희 교주님만 해도 그런 것과는 거리가 멀잖아요."

"하긴. 교주님은 그렇게 하라면 당장 싫다고 도망갈 사람이지. 그럼 좀 더 들어보자."

"예."

둘은 이야기를 마치며 계속해서 청년의 이야기를 들었다.

청년의 이야기는 이제 제법 고조되었다. 일부러 내공으로 음성도 키우지 않아 목에 핏대도 서고, 은은히 이마에 땀도 찼다.

"그런데 지금 우리는 무슨 짓을 하는 것입니까? 왜 우리가 남들의 분란에 가서 칼을 들고 설쳐야 합니까? 도대체 무얼 얻고자 그런 짓을 하는 것입니까? 더욱이 동사천의 무리들은 늘 우리를 근본도 모르는 놈들이라 손가락질하던 인간들입니다. 그런 자들을 위해 일부러 나서는 것이……."

"이보게, 군평. 그러나 우리는 답답하단 말일세."

청년의 이야기를 듣던 한 사람이 자리에서 일어났다. 그는 거대한 박도를 등에 메고 있는 수염이 텁수룩한 사내였다.

"아, 철 아저씨."

"분명 우리도 자네의 이야기를 아네. 하지만 사천이 세상의 전부는 아니지 않은가? 그런데 그 사천 중에서도 반인 서사천에만 머물며 산다는 것은 우리 같은 낭인들에게 답답함밖에 주지 않네."

"답답하다 하지만, 밖은 신경 쓸 것이 많지 않습니까? 일단 정사에 대한 구분부터, 어느 문파 소속인지, 또 누구의 제자고 자식인지… 그냥 그 대상을 보는 것이 아닌 그 주변부터 보지 않습니까?"

"그거야 그렇지. 과거 우리는 그것이 싫어 이곳을 찾은 자들이고. 한데 무려 이십 년일세."

"맞네. 그건 철극(鐵戟)의 말이 옳아."

이번에는 눈에 안대를 한 자가 일어났다.

"양 아저씨."

"철극도 말했지만, 무려 이십 년이야. 처음에는 기반을 잃은 자들이 아무것도 없이 살아가는 게 무척이나 흥미로웠지. 이곳엔 과거도 없고, 정사도 없으니 그야말로 이상적인 곳이라 할 수 있네. 하지만 이십 년이면 그 집에 수저가 몇 갠지 쌀독의 쌀이 얼마큼 있는지, 심지어 마누라와 밤일할 때 어떤 자세로 그 짓을 하는 것까지 다 알 수 있네."

"그렇죠. 양 아저씨는 여자가 위에 올라서서 하는 것을 좋아한다고 하지 않았습니까?"

"키키키."

"하하하."

청년의 말에 주변 사람들이 웃음을 터뜨렸다. 그래서 철극이나 안대 사나이가 말을 꺼내며 흔들렸던 분위기가 웃음 속에 묻혀 버렸다.

"웃을 일이 아니야!"

철극이 우렁찬 소리로 웃음을 끊어버렸다.

"양정(楊丁)이 말했다시피, 우린 너무 상대를 잘 알아. 그런 자들과의 싸움이 무슨 의미가 있어? 무림인은 머리끝까지 치솟을 극한의 긴장감 속에 살아가는 자들이야. 한데, 그 상대들이 어떤 초식을 좋아하고, 어떤 버릇이 있고… 만일 이곳에서 살인이 금지되지만 않았다면 모르지만 이젠 싸움 자체가 무의미해."

철극의 말대로 이곳엔 단 한 가지 법이 있었다.

절대 살인 금지.

상대를 병신을 만들건, 상처로 며칠 있다 죽건 상관없지만, 싸움 도중 상대가 죽거나 하면 백호칠수가 그들을 가만두지 않았다.

"하지만 그로 인해 우리는 싸움으로 자신의 무학의 단점을 보강할 수 있지 않습니까?"

"그 말은 맞네. 한데, 여기서 상대와 두 번 이상 비무 안 해본 자들 있으면 어디 한번 손 들어보게."

양정은 애꾸눈으로 좌중을 둘러보았다.

그러나 모두 그의 말에 토를 달거나 손을 드는 자들이 없었다.

"이게 현실이야. 군평 자네의 말은 맞지만, 결국 이것도 완벽한 이상은 아니란 말일세."

“그러나 밖으로 나가면 싸워보기도 전에 죽을 수도 있습니다.”

청년은 지금까지 부드러웠던 어투와 달리 이 말을 할 때는 무거운 음성을 사용했다.

“그래, 죽을 수도 있지. 여기를 벗어나면 칠수 어르신들의 그늘에서 벗어나게 되니까…….”

살인 금지라는 법은 이곳에 있는 자들에게만 적용되는 것이 아니었다.

그건 이곳으로 도망을 친 자들을 쫓는 무리들에까지 적용되었다. 이곳은 범죄자도, 문파의 배신자 등 여러 종류의 인물들도 있다. 그러다 보니 원한이 쫓아다니는 것은 당연지사고, 그런 무리들을 쫓는 자들도 있었다.

하지만 모두 백호칠수의 손에 죽었다. 그건 누가 대상이던 상관이 없었다. 만일 백호칠수를 이겨낼 능력자라면 모를까? 하지만 능히 충분하다고 여겼던 무리들도 이곳에서 죽음을 피하지 못했다. 같은 무림이십팔수 정도의 고수나 그 이상들도 이곳에서 죽었다. 또, 상대를 반드시 죽음으로 몰아넣는다는 단혼살막의 철학도 이곳에서는 통하지 않았다.

그러다 보니 자연 백호칠수의 무학이 무림이십팔수 중 최고라 여기게 되는 이유를 만들었다.

결국 이곳을 떠나는 것은 바로 죽음과도 통했다.

“그러나 우리는 이곳을 떠나지 않으면 복수를 할 수 없네.”

“그래. 사는 것도 중요하지만, 복수도 중요하단 말일세.”

양정과 철극은 단호한 음성으로 말을 마치며 자리를 떠났다.

그리고 그 말은 모든 이들의 가슴에 파고들어 강한 파문을 일으켰다. 앉아 있는 자들 모두 심각한 얼굴이 되어 더 이상 무슨 이야기를 들을 표정들이 아니었다.

청년은 떠나가는 둘과 남겨진 자들의 얼굴을 보며 더 이상의 이야기는 무의미하단 생각이 들었다.

“결국 사사부의 말대로 되려나?”

호군평은 이 모임을 만들기 전, 그에게 조언을 해준 귀묘수재(鬼妙秀才) 제갈효(諸葛梟)의 말이 떠올랐다.

“군평아, 변화의 흐름은 막을 수가 없다. 그건 어떤 강대한 무력으로도 막을 수 없는 것이야. 네 마음은 알지만 더 이상 이곳은 예전처럼 될 수 없을 것이다. 너도 들어 알고 있지만, 무림에 혼란이 찾아들고 있다. 이십 년 전의 그때처럼 무림엔 다시 변화의 바람이 불려는 것이다. 그리고 그런 소문은 이곳에 있는 자들 모두에게도 들려졌을 것이고, 그들은 이 혼란을 틈타 자신의 복수를 하고 싶어할 것이다.”

그는 다시 한 번 사람들의 얼굴을 바라보았다.

그들의 얼굴에는 종류를 알 수 없는 수십 가지의 원한이 표정이 되어 나타나 있었다.

"미안하네, 군평."

"그럼, 나중에 보세나."

"잘 있게."

모두들 하나둘 인사를 하며 자리를 떠나가기 시작했다.

그에게 있어 그들은 아저씨며 아줌마며, 할아버지, 할머니와 같은 자들이었다. 어렸을 때 백호칠수의 눈에 들어 그들의 제자가 되고, 수련이란 미명 아래 그들과 강제 비무를 시작하며 인연을 만들어왔다.

그런 것이 어언 이십 년.

호군평에겐 모두 가족이나 마찬가지였다.

얼마 후, 모든 이들이 다 떠나갔다. 이제 남은 것이라곤 맨 가장자리에 있던 덩치 좋은 남자와 눈만 내놓은 여인.

'응? 처음 보는 자들인데.'

호군평은 그들이 자신에게 다가오자 의문을 보이다 다가올 때까지 기다려 주었다.

그리고 그에게 다가온 덩치 좋은 사람이 자기소개를 하며 놀랄 만한 말을 꺼냈다.

"이보게. 나는 추일학이란 사람으로 무림인들이 대지서생이라 부르지. 자네의 사부와 만나고 싶으니 그들에게 안내를 부탁하겠네. 그럼 아마 자네가 바라는 그 뜻에 보탬이 될 수 있을 걸세."

추일학은 오늘의 집회를 보며 생각을 바꿨다. 아무래도 고경천이 올 때까지 기다리기엔 이곳의 변화가 너무나 빠르게 흘렀다.

그래서 백호칠수와 직접적으로 대화를 하는 방안을 선택했다.

*　　　*　　　*

쾅!

"성공인가?"

고경천은 벽에 새겨진 흔적들을 보며 미소를 지었다.

벽에는 다섯 가지 흔적이 남았다.

얼고, 타고, 녹고, 지져지고, 깨져 나간 흔적들.

드디어 그는 고심하던 문제의 해답을 찾았다. 그리고 앞으로 또다시 고민해야 할 그것을 발견했지만, 지금은 거기까지 필요없을 듯했다. 지금 알아낸 것만으로도 그의 무공은 보완된 것이나 마찬가지였다.

"백아야, 할 일이 생겼다."

캬옹.

졸고 있던 설묘가 고경천의 말에 고개를 들었다. 드디어 지루함을 떨칠 기회가 온 것이다.

"자, 이것의 냄새를 맡고 내가 적어주는 서찰을 그에게 건

네줘라. 그리고 그의 서찰을 받아 나에게 가져오너라. 최대한 빨리 행해야 한다. 알겠느냐?"

캬옹.

고경천은 설묘의 대답에 자신의 손가락을 깨물어 글을 적어나갔다. 그리고 그걸 잘 싸서 설묘의 목에 걸어주었다.

"전해줄 사람은 덩치 좋은 사내다. 이 냄새를 기억하겠지?"

캬옹.

"좋아. 그럼, 가라. 나는 네가 돌아올 때까지 지부대인과 이야기나 나누고 있을 테니까."

캬옹.

대답과 동시에 설묘는 벽을 타고 위로 솟구쳐 유일하게 빛이 들어오는 쇠창살을 빠져나가 밖으로 사라졌다.

고경천은 설묘가 추일학을 찾는 걱정을 하지 않았다. 과거 송일학이 그를 정확히 찾아온 것을 보면, 분명 경원교의 남겨진 흔적을 보고 쫓아오는 방법밖에 없었다. 그런데 남겨진 흔적이라면 오직 냄새뿐, 다른 것은 생각할 수 없었다.

"자. 그럼, 백아가 올 때까지 지부대인… 아니, 아버님이라 불러야겠지. 비록 친아버지만큼은 느껴지지 않더라도 일단 나에게 잘해주는 분이니. 하지만 술은 고민이야."

고경천은 고개를 흔들며 조금 있음 식사를 갖고 올 한 사람을 기다렸다.

※   ※   ※

추일학과 홍아연은 앞서 달리는 호군평의 뒤를 따랐다.

그런데 뒤에서 보니 그가 펼치는 무공들이 왠지 낯설지가 않았다.

'백호칠수 중 대부분이 정파의 명문들과 관계있다더니, 그 말이 사실이었군.'

추일학은 호군평의 신법이 소림의 대나이신법(大那移身法)이란 생각이 들었다.

특별히 어떤 힘을 들이지 않고, 자연스레 몸을 움직이는 신법은 소림의 여러 가지 신법 중에 그것밖에 없었다. 더욱이 소림의 신법이라 생각한 것은 소림의 신법이 버릇처럼 한 손을 가슴에 세운 반장(半掌) 상태로 몸을 움직인다는 점이다.

"소협, 신법이 뛰어나네요."

홍아연은 신법이 주특기인지라 관심을 보였다.

"과찬입니다. 어찌 신법으로 이름을 날리는 홍 선배를 따르겠습니까? 혹시 삼사부라면 모를까? 저는 멀었습니다."

"그러면 천리비돈(千里飛豚), 아니, 천리비산(千里飛山) 우문 대협의 광풍신행(狂風身行)을 배우지 않았다는 말인가요?"

별호를 정정하는 홍아연의 말에 씁쓸한 미소를 짓다 호군평은 더 씁쓸한 표정을 했다.

"예… 그것이, 사부께서 그걸 배우면 자기처럼 뚱뚱해진다 해서 아예 가르쳐 주지 않았습니다."

"설마요?"

말을 이렇게 했지만, 홍아연으로선 더 물어볼 수 없었다. 그녀도 우문태(宇文泰)가 그 거대한 살집으로 천리비산이 아닌 천리비돈으로 불린다는 것을 알고 말을 정정하지 않았는가?

"뭐, 사부님이 그렇다니 그렇게 믿고 있을 뿐입니다. 그보다 다 와갑니다."

호군평은 송번을 떠나 서북쪽의 모래산으로 그들을 이끌었다.

여긴 서장에서 넘어오는 모래들이 오랜 시간 쌓여서 이루어진 사암석 계곡이라 했다. 그래서 지반이 좋지 않아 커다란 나무가 자랄 수 없고, 식물들이라곤 작은 것들이 대부분이었다.

그중 중앙에 일부러 만든 것인지 계단으로 이어진 하나의 입구로 호군평은 추일학과 홍아연을 데리고 왔다.

"자, 오르시죠. 사부님들이 계시는 곳은 이 계단을 따라 올라가면 볼 수 있는 넓은 공터입니다."

"앞장서게."

"예."

그들은 그렇게 계단을 따라 올라갔다.

어느 정도 오르자 산 전체를 무너뜨릴 것 같은 코 고는 소리가 주변을 울렸다.

"드르렁. 퓨우… 드르렁. 퓨우……."

그 주인공은 계단 이곳저곳에 술병을 늘어뜨리고 팔자 좋게 모로 자고 있었다. 만일 지나가려면 그 사람을 타고 넘어가야 할 판이라 이들 셋은 잠시 멈춰 섰다.

"칠사부님!"

호군평이 그를 발견하고 소리쳤다.

하지만 그는 여전히 일어날 기색 없이 계속 코만 골고 있었다.

"죄송합니다."

호군평은 양해를 구하고 그에게 달려가 그를 흔들었다.

"칠사부님, 이런 데서 자면 어떡합니까? 설마 계단도 다 오르기 전에 술에 취해 이러고 계신 것입니까?"

"그럼, 임마. 술에 안 취했으면 이러고 있겠냐? 퓨우우."

"아무리 그래도 잠은 집에서 주무셔야지요. 이러고 있으면 감기 걸립니다."

"감기 옆구리 터지는 소리 마라. 내 소원이 죽기 전에 감기 한번 걸려보는 거다. 드르렁."

"정말 안 일어나실 것입니까?"

"퓨우우. 술 깨면 다시 일어나마. 그때는 마시기 위해서라도 일어나야 하니까."

도대체 잠꼬대인지 대화를 하는 것인지 모를 묘한 상태로 이야기를 하던 중 호군평이 안 되겠다는 듯, 한 발 뒤로 물러났다.

그리고 잠시 홍아연을 바라보며 자고 있는 자에게 들리라는 듯 크게 소리쳤다.

"안 되겠네요, 홍 선배님. 선배님이 좀 도와주서야겠습니다. 아무래도 못난 제자보다 어여쁜 여자 분이 깨우는 게 더 확실하겠지요."

"예?"

홍아연이 그게 뭔 소린가 할 때,

"뭐, 이 망할 제자 놈아! 감히 이 몸에 계집 손이 닿게 한다는 것이냐?"

마치 언제 잤냐는 듯 자리에서 벌떡 일어난 사내가 호군평을 향해 불같이 소리쳤다. 마치 여자가 몸에 닿는 것을 벌레가 닿는 것처럼 이야기했다.

그 말을 들은 홍아연은 어안이 벙벙하다가 화가 치밀어 올라 한 발 나섰다.

"물러나라."

"큰 오라버니!"

"물러나 있어."

손을 들어 홍아연을 말린 추일학이 일어난 자를 바라보았다.

그 사람은 특이한 머리를 하고 있었다. 계인이 있는 자리는 반들거리고, 그 주변은 무성하게 머리를 길렀다. 도대체 승려인지 속인인지 애매한 모습이었다.

"처음 뵙겠소. 나는 추일학이라 하오. 귀하가 백호칠수 중 소문이 자자한 상취광승(常醉狂僧) 아불승(我不僧)이오?"

"추일학? 왠지 솔깃한 이름인데⋯⋯."

대답 대신 아불승은 머리를 긁적거리며 생각에 잠겼다.

"칠사부님, 추 선배님은 사부님처럼 무림이십팔수라 불리는 분이잖아요."

"무림이십팔수? 누가 날 무림이십팔수라 부르느냐? 내 백호칠수라 불려본 적은 있지만, 무림이십팔수라 불려본 적은 없다."

"그거야 당연하지요. 사부님은 백호칠수라 불리고, 이분들은 현무칠수라 불리고, 동쪽에 있는 청룡칠수와 남쪽에 있는 주작칠수를 합쳐서 무림인들이 무림이십팔수라고 부르잖아요."

"이 멍청한 놈아, 그걸 왜 합쳐? 내가 이 인간들과 술을 먹어봤냐? 밥을 먹어봤냐? 도대체 안면도 없는 인간들하고 왜 합쳐 불려야 되는데?"

"그거야⋯⋯."

딴에는 맞는 말이라 호군평은 얼른 대꾸할 말이 없었다.

"그리고 호랑이가 지렁이와 자라, 닭과 노는 거 봤냐? 도대체 셋째 형은 이런 놈이 뭐가 똑똑하다는 건지… 염병타불.”

아불승의 툴툴거리는 소리에 홍아연의 눈가가 찌푸려졌다. 처음에는 사람을 벌레 취급하더니, 이번에는 자라 취급이다.

“칠사부님!”

“신경 쓰지 말게. 뭐라 불리던 상관없으니까. 그보다 이제 일어났으니 길을 비켜주시는 게 어떤가? 나는 귀하의 대형과 나눌 이야기가 있으니까.”

“누가 일어났다는 거야? 나는 지금 서서 자는 중이다. 그러니 잠 깰 때까지 기다려. 그게 싫으면, 나를 넘어서라도 가던가?”

말이 끝나자 아불승이 합장을 하며 기세를 일으켰다. 그러자 거대한 태산이 앞을 가로막는 듯한 착각이 들 정도였다. 소림의 무학은 부동(不動)의 무학이라 불리기에 이렇듯 기세를 세우면 상대에게 강한 위압감을 주었다.

“칠사부님, 이분들은 손님입니다. 손님들에게…….”

“괜찮네. 아무래도 무슨 사연이 있는 거 같은데 손님의 입장에서 주인의 뜻을 따라주어야지.”

“큰 오라버니, 제가 할게요. 저런 자를 넘어서는 것 정도야.”

“나에게 맡겨라.”

추일학은 자신있다는 듯 말리는 자들을 뒤로하고, 품속에서 하나의 섭선을 꺼내 들며 아불승의 정면에 서서 그를 바라보았다.

"대단한 금강부동신이야. 좌, 우, 위 할 거 없이 어디로라도 함부로 지나갈 수 없겠군. 그런데 한군데가 허술해."

"어디가 허술하다는 거냐? 내가 부동신을 펼치면 벼락이 떨어져도 꿈쩍하지 않을 수 있다."

"그렇지. 지금 당신의 몸에서 펼치는 부동지긴 벼락이라도 퉁겨낼 기세야. 한데, 바닥은 어떻소?"

"우하하하. 그 말은 이 어르신의 다리 밑으로라도 가겠다는 거냐? 그런 거라면 내가 눈을 감아주마."

"듣자 듣자 하니까 정말! 큰 오라버니, 나오세요. 내가 이 자하고 사생결단을 내려서라도……."

"괜찮다, 막내야. 아직 이야기가 끝난 것은 아니니까. 그리고 아 형, 어찌 사내대장부보고 남의 다리 밑으로 지나가란 말을 할 수 있소? 아 형 같으면 그런 짓을 하겠소?"

"미친 소리. 감히 어떤 놈이 나에게 그딴 소리를 한단 말이냐? 그런 놈이라면, 내 당장 목을 비틀어 제 등을 바라보게 해주지."

"그렇게 말하니 내가 말하는 방법이 그게 아니란 걸 알겠구려."

"그럼 무엇이냐?"

"간단한 방법이 있지 않소? 아 형의 발밑을 무너뜨려 제대로 서 있을 수 없게 만드는 거. 그거라면 간단하게 아 형을 지나서 갈 수 있지 않소?"

"이런 미친놈을 봤나? 그럴 거 같으면 내가 뭐 하러 이런 짓을 하겠냐? 차라리 네놈과 직접 치고받고 하고 말지. 도대체 셋째 형은 왜 이런 불편한 짓을 하래… 헙."

말을 하던 아불승이 입을 다물었다.

그리고 그의 그런 행동에 추일학은 미소를 지었다.

"좋소. 아무래도 그런 짓을 하면 아 형에게도 좋지 않을 것 같으니, 정석대로 내가 아 형을 뛰어넘도록 하겠소. 대신 지리적으로 내가 불리한 곳에 있다 보니, 나의 약한 경공으로는 아 형의 금강부동신을 지나치는 것은 무리오. 하지만 지리적인 불리함만 없앤다면, 나는 아 형이 금강부동신을 넘어 태산부동신을 펼친다 해도 아 형을 넘어설 수 있소."

"그 말이 정말이냐? 감히 네놈이 나의 금강부동신을 깰 수 있다는 거냐?"

"그렇소. 너무 쉬워 눈물이 나올 정도로 쉽소."

"뭣이! 그 방법이 무엇이냐? 말해라."

아불승은 길길이 날뛰듯 소리쳤다.

그러나 그 모습을 보며 호군평은 인상을 쓰며 이마를 잡았고, 홍아연은 눈가에 미소를 만들었다.

그들은 추일학이 하려는 말이 무엇인지 알았다. 그런데 그런 간단한 이치를 아불승만 모르고 있었다.

"자, 내 방법은 말이오."

추일학은 자신이 생각한 방법을 알려주었다.

잠시 후.

"호호. 그럼 그대로 서서 자세요. 정말 덕분에 넷째 오라버니 같은 사람이 또 있을 수 있단 걸 잘 알게 되었어요. 호호호."

홍아연은 넋이 빠진 아불승을 지나치며 한마디를 남겼다.

"칠사부님, 죄송합니다. 제자 추 선배의 의도를 알고 있었지만, 차마 말을 할 수가 없었습니다. 그것이 싸우지 않고 현 사태를 해결할 수 있는 일이니 어찌 말을 할 수 있겠습니까? 그러니 그 죄는 저분들을 모셔다 드리고 와 받겠습니다. 그럼 제자 먼저 물러가겠습니다."

호군평은 얼이 빠진 아불승에게 이 말을 마치고 빠른 걸음으로 계단을 올라 추일학과 홍아연을 이끌었다.

"정말 내가 술에 빠져 바보가 되었구나. 그런 간단한 도발에도 넘어가다니……."

그는 얼마 전 지리적 이점을 극복한다는 추일학의 말에 속아 서로의 위치를 바꾸었다. 계단의 위쪽에 있던 아불승이 아래로 내려가고, 아래에 있던 추일학이 위로 올라갔다.

그런데 추일학은 올라가자마자 그를 넘어설 생각은 않고, 그대로 신형을 돌려 계단으로 올라갔다.

그래서 아불승이 싸우지 않고, 어딜 가나 했더니 추일학은
떠나기 전에 한마디를 남겼다.

"싸움 말고도 다른 방법이 있는데, 일부러 뭐 하러 싸우겠소?
그런 간단한 이치도 깨닫지 못하는 아 형은 어서 빨리 술을 끊는
게 좋을 것이오."

"명심(明心)아… 명심아… 이제 네놈이 술을 끊어야 할 때
가 온 것이구나."
명심은 아불승이 파계를 하기 전의 법명으로 그는 추일학
의 말에 무언가 깨달음을 얻은 것 같은 표정으로 바뀌었다.
지난 이십 년 동안 괴롭혀 온 한 가지 난제를 그는 오늘 비
로소 풀 수 있었단 얼굴이었다.

"이곳입니다."
호군평의 안내에 올라온 정상은 황량한 공터에 덩그러니
초옥이 지어져 있는 곳이었다.
그리고 그런 공터 곳곳에 각자의 시간을 보내는 자들이 있
었다.
거대한 검을 바닥에 꽂아놓고 그 앞에 결가부좌를 틀고 있
는 백발의 노인과 뭐라고 끊임없이 중얼거리는 반백의 노인,
혼자서 바둑을 두며 감탄하는 낙척서생, 덩치보다 더 커다란

음식 산을 쌓아놓고 먹고 있는 비만인, 자신의 손톱을 돌에 갈아대는 봉두난발의 여인, 바닥에 여러 가지 가루들을 펼쳐 놓고 일일이 맛을 보고 있는 자.

이들은 첫눈에도 별난 사람이란 걸 몸으로 보여주며 각자의 일에 빠져 있었다.

"사부님들, 제자가 손님들을 모시고 왔습니다."

호군평이 커다랗게 소리쳤지만 아무도 이쪽을 바라보지 않았다. 모두들 각자의 삼매경에 빠져 움직이지 않았다.

"사부님들……."

"평아, 왔으면 이리 오너라. 수련 시작이다."

백발의 노인이 굉장한 성량으로 그를 불렀다.

"대사부님, 그보다 손님들이……."

"빨리 오지 못하겠느냐!"

"예!"

노성이 터지자 호군평은 말 잘 듣는 강아지처럼 쪼르르 그에게 달려갔다. 그리고 그도 노인처럼 바닥에 앉아 검을 바라보았다.

"큰 오라버니, 이자들은 하나부터 열까지 다……."

잘 화를 내지 않는 홍아연도 더 이상은 못 참겠다는 듯 분노를 나타냈다.

"되었다. 미리 통보하지 않고 찾아온 입장이니 주인들의 하는 일이 끝날 때까지 기다려 줘야지. 자, 우리도 앉아서 기다려 보자꾸나."

추일학도 그들처럼 대충 바닥에 주저앉았다.

"큰 오라버니……."

"이제 봄의 절반이 지났을 뿐인데 무척 덥구나."

추일학은 그녀의 성화에도 별 대꾸 없이 섭선만 부쳐 댈 뿐이었다.

홍아연은 '휴우' 하는 한숨과 함께 그의 옆에 조용히 앉았다.

그리고 그렇게 잠시간의 시간이 흐르고, 그들에게 변화를 줄 일이 생겼다.

캬오오옹.

짐승의 날카로운 소리와 함께 그들이 있는 정상으로 백색 그림자가 떨어져 내렸다.

모두들 난데없는 짐승의 울음소리에 시선이 그곳으로 향했다.

"이 고양이 놈이 감히 내가 멍해 있는 사이에 허락도 없이 올라와? 거기 안 서!"

아불승의 외침 소리와 동시에 금빛 기운이 백색 그림자를 향해 쏘아져 나갔다.

쾅!

그러나 날렵하게 몸을 비튼 설묘는 바닥에 내려앉자마자 주변을 살폈다. 그리고 한편에 앉아 있는 추일학을 보고 빠르게 그리로 달려갔다.

"어쭈!"

아불승은 고양이가 공세를 피하고 또다시 도망치려 하자, 이번에는 자세를 단단히 잡고 허리에 한 손을 올린 자세로 다른 손을 주먹으로 바꾼 채 그대로 설묘를 향해 내질렀다.

콰류루루.

요란한 바람 소리가 들리며 강력한 권력이 추일학과 홍아연이 있는 곳으로 뻗어갔다.

"아니, 저 미친 작자가!"

홍아연은 놀란 눈이 되어 자리를 박차고 일어나 그대로 권력을 향해 몸을 날렸다. 그리고 제자리에서 한 바퀴 도는 동작과 함께 한 발을 들어 그대로 권력을 강타했다.

콰앙.

"어."

"이!"

두 사람의 놀란 외침과 동시에 아불승과 홍아연은 상대를 바라보았다.

"호오, 대단한 각력이구나."

"당신 미쳤어요? 가만히 있는 상대에게 백보신권을 펼치다니……."

둘이 그렇게 옥신각신할 때, 추일학은 그의 옆에 나타난 먼지투성이의 설묘를 보며 눈을 빛냈다.

설묘의 다리와 목에 걸린 천 조각, 그중 다리에 있는 것은 그가 준 것이고, 목에 걸린 것은 아마 고경천이 보낸 것일 것이다.

"그럼 잠시 실례하마."

캬옹.

자신의 양해에 설묘가 한번 울부짖자 그는 얼른 설묘의 목에 걸린 천을 풀었다.

그러자 설묘는 볼일 다 봤다는 듯 그에게서 멀어지며 홍아연과 나란히 서서 아불승을 향해 털을 곤두세웠다. 올라오는 도중 꽤나 괴롭힘을 당했는지 그 기세가 무척 사나웠다.

"천산설묘다."

"아니, 저런 영물이⋯⋯."

아무런 반응이 없던 반백의 노인과 가루를 집어 먹던 자가 몸을 움직였다.

그리고 봉두난발의 여인은 한 번의 충돌로 얼굴이 드러난 홍아연을 보며 이를 갈아붙이며 소리쳤다.

"까득. 반반한 년! 세상의 반반한 년은 다 죽어야 해!"

"호오. 내가 좋아하는 얼굴인데?"

음식을 정신없이 먹던 자는 음식을 물리치고 일어났다.

"호오. 바둑보다 재밌겠어."

낙척서생은 바둑판에서 시선을 떼고, 앞으로 벌어질 일을 기대하는 표정을 지었다.

"대사부님……."

"신경 꺼라. 수련 중엔 절대 잡념을 먹지 말라 하지 않았느냐!"

"예……."

호군평은 울상이 되었지만, 아무 행동도 못하고 그저 원래 자세를 유지했다.

하지만 이렇게 엉망이 되어가는 분위기에서도 추일학은 오히려 즐거운 미소를 지었다.

오래 기다리셨소. 모든 준비를 마쳤으니, 호랑이 사냥을 시작합시다.

'생각보다 빨리 끝났구나. 그럼 굳이 저들과 어렵게 협상을 할 필요 없지.'

추일학은 자리를 털며 홍아연에게 다가가 그 옆에 서서 한쪽에 있는 설묘에게 말을 꺼냈다.

"이봐. 이름을 모르니 뭐라 부르기 힘들지만, 일단 털이 새하야니 백아라 부르겠다. 백아 너는 한시 빨리 교주님에게 돌아가 우리의 일을 알려라. 아무래도 더 이상 대화를 나눌 분위기가 아닌 것 같구나."

캬오오오오.

백아는 가지 않고 같이 싸우겠다는 듯 기세를 올렸다.

"안 돼. 너는 가야 한다. 어서 빨리 돌아가서 교주님께 알려라."

캬오오오.

"만일 늦어지면 늦어질수록 일이 어려워진다. 너는 영성이 뛰어난 듯하니 어서 내 말을 따라라."

추일학은 진중한 눈빛으로 설묘를 바라보았다.

캬오오.

설묘는 그 눈빛에 더 이상 버틸 수 없는지 슬슬 몸을 뺐다. 그리고 몸을 돌려 빠르게 아래쪽으로 달리기 시작했다.

"영물아, 어딜 가느냐! 넌 내 실험용이야!"

반백의 노인이 품에서 소도를 꺼내 설묘에게 날렸다.

휘리리릭. 캉.

그러나 하나의 섭선이 날아와 그런 소도를 튕겨냈다.

"독수괴의(毒手怪醫) 갈 선배께서 너무 저희를 무시하는군요."

"이런 망할 놈이! 셋째야, 그놈 잡아!"

"알겠수."

콰아아아아.

광풍이 주변을 휩쓰는 것과 동시에 비만인의 신형이 순간적으로 꺼졌다.

"호호호. 우문 선배, 제가 맘에 든다면서 어딜 가시려고요."

어느 순간 미풍처럼 꺼졌던 홍아연이 우문태의 앞을 막아섰다.

"흐흐흐. 그래. 그럼 어디 한번 놀아보지."

그러며 둘은 빠르게 몸을 움직였다.

"이런 건방진 자식들. 같은 칠수라 불려져서 정말 눈에 뵈는 것이 없나!"

아불승이 성을 내며 추일학에게 달려들며 기운을 쏟아냈다.

펑!

"크윽!"

추일학은 아불승의 기운을 못 이겨 얼굴을 일그러뜨렸다. 그리고 아직도 공터의 끝 자락에서 떠나지 않는 설묘를 보며 크게 소리쳤다.

"어서 가! 가서 한시라도 빨리 교주님을 모셔와라!"

캬오오오오.

설묘는 그 절박한 목소리에 한소리 울부짖음을 토하다 그대로 산정을 벗어났다.

*   *   *

땅거미가 저물어 내리는 저녁 시간.

성도부 고문량의 처소에서 고경천의 앓는 소리가 들렸다.

“이제 정말 못 마시겠습니다. 그러니…….”

“허허허. 어찌 사내놈이 이 정도 술에 못 먹는다고 난리더냐? 설마 생긴 것만 여자 같은 게 아니고 몸도 그런…….”

캬오옹.

“백아야.”

고경천은 이때다 하는 심정으로 자리를 털고 일어나 창가로 달려갔다.

“천아, 무슨 일이냐?”

“백아야! 무슨 일 있느냐?”

고경천은 고문량이 하는 말을 뒤로하고 설묘의 상태부터 살폈다.

그런데 설묘의 몰골이 말이 아니었다. 이곳저곳 먼지와 진흙으로 범벅이 되어 본래 흰색을 덮어버렸다. 고양이 자체가 깔끔한 것은 둘째 치고, 평소 설묘는 그런 부분에서 굉장히 유별났는데 이렇다는 것은.

캬옹.

설묘는 어차피 설명할 능력이 없는지라 창틀을 잡고 있는 고경천의 옷소매만 잡아끌었다.

“지금 나보고 같이 가자는 것이냐?”

캬옹.

“왜, 다급한 일이라도 있느냐?”

고문량은 고경천의 목소리가 변해가는 것을 듣고 그도 격정이 되어서 자리에서 일어났다.

"아무래도 일행에게 무슨 일이 생긴 것 같습니다. 자세한 이야기는 다녀와서 하고, 일단 가보겠습니다. 백아야, 앞장서라."

캬웅.

설묘가 대답과 동시에 몸을 날렸다.

"천아, 그럼 몸 조심히 잘 다녀오너라."

"예."

고경천은 고문량의 걱정 어린 말을 뒤로하고 창틀을 넘어 바람처럼 달렸다. 이곳이 성내고, 사람이 많다는 것도 무시하고 신법을 최고조로 발휘해 앞서 달리는 설묘를 쫓았다.

*　　　*　　　*

백호칠수와 현무칠수의 싸움이 벌어진 지도 수 시진.

이미 해는 떨어져 하늘엔 달이 대신해 산정의 공터를 비춰 주고 있었다.

다수가 소수를 핍박할 수 없다는 자존심에 싸움의 국면은 일 대 일로 바뀌었다.

홍아연은 우문태와의 경공 대결 후, 우문태가 여자와는 도저히 못 싸우겠다며 물러나 버렸는지라 대신 봉두난발의 여인, 파면마녀(破面魔女) 교홍홍(橋紅虹)과 싸우고 있었다.

그녀의 주특기는 기다란 손톱으로 펼치는 조공으로 그 손
에 걸리면 호신강기고 뭐고 필요없이 그대로 갈기갈기 찢어
져 버렸다.

찌이이익.

지금도 바람처럼 이리저리 몸을 피했지만, 조공의 세력권
에서 완벽히 벗어나지 못해 옷이 찢어져 나갔다.

"킬킬킬."

교홍홍이 싸움 중에 계속해서 듣기 싫은 웃음소리를 내 홍
아연은 이중고를 겪고 있었지만, 그녀의 뛰어난 경공으로 밀
리는 무공을 보완했다.

그리고 그녀들과 떨어진 곳.

그곳에서도 싸움의 대상이 바뀌었다. 추일학을 상대하던
아불승이 물러나고 대신 다른 자가 나섰다.

퍅. 파박.

각자가 선비의 티를 내려는지 붓과 섭선으로 싸움을 벌이
고 있었다. 그리고 그것도 모자란지 그들은 입으로도 연신 싸
워댔다.

"하하하. 아무래도 우리의 싸움은 방법이 틀린 것 같소."

"그럴지도 모르오. 내 평소 대지서생이 무림이현으로 불린
다는 사실을 흠모해 오고 있던 바 필히 지략으로 싸우고 싶었
거늘."

"나도 그렇게 생각하고 있소. 만일 귀하가 사천에 웅크리

지 않았다면, 어찌 천하가 나를 무림이현 중 일인이라고 했겠
소. 아마 무림삼현 중 일인이라 하지 않았으면, 귀하가 무림
이현 중 한자리를 차지했을 것이오.”

“후후후. 과찬이오. 그러나 현실이란 것이 참으로 안타깝
소. 글이나 읽는 선비란 작자들이 무기를 들고 드잡이질이나
하고 있으니…….”

말을 하면서도 낙척서생의 모습을 한 제갈효와 추일학은
붓과 섭선으로 연신 허점을 찾았다.

“하하하. 늦지 않았소. 지금이라도 기회는 있소.”

“……?”

추일학의 말 뒤에 이어지는 한줄기 전음에 제갈효의 표정
이 변했다. 그리고 그 두 사람은 더 이상 소리 내어 대화하지
않고, 전음으로 각자 무어라 주고받았다.

대신 그 둘과 달리 교홍홍과 홍아연의 싸움은 시간이 지날
수록 치열해져 갔다.

홍아연이 교홍홍의 틈을 노리고 내지르는 발길질을 교홍
홍이 팔을 들어 막았다.

펑.

“윽! 망할 년.”

“호호. 이제야 그 듣기 싫은 웃음소리가 끊어졌네.”

“닥쳐라! 내 빌어먹을 네년의 다리를 찢어놓아, 다시는 요
리조리 빠져나가지 못하게 하겠다.”

교홍홍은 분노를 이기지 못해 지금처럼 상체를 노리던 자세에서 하체를 노리는 전법으로 바꾸었다. 어차피 홍아연은 손은 거의 쓰지 않고 다리로만 공격을 해와 수공이 약하다고 깨달았던 것이다.

그러나 홍아연은 교홍홍의 그 모습에 눈을 빛냈다. 그리고 지금처럼 빠르게 놀리던 다리를 잠시 멈추고, 그대로 교홍홍의 등을 향해 손을 내려쳤다.

“너는 속았다.”

위에서 내려다보는 교홍홍의 등은 무방비나 다름없었다. 원래 그녀는 수공을 익히고 있었다. 하지만 늘 빠른 경공으로 상대의 공세를 피하거나 퇴법만 사용했던 것은 이런 한 수를 노렸던 것이다.

“킬킬. 반반한 년은 역시 멍청하다니까.”

교홍홍은 등을 그대로 무방비로 둔 채 그대로 멈춰 있는 홍아연의 다리를 계속해서 노렸다.

“이봐! 노위갑(怒蝟甲)을 조심하라고!”

구경하던 우문태가 그런 홍아연을 보고 참지 못하고 소리쳤다.

찌이이익.

펑.

“아악!”

비명은 홍아연만 토해냈다. 그녀는 반동으로 밀려나다 허리 아래가 뜨끔한 것을 느꼈다.

'어? 암습?'

그녀는 교홍홍의 노위갑에 의해 손에 구멍이 뚫리고, 조공에 다리가 찢어지는 고통도 제대로 느끼지 못하고 몸이 뻣뻣해짐과 동시에 그대로 무너져 갔다.

'큰 오라버니……'

펑.

"크윽!"

홍아연이 보는 가운데 추일학은 가슴에 공격을 허용하고, 피를 뿜어내며 그대로 무너져 갔다.

"이 멍청한 오라버니야, 거기 안 서!"

"육매, 참으라고. 내가 잘못했어."

"참긴 뭘 참어. 계집의 반반한 얼굴에 눈이 멀어 동생의 비밀을 폭로해? 거기 안 서!"

그리고 도망치는 우문태와 교홍홍의 소란만 남기며 현무칠수와 백호칠수의 싸움은 현무칠수의 패배로 이렇게 막을 내렸다.

그사이 고경천과 설묘는 거의 밤새도록 달려서 송번에서 떨어진 한 계곡에 다다를 수 있었다.

"여기냐?"

고경천은 새벽 이슬과 먼지에 엉망이 된 몰골이지만, 두 눈만은 오히려 밤새워 달렸음에도 더욱 맑게 빛났다.

캬옹.

"가자."

고경천은 설묘보다 먼저 앞서서 계단을 타고 올라갔다.

그리고 한 중간쯤 오르자 추일학이 찾아왔을 때처럼 코를 골며 자고 있는 한 사람을 만났다.

캬오오오옹.

설묘는 그를 보자 곧바로 털을 세웠다. 마치 생사대적이라도 만난 것처럼 사납게 굴었다.

"뭐야, 재수없게. 새벽부터 고양이가 울어대고……."

아불승은 귀를 파면서도 일어날 생각이 없었다.

고경천은 그를 보다가 그대로 타 넘어갈 수 없어 양해를 구했다.

"죄송하지만, 나는 급한 일로 위로 가야 될 것 같소. 괜찮다면 길 좀 비켜주시겠소?"

"너는 급할지 모르지만, 나는 안 급하니 못 비켜주겠다. 드르렁……."

여전히 아불승은 잠을 자는 건지 깨어 있는 건지 모를 소리를 했다.

고경천은 그 말에 미간이 올라갔다. 지금 추일학의 생사가 어떻게 되었는지 알 수 없는 마당에 상대가 예의없이 굴자 분노가 일었다.

“다시 한 번 말하지만, 나는 귀하와 말장난할 여유가 없소. 그러니 비키시오.”

“싫으니 왱왱거리지 말고 나중에 해가 제대로 뜨면 와라. 퓨우······.”

‘이런 미친 인간을 봤나? 이 인간 지금 일부러 그러는 거야?’

고경천이 내심 부글거리는 화를 주체하지 못할 때였다.

“웬 놈의 모기야!”

탁.

아불승은 품에서 하나의 물체를 꺼내 이마를 때렸다.

그리고 고경천은 부글거리는 가운데에도 아불승의 이마를 내려친 물체를 볼 수 있었다.

“이리 내놔.”

고경천은 소리치며 아불승의 그걸 뺏으려 달려들었다.

“어이쿠. 이번에는 더 큰 모기구나.”

아불승은 일부러 앓는 소리를 내며 한 손으로 바닥을 쳐 그 반동으로 신형을 일으켜 세웠다.

그러자 자연스레 고경천의 손길이 허공을 움켜잡았다.

“참는 것은 한 번이면 족하다!”

고경천은 더 이상은 참을 수 없다는 듯, 아불승의 신형을 쫓으며 우수에 현음빙기를 가득 담아 그에게 뻗었다.

“거참, 겁없는 모기네.”

아불승은 날아오는 고경천의 우수를 향해 물체를 들고 있
지 않은 우수로 맞부딪쳐 갔다.

펑.

"억!"

아불승은 다급한 소리와 함께 비명을 토하며 신형이 흐트
러졌다.

그사이 고경천이 아불승에게 달라붙으며 그로부터 물건을
빼앗아 버렸다.

"으. 손 시려."

아불승은 고경천과 맞부딪친 손을 보며 몸을 떨었다. 이번
의 부딪침으로 그의 몸속으로 현음빙기의 기운도 파고들었
다. 그런데 그보다 지금은 순식간에 하얗게 얼어버린 손을 보
며 입을 벌려야 했다.

한편 고경천은 아불승에게서 빼앗은 물건을 보며 몸까지
떨었다.

부챗살을 감싼 천이 다 떨어져 나간 섭선. 거기다 부챗살도
몇 개가 부러져 버렸다. 그리고 간간이 묻어 있는 검은 자국
들.

고경천은 그게 무엇이고, 누가 들고 있던 건지 너무나 잘
알고 있었다.

"이 물건의 주인은 어떻게 되었어?"

하지만 한기를 몰아내려는지 아불승은 대답을 하지 못했

다. 대신 손에서 하얀 수증기를 피워 올리며 지금까지와는 달리 굳은 표정을 하고 있었다.

"묻고 있지 않아? 이 물건의 주인이 어떻게 되었어!"

"보면 모르느냐?"

"그래서 묻잖아!"

"뻔하지. 무기가 그렇게 되었다면, 그 주인이 어떻게 되었을지 뻔한 거 아니냐?"

"그럼 네놈이 백호칠수 중 하나냐?"

"이런 미친놈을 봤나? 보자 보자 하니까 어른 상대로 반말이잖아."

아불승은 모든 일이 끝났는지 손을 쥐었다 펴면서 소리를 질렀다.

파지지직.

"하나냐고 물었다!"

고경천의 두 눈에서 벼락이 일었다. 그리고 그것도 모자라 고경천의 손 주위로 빙기와 더불어 벼락이 머물렀다.

"허억. 저게 무슨 기괴한 일이다냐?"

아불승은 눈앞에서 벌어지는 일을 믿지 못하겠다는 듯 바라보았다.

빙기와 뇌기가 한 사람의 몸에서 동시에 펼쳐졌다.

"죽고 싶으냐?"

화르르륵.

이번에는 고경천의 손에서 뜨거운 열기까지 뿜어졌다.

"한 번에 세 가지라니. 괴… 괴물?"

아불승은 놀라움에 말까지 더듬고 말았다.

『흡정마공』 제2권 끝

무한 상상 · 공상 세계, 청어람 신무협&판타지

『한백무림서』11가지 중 『무당마검』,『화산질풍검』을
잇는 세 번째 이야기 『천잠비룡포』의 등장!!

천상천하 유아독존!!
새로운 무림 최강 전설의 탄생!!

『천잠비룡포』
(天蠶飛龍袍)

천잠비룡포(天蠶飛龍袍) / 한백림 지음

천잠비룡황, 달리 비룡제라 불리는 남자.

그는 누군가의 명령을 받고 움직이는 남자가 아니다.
그는 자신의 적을 앞에 두고 물러나는 남자가 아니다.
그는 자신의 이름 안에 있는 자들의 원한을 결코 잊는 남자가 아니다.

그 누구보다도 결정적이고 파괴력있는 면모를 지닌 남자.
황(皇)이며, 제(帝). 그것은 아무나 지닐 수 있는 칭호가 아니다.
그는 제천의 이름으로도 제어할 수가 없는 남자였다.

무적의 갑주를 몸에 두르고
가로막은 자에게 광극의 진가를 보여준다.

청어람 판타지의 재도약*!!*

혁신과 **참**신함으로 무장한
새로운 판타지 전문 브랜드의 탄생!

판타지계의 커다란 근간을 이뤄온 청어람 판타지 소설!
새로운 브랜드 「알바트로스」라는 커다란 날개를 달고
거대한 웅비를 시작합니다.

알바트로스는 판타지의, 판타지를 위한 개척자이자 도전자로 존재하겠습니다.

알바트로스는 형식적이고 나태해진 판타지계의 구습을 벗어나겠습니다.

알바트로스는 판타지계의 도약을 위한 든든한 날개 역할을 묵묵히 수행합니다.

알바트로스는 변화와 혁신을 통해 새롭게 태어날 환상 공간입니다.

알바트로스는 판타지를 아끼고 사랑하는 이들을 향한 청어람의 굳은 약속입니다.

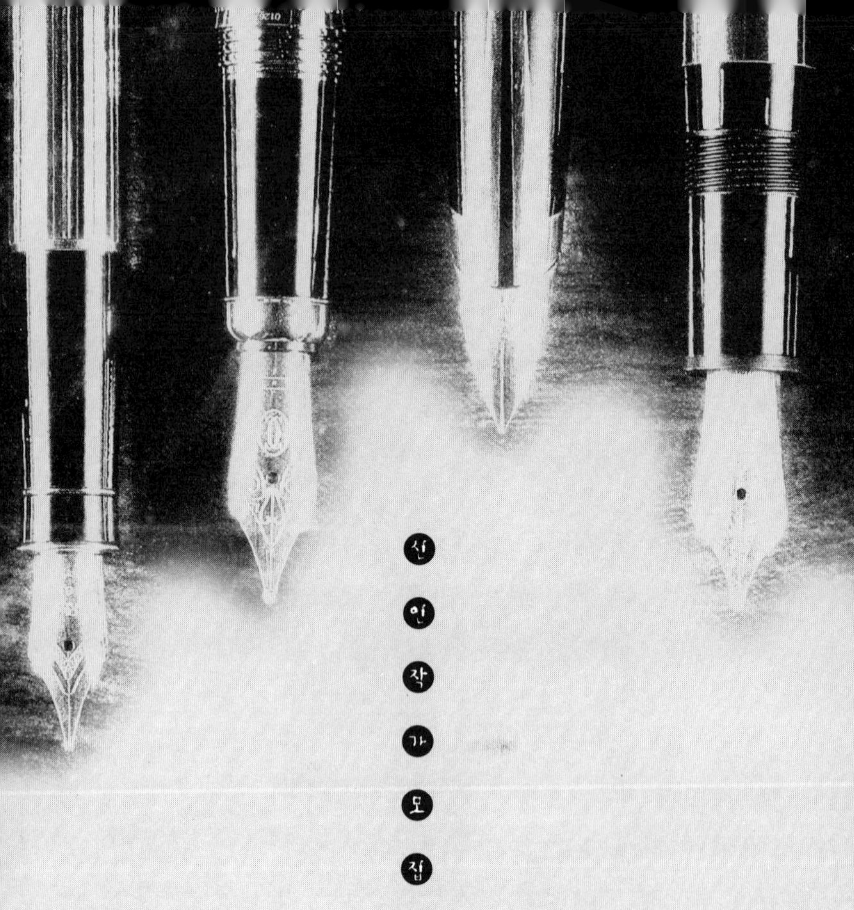

신
인
작
가
모
집

다세포 소녀 원작 만화 출간!!

전국 서점가 최고의 화제작!

OCN 슈퍼액션 드라마 시리즈 방영!

왜? 사람들은 다세포 소녀에 주목하는가 !
상식을 뒤엎는 기발하고 엉뚱한 상상력!

『다세포 소녀』의 숨겨진 힘!!

다세포 소녀 원작만화 (전 5권 예정)
B급 달궁 글·그림 | 값 9,000원 / 부록 예이츠 시집

몇 페이지만 읽어도 좌중을 휘어잡을 이야깃거리가 넘쳐난다!
둔감해진 머리에 영감을 주는 아이디어가 마구마구 솟구친다!
원작을 더욱더 빛내주는 기발한 댓글 퍼레이드!
300만 다세포 폐인을 열광시킨 상식을 뒤엎는 엉뚱한 상상력!

또 하나의 이야기! 또 하나의 재미!

소설 『다세포 소녀』

초우 장편소설 | 값 9,000원 / 원작자 B급 달궁

"그건 모르겠고, 나는 외눈의 사랑이야. 사랑을 줄 수는
있어도 마주 할 수 없는 사랑이지. 두 눈을 가진 사람은 주
고받을 수 있지만, 나는 주는 것만 할 수 있어. 나는 주는
사랑으로 족해. 외사랑이지."
─외눈박이

초등학생이 반드시 읽어야 할 좋은 책 49권

각 학년별로 초등학생이 반드시 읽어야할 좋은 책을 선정하여 통합논술의 기본이 되는 '올바른 독서법'을 일깨워 줍니다.

교과서와 함께하는 초등학교 통합논술

초등1학년 | 값 12,000원 / 초등2학년 | 값 9,500원 / 초등3학년 | 값 11,000원 / 초등4학년 | 값 9,500원 / 초등5학년 | 값 9,500원 / 초등6학년 | 값 11,000원

♣ 혼자 할 수 있어요.

엄마가 책 읽는 방법을 가르쳐 주어도 좋아요.
독서지도하는 선생님이 가르쳐 주어도 좋답니다.
"초등 교과서와 함께하는 **통합논술 시리즈**"는
아이 스스로 독서할 수 있도록 꾸며진 책이에요.
엄마와 선생님은 요령만 가르쳐 주시면 된답니다.

♣ 교과서의 중요한 내용이 총정리되어 있어요.

각 학년별로 중요한 교과 내용이 함께 수록되어 있어요.
초등학생은 교과서 내용을 충실하게 공부해야 합니다.
아울러 그와 병행한 독서가 대단히 중요하지요.
"초등 교과서와 함께하는 **통합논술 시리즈**"는
두가지 방법 모두 알려준답니다.

♣ 이 책은 훌륭하신 선생님들이 함께 쓰신 책이랍니다.

동화작가 선생님들이 쓰셨어요. 소설가 선생님도 쓰셨답니다.
국어 논술독서지도 선생님들도 함께 쓰셨지요.
"초등 교과서와 함께하는 **통합논술 시리즈**"는
엄마의 마음으로 모든 선생님들이 함께 꾸민 책이랍니다.

입소문을 통해 아는 분은 다 알고 계십니다!
올 한해 공인중개사 최고의 화제작!

1~2권 합본 | 이용훈 지음
3~4권 합본 | 이용훈 지음
5~6권 합본 | 이용훈 지음
용 어 해 설 | 이용훈 지음
1~2차 문제풀이집 | 이용훈 지음

수험생 기본 필독서
만화 공인중개사

제목 : 만화공인중개사 쓰신 분에게 감사드립니다.

학원을 두달 다녔어요. 근데 과연 그 숫자 외우기 그렇게 몇 문제나 나올까 생각을 했어요.

아니라는 생각이 드네요. 학원강의를 뒤로 하고 서점을 갔어요. 내 머리에 가장 이해될 수 있는

책이 없나 하구요. 거기서 만화를 발견했어요. 무조건 세번 봤어요. 3개월 걸렸어요. 문제 집을

보라고 했는데 그건 시행을 못했어요. 근데 합격을 했네요.

어떻게 감사의 말을 해야 될지…

도서관에서 만화책 들고 다니니까 사람들이 비웃더라구요. 만화책으로 공인중개사를 공부한

다고 미친사람처럼 보더라구요. 근데 그거 다 감수하고 했던 내가 자랑스럽습니다.

어떻게 감사의 말을 해야 할지 정말 감사합니다.

부디 행복하세요. 제 나이 41살에 좋은 스승을 만난 거 같습니다.

엎드려 감사드립니다.

-본사 홈페이지에 독자분이 올린 메일 中 에서 발췌-

잘나가고 싶은 사람은 읽어라!

그에게 한눈에 반했다! 그것은 분위기 탓?
애인과 나란히 걸어갈 때 당신은 좌, 우 어느 쪽에 서는가?
이성은 왜 서로 끌리는 걸까? 그 심층 심리를 해명한다!

30초의 심리학

■ **30초의 심리학**
아사노 하치로우 지음 / 계일 옮김 | 값 8,500원

처음 본 사람인데 와 닿는 느낌이
너무나도 강렬한 사람이 있다.
흔히 하는 말로 '필이 꽂힌 사람',
그래서 잊혀지지 않는 사람,
한눈에 반했다고 하는 것이 바로 그것이다.
이런 인간의 감정을 논하는 데
남녀의 구분이 있을 수 없다.
사랑하는 그, 혹은 그녀를
생각하는 것만으로도 가슴이 두근거린다.
이상할 것 없다. 당연히 그럴 수 있는 것이다.
그렇기에 인간을 감정의 동물이라 하지 않는가.
그러나 그렇게 좋아하는 그 사람이
어느 날 갑자기 싫어지는 경우는 왜일까?

Psychology